跨度新美文书系

Kuadu Prose Series

跨度新美文书系
Kuadu Prose Series

YELAI
FENGYUSHENG

夜来风雨声

项见闻
◎著

中国文史出版社

一部家史与个人历程的丰碑（序）

刘　畅

我与项见闻弟相识于网易博客，迄今将近八年。那时，他立志为亡母著书而开博，我们于网易写博认识而结缘。

见闻弟在网易开博后，表现很活跃，在其中出类拔萃。是许多知名文学圈子的推荐圈友，并与不少著名作家成为博友。2011 年底，他还被网易评选为年度十大写手，彰显了其写作上过人的才华。

2012 年、2013 年和 2016 年，由作协圈子牵头，多家圈子和文学网站协办了三届"龙魂杯"全国网络文学征文大赛，在每一届征文的多个奖项中，见闻弟均榜上有名，令人刮目相看。此外，在作协会刊的几次刊庆征文中，见闻也荣获最佳奖。

可惜的是，当我受晋夫子圈主委托，开始在作协圈子主持工作时，这年（2013 年）见闻决心到北京体验不同的生活。这令我们心中多少有些为他担心，好在不久，便听到了他的好消息，他在北京很快站稳脚跟，被新发地集团张董事长慧眼识珠，荣任董秘至今，可见是金子在哪都闪光。近年来，见闻在《诗刊》《诗选刊》《诗潮》及《人民日报》《人民政协报》《中国纪检监察报》等名刊大报发表作品，并多次在全

1

国文学征文大赛中获奖，加入了省作家协会。我不禁为他暗暗高兴和点赞不已。

今年5月，见闻邀我给他准备出版的散文集写篇文字，作为我们这段友谊的纪念，我欣然同意。其实，我很少写记、评、序之类的。此前虽写过《论鲁迅小说的悲剧美》，和去年7月为荣获第八届冰心散文奖的梅雨墨写的《梅雨墨和他的散文集〈飞雪千年〉》，中间相距快十年。

见闻的散文集洋洋二十万字。其中第一辑《母亲的河流》是家史，是全书的精华和灵魂。见闻以对母亲沉痛的怀念和深情、出色的叙事语言，为读者呈现了一位中国传统的勤劳朴实而又具有美德的母亲形象。从十数篇散文中可看出，他的母亲不单是一位贤妻良母，也具有新中国成立前后这一历史时期中国农村妇女的典型特征。作者运用白描手法，将浓情注入笔端，娓娓道来。除了以母亲为主线，同时也写了父亲及哥哥、姐姐、弟弟。其中大哥和五弟现在都在商界打拼出一番事业，足以告慰父母在天之灵。而我想，见闻弟应该是最令其先母欣慰的。除了他从村主任到董秘的成功转身，还因他在文坛也闯出一片天地，尤其是为先母立传，可成为家史在子孙中流传。所谓"盖文章经国之大业，不朽之盛事。年寿有时而尽，荣乐止乎其身，二者必至之常期，未若文章之无穷"（曹丕《典论·论文》）。

第二辑《岁月留痕》，主要写了作者到北京新发地以后的经历。这一部分是励志传奇，是个人奋斗史。项见闻身上传承了其父母所有的优点：真诚、正直、勤奋、热心、好学、谦逊。领导的赏识，首先是自己的发光。见闻弟不负厚望，发挥了聪明才智，为公司出谋划策，与同事携手努力。见证了公司发展的同时，也验证了自身价值，成就了精彩人生。这辑中，除了记录自己在北京的叙事散文外，还有一部分针砭时弊的议论散文。项见闻曾用笔名文剑，意为以文为剑。学习鲁迅杂文，笔如匕首和投枪。鞭挞社会丑恶现象，呼唤公平正义。文笔犀利，文风辛辣；分析严谨，说理透彻。能引起共鸣，令人信服；挥洒自如，痛快淋漓。读后不禁击节称赞，大呼过瘾。

第三辑《身边的感动》，主要记述他自己及与人交往的逸事。见闻弟无论与领导，与同事，与村民，与商户，与文友，皆真心相交，热情相助。而投之以桃，报之以李。他无论在现实中，还是网络上，到处都能赢得好口碑，也是顺理成章的事，毫不意外。文友间的交往，对彼此都受益匪浅。英国作家萧伯纳曾说："你有一个苹果，我有一个苹果，彼此交换，我们仍然是各有一个苹果。但你有一种思想，我有一种思想，彼此交换，我们就有了两种思想。"

我前几年写的《只言片语录》中有这么两句话：一是绝大部分作品不过是昙花一现，能让一些人记住已不得了，能广为传诵更不得了，能成传世经典尤其不得了。二是成功的作者不光自己出名，还要作品出名，让人一提到你，就能想到你写过什么，以及作品的内容和人物。

见闻弟有高超的驾驭文字的本领，他的文章能让你看了开头，就有看下去的欲望。他善于独立思考，也每每有独到见解。让读者的心随着他的笔锋所向，波澜起伏，或掩卷沉思，或拍案而起。

这本集子是项见闻的第一本散文集，也是他的代表作。见闻弟现在正值不惑之年，他经历丰富，才华横溢，一定还会大量华章源源不断。

这本散文集付梓，不仅是他家史、成长史和个人历程的一块丰碑，也足可告慰其九泉下的母亲，勉励项家后来的儿女。

记于 2019 年 6 月

自　序

　　2004 年农历八月十七日，为我们兄弟操劳一生的母亲最终没能逃脱病魔毒手，享年竟不到六十四岁。

　　母亲去世时，一连数日细雨凄凄，阴风惨惨。苍天也仿佛为她一生的苦难感伤落泪。她生活过的土地，草木低垂。那些天，我看到日月都在为母亲黯然长叹……

　　此后多年，我一直神思憔悴，陷入悲痛与哀伤中难以自拔。记不清谁说过这样这句话："时间是医治心灵创伤的良药，岁月可以抚平人心中的伤痕。"可是一年多过去了，两年多过去了，五年多过去了……岁月的潮水依然没有磨洗掉我心中的悲痛与哀伤。尽管我早已被坎坷的生活折磨得几近麻木。

　　我真不知该怎样才能从失去母亲的巨大悲痛中解脱出来。自儿时到今，与母亲在一起生活的三十多年时光，都化成点点滴滴、绵绵不尽的哀思，在脑海中日夜不停地翻滚奔腾。与母亲在一起生活的每个细节、每桩往事，都那么令我难忘；母亲生前所有的喜怒哀乐，像电影似的在我脑海中不断地回放。

　　或许是我太失败了！

　　母亲去世时，我在外地。在她弥留之际，我没能守在她身旁尽人子之孝，没能以充足的钱为她驱逐病魔，没能聆听到她最后一句叮咛和教诲。

真是"子欲养而亲不待"啊！

有谁能理解我对母亲这份遗憾和悔恨呢？正如大哥见清为母亲写下的挽联：

母亲英魂悠悠竟去早；
儿女孝思滔滔总来迟。

或许是我愧疚于心，才对母亲的去世郁郁不能忘怀吧？然细细思量，终于明白，更多的是母亲一生的勤劳、朴实、慈爱，以及母亲一生中不屈不挠、积极进取的精神，还有集中国传统美德于一身的优良品格，才使我难以忘怀。

在母亲的七个子女中，我自诩算是秉承了她遗传基因的一个。虽然没有好的读书环境，但我从来没有放弃过学习；虽然出身农村，生存在社会的最底层，常年在颠沛流离中生活，我从来没有抱怨过、懊恼过。相反，我每天都在为改变自己不算好的生存状态而锲而不舍，像母亲生前一样，始终在不屈不挠地奋斗不息。

不是我的名利之心有多重，其实是我的骨子里、血脉中，始终有母亲自强不息、奋斗不止的精神在潜移默化地感召我。

为此，我更觉得应该把母亲生平的优良作风，包括母亲生前的为人处世、治家进取、仁爱致人等优良的传统与事迹，用我笨拙的笔记载下来，让母亲的精神得以传承，启迪后来的儿女。

我想，这或许才是我在悲痛之中所应该做的。

如此，且将此想法作后文之序。

2019 年

目　录

第一辑　母亲的河流

第二辑　岁月留痕

第三辑　身边的感动

第一辑　母亲的河流

在人类丰富而又绵长的情感中
最厚重、最纯洁的是母爱

在人类与自然的交往中
最亲近、最依恋的是亲情

——母爱与亲情，是生命中的河流
汩汩不息，潺潺不止
滋养着我们的灵魂

母亲的童年

慈母手中线，游子身上衣。

临行密密缝，意恐迟迟归。

谁言寸草心，报得三春晖。

——孟郊

母亲出生于监利县福田寺镇三湾村，时为 1942 年农历五月初六。正是旧中国处于河山破碎，人民流离颠沛、生存维艰之时。

外婆杨氏，是一位早年读过私塾、对《三字经》《女儿经》《增广贤文》等能倒背如流的封建传统文化人。

儿时的母亲，在这位文化长辈的熏陶下，对儒家文化的"忠、孝、廉、礼、义、仁"等等，朝夕耳濡目染，深深植根于心。

母亲还未谙世事，外公即身染重疾，后终无回天之术，撒手人寰。外公的英年早逝，让曾外祖悲痛不已，万念俱灰，最后落发为僧。

母亲襁褓中的不幸，似乎也昭示了她一生艰辛坎坷的命运。

正当鼎盛之年而落寡的外婆，陷入了莫大的悲痛与激烈的思想斗争中。一边是封建文化反复叮嘱的千年古训"好女不嫁二夫"；一边是外公临别时的殷殷嘱托；还有残酷的生存环境下，来自各方面的严峻考验。权衡再三，外婆黯然选择了后者，带着尚在襁褓中的母亲，改嫁到洪湖瞿家湾雷家墩。

童年多舛的命运，从此造就了母亲一生顽强拼搏、积极进取、不畏艰难的精神，赋予了母亲一身宽厚、包容、仁爱的优良品格。

洪湖西岸，坐落着一座红色革命重镇——瞿家湾。其实，在那个时代，瞿家湾与柳关同为一体，属于柳关乡下边的一个村。解放后，国务院重新规划行政区域，新设立洪湖县，后改市。瞿家湾从此与柳关一分为二，成了现在一襟相连却分属两块的情形。两个从小患难与共的兄弟，从此天各一方。当年，贺龙正是在这里以洪湖为屏障，创建了湘鄂西洪湖革命根据地。柳关和瞿家湾正好处于洪湖西岸的入湖口，成为革命根据地的中心地带。

解放前，长年的兵荒马乱、炮火纷飞，让百姓难有片刻的安宁。在一马平川的平原上，既没有高山做掩护，也没有峡谷来藏身，唯有漫漫无边的蒿草可以躲避战祸和匪盗的侵袭。而取之不尽的鱼藕，是人们度过饥荒的主要食物来源。

继外公便是洪湖里捕鱼采莲的能手。

或许，当初颇有文化和头脑的外婆，在极其复杂而又激烈的思想斗争中，想到了洪湖鱼水及继外公的能干，才燃起她心中忍辱负重、养育母亲成人的信念吧？不然，以外婆倔强的性格，可能依循千年的古训选择做了贞妇。

——许多年后，母亲为了撑起我们这个多口之家的艰难，与父亲一次又一次地下洪湖打鱼时，在万般思念的煎熬里，我胡思乱想中，想到了这点。

外公外婆常年漂泊在洪湖里，可谓四海为家，幼小的母亲成长在渔船中。在那个一望无际、渺无人烟、茫茫一片的湖水中，母亲白天对着

4

滔滔的巨浪、呜咽的湖风；晚上对着茫茫星月或昏黄的油灯。聪颖而又好学的母亲，聆听着外婆凭记忆所讲授的《三字经》《幼学琼林》《百家姓》等。虽然不能识字，母亲已从外婆长年累月的言传身教中，逐渐领悟到了儒家文化的精髓，以及立身处世等诸多道理。

童年的母亲，对比其他同龄人是幸运的。她有一个能熟知"四书""五经"的外婆，给予了她文化和思想的启迪；有一个能擅长捕鱼采莲的外公，给予了她生存和生活的保障。

童年的母亲又是不幸的。自幼丧失生父，使她缺少了只有亲生父亲才能给予她的关怀和温暖。洪湖里漂泊成长的孤寂，让她不得不压抑童年应有的活泼，而默默克制自己。

有多少次，母亲在睡梦中被一次又一次的狂风巨浪所惊醒？

十六岁时，我曾和大哥见清一起到洪湖捕过虾，经常发生的乌风黑浪，至今忆起，仍令我记忆犹新，心有余悸。

苦难的童年，却并没有将母亲摧折和击倒，相反，一件件磨炼了她一生的坚韧、不屈的精神和严于律己、宽以待人的品格。

由于缺少生父之爱，成年后的母亲，长年累月在一盏昏暗油灯下，给她七个儿女纺纱织布，缝衣纳鞋。尖利的缝衣针在昏暗的灯光下，常常将母亲的手指扎得鲜血淋漓，细小的线勒得母亲柔嫩的手慢慢长出了一层一层厚厚老茧。

我们兄弟姊妹七人，儿时的每双鞋、每件衣，该浸染了母亲多少的心血和汗水！

我并非在杜撰故事。母亲去世时，我守孝在她身旁，母亲的手掌结满厚厚的老茧，左手食指指头被针刺留下的旧痕仍历历在目，清晰可见。

在那个缺衣少食的年代里，母亲节衣缩食、省吃俭用地供我们兄弟读书，把她童年没能得到的温暖与关怀、呵护与爱心，全部给予了我们成长中的幸福童年。

母亲童年的孤寂，使她倍觉珍惜人间的真情和友谊。她一生热诚待人，诚恳处世。即便许多他乡的来客，在一次偶然与父亲邂逅相识，也能成为我们家的知交。

朱河镇长江村的常修生伯父，是早年开挖四湖干渠时与父母相识的，后几十年如一日，与父母情同手足。2007年冬天，常伯父闻父母去世后，以逾古稀之年，辗转奔赴，来父母坟上焚香祭拜。回忆父母生前往事，捶胸顿足，悲恸不已。路人观之也无不动容，感叹陪泪不止。

童年的苦难，使母亲一生都不畏艰难，始终拼搏进取；造就了母亲一生临危不惧的雄心与斗志。1997年的春节，吃完团年饭后的家庭会议上，母亲斩钉截铁地说：三年时间，给我们兄弟做一个三间两层的楼房！

当时遭到大哥见清的强烈反对。因其时母亲已逾花甲之年，而她已身患绝症还不知晓，只是我们一直在隐瞒着她。其实，她早已知自己身体渐不如前，却怕增加我们的负担，装作没事似的，从不肯透露蛛丝马迹给我们知晓。父亲一年前患脑中风，瘫痪在床；大哥到湖南办企业，亏欠巨债；二哥建国刚重组家庭；四弟建武结婚不到一年刚离婚；五弟剑虎在外打工，还是孤家寡人一个；我仅能勉强度日。而此时，同村人都已在刚刚兴起的瓦房改楼房的热潮中，一幢幢楼房拔地而起。

此时此刻，身染绝症的母亲说出这句话，该需要多大的勇气和决心？

几年后，我们几兄弟全线崛起，一举甩掉了穷困的帽子，在村里率先进入城里有房、出行有车、家中有电脑的现代人行列，这与母亲常年潜移默化、言传身教，以及在危难中给予我们的鼓舞是有极大关系的。

可惜母亲她却都已不能看到了。

在我们兄弟即将冲破黑暗见到黎明之时，母亲她带着对儿女们无限的牵挂和没能目睹儿女们过上好日子的深深遗憾，永远离开了我们……

愿母亲九泉之下，得以安息！

2011 年 6 月 18 日

母亲的胆识

1957 年，新中国的生产、生活和社会秩序逐渐安定下来。农村实行土地改革之后，洪湖岸边常年靠打鱼为生的渔民，终于结束了以船为家的漂泊生涯。

外公外婆回到了瞿家湾镇雷家墩，用茅草搭起了一个简易茅棚。那个年代，只有大户人家才有红砖碧瓦盖成的房子。普通人家，房子都是茅草封顶，麻梗夹蒿草作壁，里外再以泥巴混合丝麻涂抹作墙壁。

常年在湖船中生活的母亲，在陆上好歹有了个固定的家。

平安的日子，时光总是过得分外的快。不知不觉中，母亲就到了谈婚论嫁的年龄。

在外婆的观念里，"男儿十五顶父职，女儿十五攒家财"。不管男孩或者女孩，满了十五岁，就该撑起门户来。尤其对于女孩子，外婆认为"女大不中留，留了结冤仇"。年方十七的母亲更是该到出阁的年龄了。

关于母亲与父亲的婚事，我们不得而知，也从不敢问。这与父母所接受的封建理念有关，也与父母平日对我们严谨的家教有关。

20 世纪 50 年代末至 60 年代初，新中国百废待兴。初为人妇的母亲，还没品尝到新生活的幸福滋味，却马上尝到了成家过日子的艰难。

据母亲回忆，成家后的父母亲与爷爷奶奶挤住在一个屋子里。不像现在的年轻人，结婚了便可以单独拥有自己的房子、车子。

父亲的下边有两个小姑和一个还未成家的三叔，上边有已成家的伯父伯母，加上爷爷奶奶，九口人合住在三间瓦屋里。

父母与伯父伯母共一间房，中间只用一张芦席壁隔开，一分为二，每边刚好放下一张床、一张柜、一张木桌。

生活已不是现在人们所想象的"艰苦"二字可以来形容的。单只艰苦也就罢了，根本就吃不到粮食。粮食也不是指大米，如果有诸如玉米、大豆、蔬菜等充饥，在那个年代，算得上是富贵生活了。

在家中没有一颗存粮的情况下，每天的食物来源成为全家九口人的头等大事。每天清早起来，母亲就带着两个小姑下湖去扯荷叶梗，或者到野地去扯野菜。寻野菜的人多了，野菜也被搜光，只能大着胆子，硬着头皮到荒坟空里去找，找不到野菜，好歹连坟茔空里的鸡公花草也扯一把回来。到家后洗净，细细地切碎，与糠搅拌，再撒入一点粗盐，做成糠粑粑。

粗盐算是调味，也算是下饭的菜肴。尽管如此，仍不能足量，每人只能填个半饱。所谓的糠粑粑的糠，也没有现在机械加工出来的糠那么细，是人工用石碾碾出来的粗壳，比现在猪吃的糠还要粗糙得多，入口呛喉，难以下咽。

晚年病中的母亲回忆说，鸡公花草有毒，常常吃得大家浑身浮肿，眼睛眯成了一道缝，头肿得像猪头。可就连这种有毒的花草都不多，只有在成片的荒凉野坟地里才能勉强寻得一些。

母亲生了大姐坐月子时，有一次饿得实在不行了，端起荷梗煮的稀糊碗时，由于营养不良和贫血，站起身来一阵发晕，眼前一黑，手中的碗正好掉在面前的石块上，碎了。由此引来奶奶勃然大怒。老奶奶颤动着一双缠裹了的小脚，大骂大嚷，骂母亲是身在福中不知福，经不起富贵。

母亲说，其实是奶奶早就心存偏见，从心眼儿里认为母亲自幼丧父，出身寒门。而那时父亲虽穷，但父亲的上两辈子人都是方圆有名的"户长"，颇有家资，门庭曾显赫一时。那个时代，婚姻是讲究门当户对的，奶奶认为母亲是高攀了项家，没有资格嫌弃什么了。

其实，奶奶叫嚷母亲的时候，项家已过了鼎盛期，已穷得一文不剩了，只有昔日的辉煌还留在人们记忆中，闲话寒暄时，用来做当面的恭维话而已。眼前的生活，却还比不上外公外婆在洪湖打鱼挖藕过得实在。

奶奶的叫嚷，又引来父亲的盛怒，一生没有和母亲红过脸的父亲，迫于奶奶当时的态度，扬起巴掌作势欲打母亲，被在旁了解真相的邻居劝开。

这场风波，激起母亲下定决心与父亲搬出老屋另安新家和独立生活的决心与勇气。

在当时，这个想法和决定，简直不啻天方夜谭，好比难于上青天的事情。试想，连维持基本生存的粮食、粗盐都没办法满足，又哪来钱去买建房所需的材料？

在那个交通不便、物质奇缺的年代，母亲的这个说法，大家都只是认为她还在憋气，或者赌气而已，没有谁放在心上。

母亲却胸有成竹。她首先耐心地说服父亲去安抚爷爷奶奶，只要答应父母搬出这个四世同堂的大家庭，其余的事全包在她身上。

在父亲半信半疑的应承下，母亲开始行动。她先后游说雷外公和本家教书的德堂二爷爷，动之以情，述之以理，筹得三百多元钱，又向同湾结拜的姐妹们借来树做屋檩子，筹备齐一应的砖瓦等材料后，在一个良辰吉日里，在众多须眉的惊叹中，父母率先地搬出老屋，另立了新家。

这是成家后的母亲，第一次以她过人的胆识和气魄、能力和智谋筹谋成的一件大事，一件当时许多男子汉们也办不成的大事。

母亲在筹钱的过程中，亲戚至友，包括父亲在内，都极力对母亲进行劝阻，说借下如此的巨债，么时候能还得清？

"如此大的巨债，几时才能还得清?!"

面对亲朋好友们的惊叹和疑问，母亲自信地回答："不怕，我自有办法还。"

这个冬天，母亲只身南下湖南岳阳贩虾，一个冬的来回，不仅还清了所有债务，还余剩二十多元，与父亲过了一个最为丰盛的新年。

原来，聪明的母亲处处都是个有心人，她利用回娘家看望外公外婆的机会，打探到了洪湖鱼虾市场的行情和销路。湖南的岳阳与湖北监利、洪湖两县市隔江相望，但两岸的地理地势却天然不同。监利洪湖一马平川，对岸岳阳却全是丘陵与荒山。洪湖岸边的人们习以为常的鱼虾，在那边视若珍稀。那个年代交通不便，又有接二连三的运动，"无事不出门，挨黑关门睡"是多数人的治家处世法宝，更别说跨省做生意了。

母亲大胆开拓的成功，不仅开启了许多人求财无门的视野，更增添了他们外出致富的信心和勇气。在母亲的带动下，同村许多人都偷偷地加入到贩卖鱼虾的行列中，解决了生活中的燃眉之急。

年轻的母亲，也从此赢得了父老乡亲们的信任与尊敬。

2011 年 7 月 2 日

起　名

湖北监利柳关，地处江汉平原中心，与全国闻名的洪湖一衣带水，土壤相接。1954 年前，洪湖、监利、仙桃三县市合称监沔县。1957 年后，国家重新规划行政区域，洪湖西边以柳关为界，从监利分离出来，各自归口管辖。湖北省的"千湖之省"的美称，其实主要还是指以监利、洪湖两县市为中心的这块地域。解放前，这里大小湖泊星罗棋布，河沟纵横交错，而现在除洪湖等少数几个湖泊以外，其他湖泊均只闻其名，难觅其踪了。

20 世纪 60 年代至 70 年代，党和政府为解决古来素有"监利沔阳州，十年九不收"之说的水患，大力组织人工开挖"四湖河""排涝河""公路河""同心干渠"等，将监利这个有名的水袋子，改造成了全国闻名的重要商品粮基地，昔日的水袋子也成了典型的鱼米之乡。

父母参加的所有筑堤掘河工程，我都是从乡亲们的口中得知。从我记事起，"文革"早已结束，河沟均已竣工。父辈们开河筑堤的艰辛，我是从父老乡亲们的闲谈中，才略晓一二。

在那个还没实行计划生育政策的年代里，母亲无法阻止每一个降生在她怀里的新生命，但母亲对每一个降生在她怀抱里的子女都无怨无悔，充满喜悦和关爱。在那个缺衣少食、物资奇缺的年代里，母亲把她一生最年轻、最宝贵的光阴，都无私地奉献给了儿女们。

每一个子女，都倾注了母亲一生的心血和情感、希望与寄托。我们七个兄弟姊妹的起名，母亲就煞费苦心。

为了使每个子女的名字都能叫得响亮且寓有意义，母亲专门去请教村里最有学问的教书先生。这位老先生早年读过私塾，也进过后来的新式学堂，因为才华出众，曾在县文化馆工作过。老先生擅长画马，诗联出口成章，珠算一流，远近闻名，在村里很是受到人们的尊敬。

大姐出生满月后，母亲提着鸡蛋登门求教。这位老先生善于察言观色，母亲进门刚表明来意，他便已观察出母亲对大姐的无限喜爱之情。老先生看了看在褓褓中大姐那粉红可爱的小脸蛋，略微沉吟，起名"美娇"，并口吟一诗：

> 广寒羞姿色，盈盈美娇娥。
> 三月桃花无，云淡日落坡。

母亲不解其意。老先生解释说，就是大美人的意思，可比月宫中的嫦娥哩。母亲听了喜不自胜，连连道谢不止，抱着大姐喜滋滋地回家。

大姐长大后，的确聪明美丽，也像母亲一样的心灵手巧，可惜正应了"红颜多薄命"这句古话，不幸中途夭折，这是后话，暂且不提。

大哥见清出生时，是 1962 年。老先生对母亲说："现在国家清泰平安，就叫见清吧！"

母亲听了更是满意。母亲晚年回忆起大哥的起名时说，最满意的是那个"清"字。在母亲心中，希望大哥长大后做事头脑清晰，做人堂堂正正、清清白白。

二哥起名建国，其时已是 1965 年。老先生说现在国家清泰平安，党和政府正在致力于改善人民的生产、生活条件，名叫建国，既具有时代意义，又具有纪念意义，还把他的名字和他上面的哥哥见清联系在了一起，象征着兄弟手足情深，一脉相承。

我名"见闻"，二姐"宝娇"，四弟"建武"，五弟"剑虎"。每一个名字都很响亮且动听。重要的是，每个名字都寓含了母亲对子女一生最美好的祝福和对子女的无限希望与寄托。

2011 年 7 月 22 日

14

清贫的母亲

母亲一生是清贫的，但她一生都在为改变贫穷而努力。如果把我母亲一生为改变贫穷所做的努力用锲而不舍、不屈不挠来形容，是丝毫不为过分的。

在那个缺衣少食的年代里，为了让七个儿女吃饱饭、穿暖衣，父母亲毅然选择举家搬迁到邻镇项河。那是一个既没车路又不通水路的偏僻湖区地带。搬迁当中，一砖一瓦都要经过肩挑背驮，艰辛难以一言而尽。安顿下来后，母亲就带着刚成年的大姐垦荒种地，打鱼织布。凡是能改善生活、改变贫穷的方法和途径，母亲无不尝试。

项河是个前不挨村、后不挨店、人迹罕至的湖乡沼泽地。母亲后来回忆说，20世纪50年代初，这里还是洪湖的外围，抬头一望，白浪滔滔。新中国成立后，党和政府兴修水利，疏河掘沟，围湖垦田，湖水才悄然地退去，变成了今日的粮仓。解放前的兵荒马乱时期，这里因为偏僻闭塞，反倒成了人们躲避兵燹战祸的最好栖身之所。当年贺龙元帅正是利用了洪湖密如蛛网的湖汊屏障，开创了湘鄂西洪湖革命根据地。

村子里没有理发师，母亲就用日常的剪刀、木梳来给我们弟兄理发。她剪出来的发型平平整整，居然瞒过了邻里乡亲们的眼睛多年。如果不是大姑妈一次偶然发现母亲给我们兄弟理发的事，外面的人还一直不会知晓。那次，远来串门的大姑妈和母亲谈起家事，叹息母亲的不容易。大姑妈说："你七个儿女，穿衣吃饭、浆衣洗裳，不花钱的水，每天都要好大一截，更不用说娃们的读书报名费、家常日用费，就是五个儿子每月的理发钱都不少呢。"

大姐美娇听了，接过大姑妈的话说："姑妈，他们的理发都不用花钱，每月都是我妈剪的。"大姑妈听了就啧啧称奇，于是在亲戚朋友们当中传了开来。

没有钱请泥瓦匠，母亲就用一把废弃的菜刀做瓦刀，砌猪圈、砌茅厕，居然砌得很坚固，不歪不倒。如果说砌猪圈、砌茅厕还不算技术活的话，那砌灶台却是含金量十足的技术活。一口灶台里圈与锅沿要大小合宜，不然锅难以放下去。母亲的灶不仅砌得坚固漂亮，还能根据地形地貌，锅的大小、分寸，拿捏得恰到好处。灶台周沿还留有两个通火的小圆口，一个用来放煨罐煨汤，一个用来放锡罐烧水。煨罐与锡罐大小比例都不一样，通火道也是那种斜圆形，但母亲都能做到匠心独运，砌得得心应手。母亲砌的灶台高明之处还不在这里，她最与众不同的是能根据灶台的方向及气候环境，来选择灶台烟囱的通风出口，让燃烧时产生的浓烟全部排放到屋外。

那个年代，煮饭燃烧的是田间地头砍来的柴草，遇上阴雨天，柴草会回潮，燃烧时浓烟滚滚。烟囱设计得不合理，会造成满屋子的浓烟排放不出去，熏屋子里的人。母亲打的灶，浓烟都能顺畅地排向屋顶。

母亲因此成了远近闻名的能人，乡邻们改造厨房时都会来请她，末了不忘提来一筐鸡蛋表示谢意。那个年代里，鸡蛋是农家人走亲访友、礼敬人的最高档礼品。

然而，勤劳、聪慧、能干的母亲，直到去世也没能甩掉贫困的帽子。

16

其实，母亲的一生中是有两次机会可以改变家庭命运，或者使儿女们后来的生活得以改善的。这两件事，家中年龄稍大的大哥、大姐都耳熟能详。

母亲姓柳，现在的外公姓雷。母亲还在襁褓中时，生父不幸病故，外婆带着嗷嗷待哺的母亲改嫁。待到母亲有了子女后，已故外公的父亲——曾外祖已在湖南岳阳吕仙亭寺出家为僧。父母搬到项河时，曾外祖已是寺中的方丈了。父母的举家搬迁，欠下了一大笔债，母亲不得不利用冬季的空闲收购贩卖鱼虾来偿还债务。去岳阳之前，母亲已打听到曾外祖的下落，抱着对亲人的思念，母亲顺便看望了他老人家。

吕仙亭寺是仅次于岳阳楼的名寺大阁，自是好找。曾外祖见到自己的孙女，百感交集，悲喜不已。当得知母亲来岳阳是为了挣钱还债时，他立时拿出几根金条递给母亲，却被母亲毫不犹豫婉言拒绝了。

母亲说，庙里的钱财是香客捐给菩萨祈福消灾的，取之不义。

曾外祖见母亲说得有理，态度又坚决，只得作罢。母亲临行辞别前，曾祖父心疼自己从小命运多舛的孙女，百思无策。忽然想到，既然母亲不肯接受寺里的钱财，那就让母亲到藏经阁里挑选一些自己喜爱的物品吧。

母亲后来回忆说，藏经阁其实是寺里存放财物的地方，特别是银圆，整箱整箱的。但母亲都不为所动，一物未取。曾外祖见母亲执意一尘不染，空手欲回，最后将一座洋钟和一块金表递到她手里，含泪说："孩子，我已古稀之年，今日不知明日事了。你从小失父，我对你照顾不周。你现在有困难，又不肯接受这寺里的钱财，这洋钟洋表不属钱财，你就带上吧，也好让我心里稍安些……"

母亲也断然拒绝没要。

母亲后来回忆说，那座洋钟当时也要值一二百个大洋。金表价格不得而知，想来也是不菲。到了20世纪80年代末，一块国产的"上海牌"手表都不是普通人家能买得起的。

另外一次机会是，在项河的房子建好后，与母亲结拜的姊妹罗妈，隔河渡水，历尽艰辛背来两袋银圆送给母亲，母亲也一元没要。

1966年，"文化大革命"风暴席卷全国，在横扫一切"牛鬼蛇神"的运动中，很多人稍有不慎便遭来牢狱之灾。罗妈的丈夫学春伯因为集体食堂解散时，说了一句关心大家的话，"大家吃饱啊，这是我们最后一个晚餐了"。就这样一句话，被人举报为不满集体食堂解散，被工作组定性为"反革命分子"，入狱六年，留下膝下无儿无女的罗妈孤苦伶仃。这个时候，很多人对罗妈便犹恐避之不及，怕沾染是非。母亲却不怕，她像对待自己的亲姊妹一样，三天两头去安慰罗妈。罗妈被母亲的善良和真情感动，认定了母亲这个妹妹。现在，罗妈知道了父母的困难，便把自己从娘家带来的嫁妆兑换成银圆，来接济母亲。

罗妈一路走来时，很是不容易。她是封建时代出生的女人，旧社代的规矩，女人满十二岁就必须缠脚，俗称"裹小脚"，章回体小说中描绘女人的"三寸金莲"，便是这样来的。项河距老屋柳关十多公里，中间隔着条一百多米宽的四湖河，另外还有几条沟渠。路都是一些田埂盖子，比羊肠小道还难走。罗妈绕道数十里，拄着根拐杖，一路磕磕绊绊，可谓历尽了千辛万苦。但母亲说什么也不肯收下罗妈的银圆，她认为自己当初与罗妈结拜姊妹，只是为了帮助罗妈渡过劫难。现在全家搬迁到了项河，对罗妈也是心有余而力不足，照顾不到。

母亲斩钉截铁地说，她不欠这种良心债。

罗妈听了号啕大哭，说："人搬穷，火搬熄。你们搬家有了困难，我和你是结拜金兰，帮助你是应该的。我今年七十岁了，一双小脚，扛着两个钱袋，真是一步杵一个坑啊！你就收下吧。"母亲仍是断然没受。

母亲讲到这里时，我忍不住打断她的话，说罗妈拿来的钱，与外祖父寺庙里赠送的金条银圆，您不接受倒也在情理之中。可外祖父后来给的洋钟与洋表不属于钱财，您为什么就不能收下来呢？如果能收下来，现在不都成了古董，我们家现在还会受穷吗？不都发达了吗？

母亲依然低着头，专心地缝制着她手中的鞋底，只淡淡一笑说，她小时候听外婆讲过，"君子爱财，取之有道"。

"不属于自己的财物是万万不能要的，这是做人应恪守的本分。你们以后要时时记住！"

末了，母亲又重重地叮嘱我一句。

母亲的农谚

儿时，在母亲身边，对她记忆最深刻的是她出口成章的农谚。母亲一生没进过学堂，到了五十岁时，才因为参加基督教而至识字千余。可是母亲却俨然一位饱读诗书的学者，每逢身边琐事，母亲都能用一句简单的农谚予以概括和总结，其概括之精准，常令我们这些自以为能舞文弄墨的人也自叹不如。

记忆中，第一次听母亲随口说出农谚时，我五六岁的样子，外面飘着零星的雪花，母亲坐在堂屋的火盆边给我们纳鞋底。那时候，农村每家每户都饲养有一头两头猪。我家穷，也没个猪圈，父亲便在猪的两耳朵上穿根绳子，在堂屋的中梁柱上打颗钉，猪绳这头套个环，拴在钉子上。我看见我家那头像牛犊子的猪睡在一块块干硬的土坷垃堆上，就好奇地问母亲："妈，这猪怎么不怕挺呢？"

母亲仍专心低着头纳着手中的鞋底，头也没抬地回答说："猪儿不怕挺，鸭儿不怕冷。"

长大后，我明白了猪与鸭不怕挺和不怕冷的原因，但当初母亲两句押韵式的农谚，却让童年的我混沌初开，似乎一下子明白了许多的事理，至今记忆犹新。

一个初秋的早晨，母亲出门到生产队上工，她迈出门槛时，抬头看见朝霞漫天，回过头来便叮嘱姐姐，叫她今天不要把柴火晒出来了。

"早晨发霞，等水烧茶；晚上发霞，干死蛤蟆。"母亲边说边急匆匆地赶着上工去了。我和姐姐遵照母亲的交代，没有晒柴，并做好防雨的准备，果然到了九十点钟时，大雨就哗哗地下了起来。

后来我问母亲怎么知道会下雨的，母亲说，做人一定要学会"进门观颜色，出门观天色"。出门观天色，就要做到"晴带雨伞，饱带饥粮"，做好"未曾上船，先防落水"的准备；出门办事或做客，开口说话要根据临场的气氛和主人心情，决定自己某些话当讲不当讲，么时候讲合适，这也叫做人应把握的分寸。

夏夜纳凉，看见月亮四周起了一道云圈，母亲说"日晕子时雨，月晕午时风"。我问母亲，如果月亮周围没有光圈，又被云朦朦胧胧覆盖着呢？母亲说，"月亮长毛，细雨飘飘"，那多半会下小雨的。

儿时，为了鼓励我们多用功念书，母亲常叮嘱我们"早起三日当一工"。她说"走的路多，踩得草死"。强调我们书要多读，反复地读，才会记得牢。母亲勉励我们"吃得苦中苦，方为人上人"，劝诫我们"年少不努力，长大后悔迟"。

为改正我们小时候一些不良习惯，儿时印象中，母亲对我们管教得特严厉，常常不惜对我们兄弟几个动用体罚。母亲说，"桑大从小入，长大入不直"，"刁儿不孝，刁狗上灶"。

母亲说的桑，是桑树，是一种生长得很缓慢、很结实的树，叶子可以用来养蚕。"入"是本地方言，强行弯曲的意思。"刁"是类似宠的意思。

为了教育我们走正路，做好人，母亲提倡人要懂得廉耻。母亲说"人无廉耻，百事可为"。另外，母亲还教育我们做人要有自知之明，她说"好鼓不用重槌打，明人不须多讲话"，要我们懂得自律和明理。

有时，我们在外与人说话言辞不当时，母亲回来就教导我们，说"会说话的想话说，不会说话的抢话说"。要我们学会尊重人，尊重人首先要学会倾听。母亲说，人家讲话时，要先听，待到人家把话说完了，自己有补充时，再有条理地说出来。

我们长大成家后，有时夫妻之间发生争吵，母亲不管我们做儿子的对还是不对，总是先批评我们的不是。她说"好话说得千千万，一句恶话恼人心"。劝我们以后碰到夫妻矛盾，要两个人好言好语，好好商量。接着又劝导双方，"百年修得同船渡，一日夫妻百日恩"，要相互懂得惜缘，同时也在暗示和提醒媳妇回头思量。接着又劝导我们，凡事要"上半夜想自己，下半夜想他人"，不能只念自己的一本经，应该站在双方的角度，换位思考问题。

在处理邻里关系上，母亲说"住的邻里好，犹如捡个宝"，"远亲不如近邻，远水救不了近火"。

看待家中关系时，母亲说"家和万事兴""家不和，邻也欺"。强调一个家庭要团结、和气，不然，就连邻居都会瞧不起你的。

在处理事件上，母亲说"好不好，问三老"。老人家们阅历丰富，见识多广，咨询老人既是处事之方，也是尊重老人的做人之道。

当然，母亲还有很多的口头农谚，有一些是我至今都还不能理解和接受的，譬如母亲说"养儿防老，集谷防饥""食在口中人不知，身上无衣人自欺"等等。也许是我的理解能力还不够，或者是误解吧，但母亲口中大多数的农谚，无疑都是祖祖辈辈们在劳动实践中总结出来的实践经验，值得我们今天认真学习和传承。

母亲的医方

母亲一生有济世之心，却不曾悬壶济世。

她不是医生，没有学过医，甚至连学堂门槛都没进过，但她一生，却治好了不少在今天看来都是了不得的重症、急症和疑难病症。

姐姐宝娇五岁时，不慎被开水烫伤了大半个身子，皮肤上鼓起来的水疱有鸡蛋那么大，令人触目惊心，不忍多看一眼。

在今天看来，这可是属于严重的烧伤烫伤，非得专家或甲等医院才能接诊。可姐姐一天医院都没进过，甚至连村里的赤脚医生都没请，就被母亲的土方子治好了。

那个年代，家里穷，也没条件进医院。母亲按照老人们传下来的方子，用鸡蛋清和石膏粉调成一种汤，涂抹后，姐姐的烫伤一个多月就痊愈了，至今身上也没有留下一丁点儿的痕迹。

姐姐烫伤时，我就在母亲身边，虽然尚年幼，但姐姐那一声痛彻肺腑的尖叫声，至今想起来仍令我心有余悸。

那是一个夏天的傍晚，母亲做好饭后，又忙起了手里的针线活儿。她忽然想起灶头上锡罐里的开水还没倒出来，为了不让锡罐的开水冷却，母亲便叫姐姐把开水倒进暖水瓶，供父亲晚上回来洗脸泡脚。

穷人的孩子早当家。姐姐宝娇五岁便学会了给母亲在厨房里打下手，洗菜、淘米、洗碗、灶里添柴，她都能做得很好。姐姐的个头还没有灶台高，她平时做这个活儿时，就找来母亲洗衣坐的小木凳垫脚。姐姐这次不知是大意了，还是力气不够，她用抹布隔手，提起滚烫的锡罐时，第一次没有提起来，便再次倾斜身子去提锡罐。她努力倾斜身子时，脚下踩翻了垫脚的小板凳，手中锡罐的开水倾荡出来，覆盖了她大半身子。姐姐发出一声令人毛骨悚然的尖叫声，等到母亲抱起她时，姐姐半边身子已烫起无数的水疱，与衣服粘在了一起，母亲用剪刀才能一点一点地剪开粘连在皮肤上的衣服。

那时候，农村的医疗条件很差，一个村里只有一名赤脚医生，也没电话联络。从家里到村大队部医疗室，有七八里的路程，中间还隔着一条大河。找医生肯定是远水救不了近火了。母亲一生临危不乱，胆大心细。她迅速地从鸡窝里取出两只鸡蛋，磕开蛋壳一条缝隙，将蛋清滗进碗里，然后从橱柜里取出少许的石膏粉，拔下头上的玉石簪子，一面将蛋清与石膏粉调匀，一面吩咐大姐美娇准备好一根鸡毛，然后将调制好的蛋清石膏汤，用鸡毛蘸着，均匀地涂在姐姐烫伤处。说也奇怪，刚才还疼不可忍的姐姐，经过鸡毛轻轻地涂抹汤药后，竟然停止呻吟，不觉得疼痛了。一个多月后，母亲的这个土方子便治愈了姐姐全身严重的烫伤，居然没有留下烫痕。

还有一次，母亲在地里用链篙捶打豌豆，豌豆梗用链篙捶打一遍后，需要用手翻过来，再捶打贴着地的另一面，这样能确保每颗豌豆都能掉下来，颗粒归仓。母亲搂豌豆梗时，忽然感觉中指指头被什么叮咬了下，缩手一看，指头已冒出鲜血，伤口流血的地方呈黑色的两点。母亲知道被毒蛇咬着了。她定睛一瞅，果然一条扁形、背部呈黄褐色斑纹的土公蛇，正吐着分叉的舌芯，慢慢地从豌豆梗里探头游出来。土公蛇是蝮蛇的一种，毒性很大，被咬中的人如果让毒性发作，几小时里便会毙命。村子里曾经有人夜晚走路时踩到土公蛇，由于晚上来不及送医院救治，第二天就浑身肿胀身亡。

母亲没有惊慌，也没急着去打蛇，她用另一只手紧紧地掐住中指指头，不让毒性上移，也不挪动脚步。当盯着毒蛇游进几米远的一片草丛后，母亲才仔细观察起刚才毒蛇待过的地方，有一株青草长得特别旺盛。母亲将这株草连根拔起来，放在口中嚼出草汁，挤出瘀血，敷在伤口上。待敷好伤口后，母亲用镰刀割开裤脚，撕开一条布片，缠紧指头。

回到家后，母亲只是轻描淡写地说，刚才被土公蛇咬了。当我们大惊失色时，母亲说没事，"蛇咬了不移脚，就地就是药"。她亮出被毒蛇咬伤的指头，伤口居然没有肿胀。没两天，母亲被毒蛇咬伤的指头就恢复了正常。

我建新房这年，全家搬迁到村子里空闲的两间教室里暂住。那年夏天中午，我躺在讲台水泥地上睡着了，午后陡起雷阵暴雨，等到我被惊醒时，凉意已侵入脊背，到了晚上便开始不停地咳嗽起来。妻子给我买来感冒药、止咳宁。最开始，我按照医生的叮嘱用药，一个晚上过去了，丝毫不见效果，喉咙里痒得像鸡毛扫。于是加大药量，医生要我每种服用两片，我就吃四片，可咳嗽非但没减轻，还比以前更厉害了。我认为这止咳宁肯定是假药，第二天再买来当时电视上做广告的"克咳"，服下后，依然没有效果。我患的咳嗽很奇怪，白天不咳，到了晚上喉咙里便痒痒的难受，怎么都忍不住，夜里咳得全家都不得安宁。医院里所有的消炎、去火、止咳的药，我全试用遍了，都不见效，正应了那句老话，"药不对方，使起船装"。

就在沮丧不已时，母亲不知从哪找来一个药方，说让我试试。母亲的药方其实很简单，她找来几瓣大蒜，剥开皮，放在一个小瓷碗里，用锅铲柄捣碎，撒入些许白糖，用温开水冲出小半碗后递给我，要我三口喝完。我半信半疑，抱着死马当作活马医的心态。大蒜汁非常难喝，喝下去后，感觉五脏六腑都被辣得痉挛了，但立马见效，喉咙里那种像根鸡毛在撩拨起的咳嗽终于止住了，我从此再也没有犯过咳嗽的毛病。

这是我记忆里，母亲好几次治疗好突发急症、重症和疑难病症的例子，印象十分深刻。

平常的日子里，母亲治疗各种小毛病的医方更是数不胜数。比如，她看到我们小时候脸上有白斑，听到我们睡觉磨牙，说我们这是肚子里有了蛔虫，她将冬天的楝树枣子捡起来，放在锅里煮水给我们喝，不久，我们脸上的白斑便消失了，睡觉也不再磨牙。她用黑芝麻、黑豆子在锅里炒熟，混在小麦、小米熬成的糖里，制作成黑芝麻糖给我们乌发。母亲一直到去世，她头上也没有一根白发，而我们兄弟每个人也都有一头乌黑油光的头发。她用红糖在锅里炒煳后，温水服用补贫血。她用房前屋后生长的五爪龙叶子挤汁，治疗外伤。

母亲的这些土方子，都是就地取材，却都很有疗效。在那个物资匮乏、贫穷的年代里，母亲是个有心人，她把平时从老人们口中听到的医方都背诵在心，在关键的时刻，都派上了用场，确保了她七个儿女在那个贫穷的年代里，平安健康地长大成人。

可惜，母亲却最终没能用这些医方挽留住自己的生命。早年的忍饥挨渴，为了儿女们通宵达旦地熬夜，过度地透支了她的生命和健康，到了晚年时，她落下的老毛病发作，成为夺走她年仅六十四岁生命的病因。

那一年，母亲刚刚步入花甲之年，老毛病再次发作，母亲用了很多土方都未能控制住。我们陪她到县人民医院做检查，医生偷偷告诉我们，你母亲至多还有三个月的生命。

我们瞒着母亲，心里做好了最坏的打算。在那三个月时间里，我们的心每天都悬着，神经绷得很紧，每天度日如年，掐着指头数着日期。不知是我们的孝心感动了上天，还是母亲自己调制的医方发挥了作用，三个月过去了，半年过去了……母亲一直安然无恙。

　　第四个年头里，那年腊月，当母亲看到她最小的剑虎结婚成家后，那天，等到客人们都离去，母亲颓然跌坐在那把藤椅上，仰天叹了一口长气，说她心中的一块石头终于落下了地。

　　可是，不幸的是，没多久病魔就死死地缠上了她。这一次，她的许多医方竟然没能发挥疗效。一生坚强的母亲，几个月后，便永远地离开了我们。

　　医生宣布母亲最多只有三个月的生命了，可是母亲却整整坚持了三年。到底是母亲的医方起到了作用，还是伟大无私的母爱发挥了生命的奇迹？

　　许多年过去了，我们兄弟几个，到今天也没想明白。

2019 年 5 月 28 日

学会忘记

刚至初夏时节，天气便溽热难当。落日的余晖，映红了半边天空的云彩。此时此景，如果母亲看见了，一定又会告诉我："早晨发霞，等水烧茶；晚上发霞，干死蛤蟆。"

可惜母亲早已乘鹤归去。看着这漫天飘逸的流霞，根据母亲的农谚，估计明天还将延续晴好天气。

晚霞如一条条缓缓舞动着的绚丽彩带，在天空慢慢地飘摆摇曳。不远处的松树上，暮归还巢的喜鹊在枝丫上叽叽喳喳欢鸣不停，好似它们今天遇到了许多开心事。而我的心情却好不起来。好友下午电话里给我说，以前那个诬陷我、害我失去前程的人回来了，问我要怎么修理他。我听了后，整个下午心里没有平静过，心中像堵着一块石头，一直愤恨着不能平息。

1992 年，我因在报刊发表了很多文章，被镇党办看中，由镇办企业抽调到镇机关工作。三个月后，因表现出众，被公布为城建办组长、代主任。可谓春风得意，只等数月后油路工程竣工，凭自己的才干和背景即可转干。那时我刚年满二十，正是年轻有为、前程锦绣之时。可任组长不到一个月，有人因眼红嫉妒，在主管城建的老人大主任面前诬陷我，说有纵容手下盗卖公路白杨的嫌疑。

28

老人大主任在担任镇纪委书记时，他的亲妹夫盗窃果桃，被逮住送到派出所。派出所离镇机关只有一箭之隔，纪委书记自恃权高位重，眼里没把派出所当回事，一个电话打到派出所值班室："谁在值班？把我姑爷送到我这儿吃饭！"

接电话的正好是我哥，听了二话不说，把电话咔嚓一声就挂断了。纪委书记叫人一打听，知道是我哥，从此怀恨在心。但我哥不但工作能力强，且作风正派，两袖清风，纪委书记拿他也无法下手。此时不容我分辩，将我停职，虽然后来经过调查，我属无辜，可经此一役，年轻气盛的我愤而拂袖离去，从此流落江湖，错失人生最佳年华的发展机遇。诬陷我的人后来虽小人得志，终究露出原形，也不过混了口饭吃。此人让我一直耿耿于怀，恨不能扒了他的皮，方解心头之恨。

喜鹊筑巢的青松下面，就是父母的坟墓。这些年，每当心情郁结时，我已习惯独自来到父母坟墓边坐坐，在清寂的夜色中，点燃一支香烟，把母亲一生遇到的坎坷细细回味，每次都会有新的感悟和收获，很多问题也会迎刃而解。

夜幕悄悄地降临，鸟雀偶尔的几声叽喳，越发显得坟墓林间寂静。想着电话里好友叙说的"仇人身影"，我的心变得更加烦躁，蚊虫的叮咬，也丝毫不觉得痒痛。

一轮明媚的弯月，不知什么时候悄悄地爬上了松树枝头。皎洁的月光透过树叶的间隙，星星点点洒在父母坟前，斑斓而生辉。蟋唱虫鸣，在这寂静的夜里，显得那么优雅动听。然而，我今天却没有了欣赏的兴致。静坐在母亲坟头，深吸上几口烟，我的思绪随着烟圈袅袅地飘散。恍惚之间，母亲又来到我身边，娓娓地叙说着她经历过的相同往事……

我的祖父项佑诚，早年毕业于黄埔军官学校第八期步兵科。抗日战争时期，曾在新四军第五师李先念部任师参谋部作战处处长。其时，师

29

本部的同事还有监利籍的田农、宜都县的刘真等人，田农当时是作战处一科科长。师部驻扎在潜江熊口，抵御南侵日军。随着日军的步步进逼，部队与日军激战数日，伤亡损失惨重。祖父也因中弹就近避伤，与部队失去联系。解放后，湖北省委书记曾几次派人看望祖父，并邀祖父出来工作，祖父均以祖训难违而谢绝。"文革"开始后，湖北省委及时写来书函，证明祖父参加过抗日战争等革命工作，指示当地政府予以照顾安排。却不料本村政法主任柳富远，抢在祖父政策落实之前，把祖父在批斗会上折磨得奄奄一息，并剪掉祖父齐胸的白胡须。

"士可杀不可辱"，没几天，祖父便郁郁身亡。

改革开放后，柳富远一家穷困潦倒，其子打架滋事被抓，时在派出所主管刑侦的大哥欲予严惩，以解全家之痛。母亲耐心地说服我们和大哥释怀。

母亲说，"君子不计旧恶，要以德报怨"，过去的就让它过去吧。母亲一边忙着手里的针线，一边比长比短地开导我们，说人都有犯错的时候，要提得起放得下。人的一生，有很多的事情，是要学会忘记的……

母亲当时一席话，让我们心中的怒火逐渐平息，对柳其人痛恨之心也消失殆尽。大哥后来将柳其子大事化小，释放回家。柳一家人感激不尽。

是啊，人的一生是要学会忘记的。生活已给我们太多的负荷与压力，人生之路已有太多的坎坷与崎岖，我们又何必对往事耿耿于怀？该记住的，我们都会铭刻于心；该忘记的，就让它随风而逝吧。

林间晚风轻拂，宛如母亲轻轻的细语叮咛……

手里的香烟燃烧到了手指，我蓦然醒来，心中豁然开朗。林间蟋唱虫鸣之声，此时听来显得格外的悦耳动听。我站起身来，拍干净身上的泥土，默默恭敬地在父母坟墓前作了三个揖，心情轻松地步出林外。

　　乡村的夜晚，此时早已万籁俱静。林外月光如水，一如此刻我透明的心情。

2011 年 6 月 27 日

老屋的搬迁

1978 年，比我年长一岁的堂哥建龙，不幸在上学途中溺水身亡，时年刚满十二岁。

建龙哥是三叔父的长子，儿时的印象中，建龙哥应比我更聪明。我和他一起上学，他进了二年级，我还在一年级留级，足以说明这个事实。建龙哥生得天庭饱满、地阁方圆，且性格温和、勤奋懂事，一直都被三叔父和三娘视若麒麟儿，引以为傲，忽然而来的沉痛打击，让颇有文化而又一生郁郁不得志的三叔父沉浸于巨大的悲痛中，难以自拔。然而，祸不单行，这年接着又遭洪水。项河村地处洪湖边缘，地势低洼，平日大雨大灾，小雨内涝，一连十多天的梅雨，此时早已汪洋一片，白浪滔滔。

项河的水淹，也是我童年中印象最为深刻的记忆之一。时间应是八月中旬左右的一个下午，晚霞映照在即将成熟的稻穗上，稻谷的色彩一片金黄。不到十天半月的时间，就会是一个好丰收年了。

我俯身在田埂上，和小伙伴们起劲儿地捏着泥巴玩耍。不远处，低垂的稻子在晚风的吹拂下如波澜起伏。空气中清新的稻花香味，引来众多的红蜻蜓、黄蜻蜓迎风飞舞，忽上忽下。我们正在叽叽喳喳玩得开心时，远处传来谁的母亲焦急的呼唤声，却怎么也唤不回我们的顽皮。

忽然有大人暴雷般的声音炸响在我们耳中："水来了！快点回去！"

我们像一群猛地受惊的小鹿，抬起头来，顺着声音响起的河沟望去，只见滔滔白浪如万马奔腾汹涌而来。我们惊吓得回头就跑，有个小伙伴跑得急了，被马绊根草绊倒在地，哇哇直哭，被后面赶来的大人抱着走回。

站到墩台的高处眺望，不到一盏茶的工夫，四周便已是白茫茫一片翻滚的浊浪，奔腾的白浪打着漩涡吞噬着庄稼农田。房子前后的杨柳树上，每根树枝都密密麻麻地缠满逃生的蛇，有的树枝上缠的蛇太多，不堪重负，啪嗒一声断了下来，蛇儿们掉入水中后，又惊慌失措地游回树上……

连续的灾祸，让三叔父对这块土地灰心丧气。在一个晚上，坐在母亲点燃的昏黄油灯下，向父亲谈了自己的心情后，不几天，就搬回了现在居住的柳关。

看着当初从"文革"中一同前来避难、现在又遭重创的手足弟兄黯然离去，再想到洪水退去的遥遥无期，父亲陷入了从未有过的孤独和困惑，在和母亲慎重商量后，一天晚餐的饭桌上，父母亲给我们宣布一个重大的决定：重新搬回柳关。

这是父母十多年时间里第三次搬家。第一次是从与爷爷奶奶合住的大宅子里搬家出来，欠下了巨债，母亲只身一人南下湖南，贩卖鱼虾很多次才还清。第二次是从柳关搬迁到现在的项河，刚刚稳定下来，遭受水淹。现在又要重新回迁柳关。"人搬穷，火搬熄"，这是千百年来的古训，父母亲倒背如流。可是，为了儿女们今后有一个更好的发展，父母义无反顾，无怨无悔。

我那时还不满十岁，在这次搬迁中，也是父母一生中的最后的一次搬迁中，我没能帮上什么忙。印象中，只记得在拆毁墙壁时，堂宗伯叔们发出的一阵惊呼："好大的蛇！"然后就听见一阵棍棒的砰砰声。等我跑到后面去看时，一条全身色彩斑斓、周身有一道道红环圈、长约两米多的大蛇被打死在地上，据说是从厨房的土坯墙缝里溜出来的。

拆迁老屋时，我和姐姐宝娇一起清理埋在土里的地基砖，心情急躁的父亲嫌我俩干活太慢，从姐姐手中要过镶锄刨起砖来，命我和姐姐将露出地面的砖移开。我忽然见到一个银色的小弥勒佛在镶锄底下露出来，想伸手去捡，遭到父亲严厉责备的眼神，只好眼睁睁地看着那笑容可掬的小弥勒佛转眼又淹没泥土，不知所终，至今印象深刻。

我常常想，或许项河老屋那地基下，应该埋藏着许多的文物宝贝。记得父亲有一次在房子门前锄菜地时，惊喜地叫五弟剑虎："虎子快来！看看这个是么子！"两三岁的五弟立即欢天喜地、蹦蹦跳跳地跑去，拿了件物在手中，喜滋滋地把玩。已读高中的大哥见清，是当时家中最有文化的人，看了后告诉我们，说是古时文人书房用的青花笔架。可惜尚还懵懂的五弟不识，不久就损毁了。现在想起来，母亲晚年在病中，我恐母亲一个人太孤单陪母亲唠唠闲话时，母亲曾回忆说，在项河居住的房子地基，是一块风水很好的地方。母亲年轻时，与父亲利用冬季的空闲开挖房子后面的鱼塘，曾掘出过许多的陶罐瓷器，有的图案还很精美，只是上面的字，她与父亲都不曾识得。

在项河居住的十年时间里，家中可谓五谷丰登、六畜兴旺，养的猪儿像牛犊一样肥壮，连路边的青草也能啃食。记忆中，母亲就曾好几次叫我牵着猪去路边吃草，那猪还真是听话，像牛一样啃着马绊根、九斤兜、回头青等草，嚼得有滋有味。现在屡屡忆起此事，也不禁暗暗称奇，由此对我国古代的"风水学说"持半信半疑态度。

老屋搬迁途中的艰辛，我是在成长的过程中慢慢地听别人讲述的。老屋所有的砖瓦拆卸下来后，经过母亲带领大姐美娇、二哥建国等一起夜以继日地清除泥灰，堆码点数。再经十几人排成一条长队，一块一块地用手传递到船上安放。途中要经过二十几里的水路，用竹篙撑着慢慢前行，如果船速快了，就会搁浅在水下面的凸坡上，有翻船的危险；慢了，又怕遇上宽阔的水面上吹起的阵风，被颠覆。途中还要翻越两道堤埂，只能将砖瓦一块一块又从船舱中取出来，通过每个人的手传递到坡上，船取空了后，合众人之力，将船托过堤埂，再将岸上的砖瓦传递上船。每只船都是如此反复。

母亲后来回忆说："每块砖瓦都在搬迁过程中，被人的手反复传递，砖瓦都磨折了一圈。"

砖瓦都能被手指磨折一圈，血肉之躯便可想而知了，由此可知老屋搬迁的艰辛。

搬迁到柳关后，父母已囊中空空，家中的粮食也所剩无几。安顿好我们后，父母就急匆匆地下洪湖打鱼了，这是当时唯一的赚钱门路。好在有常年在洪湖打鱼为生的外公外婆指引，父母能快速地入行。大哥继续在念书，二哥跟着表叔去学酿酒，大姐留在三叔父家住，照看我们。二姐宝娇、我与四弟、五弟住在一个用旧砖瓦叠码成的棚子里相依为命，度过了人生记忆中最寒冷、最漫长的一个冬天。

第二年秋末，父母亲终于从湖里回来了，重新盖起了一个三间大瓦屋，我们四个幼小的兄弟姊妹，终于再也不惧寒风苦雨的吹打。母亲在新房前后都栽上了水沙树和桑树，母亲说，水沙树伴随我们兄弟长大后，可以作为我们成家盖房子的檩子；桑树一年后，桑叶即可养蚕，供我们上学的学费。

母亲时刻都在操心和谋划着我们的未来。她怕我们挨饿受寒，怕我们几个幼小的子女长大后，盖不起房子，怕子女们因穷苦被人看不起，弯下做人的脊梁。

如今水沙树已合掌难围，树干直插云霄，桑树早已绿荫成林。父母都已作古多年了，只有黄鹂在枝头依然清脆地鸣叫着，似乎在向我讲述着父母当年几度搬迁的艰辛。

我想，我是能记住父母这一生创业的艰辛的，能记住父母为我们众多子女们付出的心血和努力的。多年后，我们弟兄的子女们，还能记得当初他们的爷爷奶奶创业的艰辛吗？

再到了儿女们的下一代呢？

2011 年 8 月 19 日

母亲的腌菜

说起腌菜，现在的孩子们都不以为然。会说，不就是腌制的菜嘛，现在谁还吃它呀。

不新鲜、不卫生、不生态，于是成了腌菜的代名词。再就是把超市里卖的"涪陵榨菜"等同于腌菜的全部。其实，这只是一叶障目，不见泰山。

我儿时的印象里，母亲做的腌菜种类就非常丰富。至今回忆起来，蔬菜类大致有南风腌菜、霉干菜、甜洋姜、酱萝卜、酱烧瓜、褡豆食、豌豆酱、炸胡椒、酱豆豉，包括生姜、荞头、大蒜、豆腐等，都是可以制作成腌菜的。肉类的种类也很多，诸如干鱼、腊肉、香肠、炸肉粉、干鸡鸭、干泥鳅等等。

改革开放前，有鱼米之乡之称的江汉平原农村，也只能过个温饱，日子过得很紧巴，餐桌上都是些果肴素食。经济上的拮据，致使鱼肉荤腥成了一种可望而不可即的奢望。虽然紧邻集市，父母一年四季却很少上街买菜。偶尔来了客人，才会买点鱼肉，乡亲们自嘲地称为"开荤"。

即便是自家地里的蔬菜，也不是天天都能保障供应。一年四季，有一半的日子要靠坛子里的腌菜来渡过"饥荒"。

在春天，万物复苏，冰河解冻，田间地头的花草苗木还没生长出来。

这段日子里，按照乡亲们的话说，还得靠自家坛子里的腌菜来"接润"。

"接润"是一个很富有诗意的形象词。江汉平原的母语里，不谙文墨的乡亲们常常出语惊人，随口说出来的话语，堪比咬文嚼字的老先生。很多从生活中总结出来的话语，很是耐人寻味。譬如"接润"二字便是。润为滋润之意，有水才能滋润，一旦断了水，也就枯涸了。乡亲们把这个意象嫁接过来，实在是形象而又生动。

进入三月后，春暖花开，旱地里的油菜花们一天一个样，嗖嗖地开始往上蹿。野地里，田垄上，野芹菜、泥蒿梗、薏米菜等都冒出了头。池塘边，溪沟畔，野蒿草也抽出了嫩蕊。这时候，即便菜园子里的豌豆还不够饱满，黄瓜才刚露出粉头，野地里鲜嫩的百草已经可以解馋了。

母亲把菜薹摘去巅，撇去花苞，折成寸长，便成了鲜嫩爽口的下饭菜。儿时的记忆里，春天除了自家地里种的菜薹、油菜外，野地里的泥蒿梗，是更为廉价的美味。在周日去野地里寻那些新鲜又带着泥土味的泥蒿梗，配上腌制的腊肉小炒，那股原汁原味的香气扑鼻而来，很远都能闻到。可惜数量稀少，一个下午也难寻找到一竹篮。

到了夏秋两季，蔬菜的种类开始丰富起来。夏天里有胡椒、茄子、西红柿、莴笋、小白菜等，多为地上生长的茎叶类蔬菜。秋天的有冬瓜、南瓜、胡萝卜、白萝卜、洋葱、大蒜、苕、洋姜等，多为地下结下的瓜果。

到了冬天，随着北风一阵比一阵凛冽，草木开始相继枯黄，萧瑟起来，所有的植物都停止了生长。这个时候，坛子里的腌菜便走上餐桌，成为每餐饭的主角。

腌菜不是与生俱来就有的，除了靠一个家庭主妇的勤劳、贤惠外，还得有战略上的运筹帷幄、战术上的心灵手巧。这可不是夸大其词。江汉平原受暖湿气候的影响，一年四季，气候分明。每种蔬菜，根据二十四节令，有不同的播种、采摘期，前后差不过几天，过了这个时令，就会减收，遇到异常天气，还会绝收。

儿时在父母身边，经常能听到他们随口念出的许多农谚。这些农谚，既有治家励志、处世做人的谚语，也有很多指导节令种作的谚语。谚语是祖祖辈辈们从劳动和实践中总结出来的真知灼见，既经典实用，又朗朗上口，容易记。譬如在种植上，水田里有"清明泡种，谷雨下秧"，提醒乡亲们到了清明该浸泡谷种了；等到谷雨后，就要开始到田间下秧。"清明早，立夏迟，谷雨种棉正当时"，是对旱地种作物的箴语。还有诸如"立夏不下，旱死蛤蟆"等等。

在江汉平原的农村，一个家庭主妇能勤俭治家还不够，她还要懂得这些农谚，在家庭与土地这番小天地里，能够将农谚里的"天文地理"烂熟于心，运用自如，实在是件不容易的事。

在老家农村里，有句俗语话，叫"男人的田里，女人的园里"。意思是说，看一户人家的田里庄稼好不好，就知道这户人家男人能不能干，是不是个精明的庄稼把式；看一户人家的菜园子蔬菜瓜果长得茂盛不茂盛，就知道这户人家的女人贤惠不贤惠，是不是个心灵手巧的好媳妇。

印象中，除了冬季，母亲的菜园子总是郁郁葱葱，枝繁叶茂。菜园子里，各种蔬菜瓜果层层叠叠，青紫绿红。胡椒、茄子枝上，果实密密麻麻，以至母亲不得不找来树干撑起枝丫。在架底下，母亲又根据不同节令，套种有黄瓜、南瓜、冬瓜等，这些贴地底的藤蔓，也是瓜绵瓞延，硕果累累。

经营好菜园子，并不是母亲的专职，她还要一边随父亲下地里干活，一边打理全家九口人的衣食住行。打理菜园子的工夫，只是她起早贪黑、忙里偷闲挤出来的。

每一种蔬菜瓜果，等到歇架时，母亲便将那些富余的、过了采摘期的摘下来，在河水里洗干净，晾干，剖开或者切成条，先用盐揉制、压干，再拿出来风干或者晾晒，最后进坛。这个制作工序，十分烦琐，极具匠心。

农村实行联产承包责任制以前，温饱像块沉重的石头，压在每个家庭的身上，喘不过气来。尤其是像父母的这种多口之家，儿女们的衣食住行是困扰他们的头等大事。除了主粮大米之外，一个家庭对腌菜的依赖，几乎到了相依为命的程度。一日三餐、宴会待客，坛子里的腌菜成为桌上不可少的主角。这种依赖程度，直到20世纪90年代以后才有所缓解。

记得十多岁时，有个正月，我随父母去看望洪湖瞿家湾的外婆。隔壁的一个叔伯舅娘来接父母吃饭，盛情难却，推托不过，父母只好去了。舅爷是个特别讲礼数的人，一定要请父亲在八仙桌靠神堂的上方坐，自己则坐在下方作陪。舅娘在神堂后面的厨房里进进出出，锅铲在锅里叮叮当当响个不停。等到菜肴出齐之后，舅娘搓着一双油腻的手说："姑爷，真不好意思。湖乡草地，没什么好招待您，今天我只好杀了罗（萝）家满门！"

舅娘一句幽默的自我解嘲，逗得大家呵呵大笑。再细看桌上时，果然全是萝卜做成的宴席：酱萝卜块、炒萝卜丝、煮萝卜丁、蒸萝卜条……

人的味觉功能是有记忆的，特别是儿时吃过的一些菜肴味道。这些年往返于北京与老家之间，每年春节回家，再返回单位，前后不到半月的时间里，领导和同事们见了我总是很惊讶，说我又养胖了。我心里说不可能呀。春节期间，乡邻好友约我与他们一起白天黑夜打牌，有时甚至鏖战通宵，不瘦才怪，怎么会养胖呢？站到秤上一称，果然长了好几斤，心里很是纳闷。

今年五一期间回家，看到姐姐做的饭菜，既有清炒的新鲜豌豆米、莴笋丝，又有红胡椒酱泡制的洋姜、脆甜酱萝卜，勾起了我儿时记忆，端起碗，整整吃了两碗饭，还觉意犹未尽，但肚子实在撑得不行，只好搁下碗筷。姐姐问我："平时在北京也吃这么多吗?"我说哪有，餐餐有鱼有肉，总是没点胃口。

忽然省悟，每年回家之所以胃口好，是因为味觉又忆起了儿时的味道，那味道，是妈妈的味道，温馨又绵长。就像母亲制作的那些腌菜，经过风雨的淋浴、阳光的熏陶，再佐以生活的苦辣酸甜，味道便历久而弥香。母亲虽然远去了，我的胃帮我找回了母亲的记忆。我在母亲传承下来的味道呵护之下，尽管身体日夜不曾停歇，却也能快速地发福起来。

可惜母亲的腌菜一如母亲，已渐行渐远。那些复杂而又考究的腌菜制作工艺，正在乡村慢慢失传，逐渐从人们的餐桌上消失。我是再也难以享受到了……

2019 年 5 月 6 日

母亲的牵挂

据说世上最痛苦的事情，莫过于生离死别。多少年来，在外漂泊的多少个夜里，母亲一次又一次走进我的梦中。而又有多少个明月中，母亲孤独地坐在月色下，牵挂着远方的游子？每念至此，心中的痛楚慢慢爬满胸膛。

雨，泣泣下，缠缠绵绵。推开窗子，伫立窗前，细雨像细丝般密密地斜织着，对面屋顶上笼着一层薄薄烟雾。枯黄的树叶在潇潇的雨声中瑟缩不宁，黯然地回忆着过去的荣光。小草们无精打采地垂下头，含着泪珠，似乎在叹息着无奈的命运。乡村的雨中，少有行人来往，间或有披蓑戴笠的老农从门前经过，更烘托出乡村雨日的宁静。宁静的雨日，更容易勾起人的思绪。

我忆起似曾相同的雨日。多年前的一个早春三月，为生计所迫，我无奈地与母亲辞别，天空也同样飘着蒙蒙细雨。心情黯然的我，精神萎靡不振。母亲打着雨伞，坚持要送我到车站。我一路沉默寡言，而母亲却殷殷叮咛不止。

"到了地方记得打电话回来。在家千日好，出门时时难。凡事要小心。"

看见我始终紧拧着眉头，一副心事重重的样子，母亲厉声道："男子汉要提得起放得下！"

母亲的当头棒喝，让我从恍惚中惊醒过来，收回茫然的目光，这才发现雨水淋湿了母亲半个身子。一路走着，母亲怕雨淋着了我，她将雨伞始终倾斜在我头顶。我的心里一阵剧疼，接过母亲的伞说："您放心吧，我会照顾好自己……"

我还想安慰母亲什么，已哽咽难言。

男儿有泪不轻弹，我怕自己再说下去，会在车站的大众面前出丑，强行打去。我将雨伞尽量遮住母亲的全身，不让她再被雨水淋着，低头看见母亲头上又新增了许多的白发。岁月无情，母亲已日渐衰老。一时间，千万种感慨涌上心头，我又把视线转移到那密密的春雨上。

春雨像丝绸一般，又轻又细，润物无声，听不见淅淅的响声，也感觉不到纷纷的淋漓，就好像是一种湿漉漉的烟雾，轻轻滋润着大地和草根。母亲似乎感觉到了我内心的激动，没再说话。汽车进站，我随着人群拥进车里，回头又看见母亲焦急的面庞。母亲看到别人争先恐后地抢位置，见我不慌不忙任由别人争抢，她又在担心着我占不到座位。汽车缓缓驶出站台，母亲追随汽车尾部，翘首慌张地搜寻我的影子。她是想再多看一眼即将分别的儿子，还是又在担心儿子有没有找到座位呢？

我的视线再次模糊了。我将头伸出车窗外，向母亲挥手告别，看见母亲仍然跟跄着脚步追向远去的客车，渐行渐远，最后身影难觅……

在外漂泊的日子里，我曾经写过一首关于牵挂母亲的小诗，或许是表达的情绪过于低迷，朋友看了安慰我说，牵挂母亲也是一种幸福。这让我茅塞顿开，心胸豁然开朗。是啊，世界上的万事万物都是相对的，不论牵挂母亲或是被母亲牵挂，应该说都是一种幸福，就像爱与被爱都是幸福一样。被母亲牵挂，证明我在这个世界上不是孤立的，需要更加好好地活着，不辜负了母亲牵挂我的万千柔情；牵挂母亲，证明我对母亲具有割舍不下的情怀，作为人子应承担义务和责任，需要更加坚强地走好人生的路，让母亲牵挂的儿子生活安稳，母亲才会安心。

可惜，母亲已早早地离开了人世。病魔无情地掰开了母亲手中攥紧的牵挂丝线，母亲依依不舍而含恨地离开她日夜翘首期盼的儿女们。我成了那只断了线的风筝，一个人在空中失去了飞翔的方向，随风摇摇欲坠。心灵在风中彷徨迷茫，牵挂与被牵挂都失去了目标，茫然失措。

雨，仍在泣泣下，淅淅沥沥，如泣如诉。曾经以为是牵挂让我寂寞，可是失去了母亲，没有了牵挂我感觉更加寂寞。与母亲牵挂了三十多年的线永远地断开了，母亲化为了青烟和尘土，永远地留在了老屋门前的那片荒芜的坟冢里。

在这个秋日的潇潇冷雨中，想起与母亲牵挂的日子，心情像这萧瑟的树叶一样黯然。多想母亲在九泉之下还能听到我牵挂的呼唤：您的儿子会好好地照顾好自己，不管贫穷还是富裕，始终走正路，做好人！

愿母亲在九泉之下得以安息。

2011 年 9 月 22 日

母亲的菜地

母亲患病之后，我再也吃不到她种的瓜果蔬菜了。餐桌上的菜，都是从街上买来的，不知是心理作怪，还是买来的菜本来就不好吃，嚼在口里味同嚼蜡，苦涩难咽，怎么也找不到以前那种清甜、滑嫩的感觉，由此更加心痛和担忧起母亲的病情。

清晨的一抹斜阳，透过稀疏的枝叶，把光影斑驳地涂在母亲满是皱褶的脸上，母亲的脸色便越发地显得苍黄了，岁月的沟壑在她脸上纵横交错。

我不忍心再看母亲的面容，便建议说："早上空气好，我扶着您走走吧。"

母亲默认着站起身来，我赶紧挽着她手臂，希望可以借助早晨清新的空气，来转移和缓解母亲的病痛。

树枝上鸟儿传来清脆的啾啾欢鸣声，我却没有欣赏的心情。经过自家的菜地时，母亲停下来。她看着那荒芜零落的菜地里杂草丛生，一株株狗尾巴草冒过了莴笋顶。胡椒行里，马绊根草在菜地里纵横交错，蔬菜显得很是稀落。

母亲眼里满是怜惜和责备，我一时好生内疚和惭愧。我知道母亲现在心里想着什么，但我实在找不出合适的言辞来安慰她。我理解母亲对这块菜地的感情。母亲一生没进过学堂，不懂"之乎者也"，但她能读懂土地的絮语，明白庄稼的喜怒哀乐。

这块菜地离家只有两百米远近，母亲在这里来回走过的路程，难以用数量来记载。菜地与家之间，被母亲长年累月的脚印踩出一条曲折蜿蜒的小路。即便母亲病了一年多，小路少有人往来了，荒草至今也不敢向小径逾越一步。

岁月像一条绳索，深深地勒进我的记忆里，绞疼着我的心。当我们兄弟姊妹坐在温暖舒适的教室里憧憬自己未来的梦想时，母亲却在烈日酷暑或寒风冷雨中，肩担起对儿女的责任。

多少次上学的路上，看见母亲挑着粪桶，沉重的担子压在她单薄的肩膀上，她脚步踉踉跄跄，身躯摇摇晃晃；无数次放学归来，总是见母亲蹲在菜地里拔草锄地、洒水施肥，手中那把铁锄，在常年与土坷垃的摩擦中，磨损得越来越小。数十年的岁月里，母亲换了多少把镬锄，我都已记不清了，印象深刻的是母亲手掌上那一层经年不退的老茧，像烙印深深地烙在我的心上。

印象中，母亲从来没有说过苦和累二字。每当我们在桌子上狼吞虎咽的时候，母亲总会露出欣慰而又灿烂的笑容。记忆里，好几回我感冒了，或是胃口不好，母亲总是将菜夹到我的碗里，一个劲儿地叮嘱我多吃点儿。此刻忽然想起，宛若眼前，心头倍感温馨。

"以后有空要把菜地管好。只有懒人，没有懒地。"

母亲的话让我回过神来，我挽住母亲的手说："我和您还往前面走走吧。"

我怕菜地引起母亲的惆怅，其实我更怕母亲的菜地勾起我更多的回忆和感伤，想转移自己的视线。母亲当然不会明白我此时心中的感慨。

她没有再说什么，随着我一同慢慢向前漫步。

深秋时节，早晨的气温带着些许的微凉。漫天的朝霞飘舞摇曳，宛若仙女摆动的彩带，景色蔚为壮观。彩云染红了清澈的内荆河水，云水相映生辉，映入眼中格外绚丽夺目。

我知道，母亲以后可能再也没有时间来种菜了。医生偷偷告诉我们，她已病入膏肓，只是我们瞒着她而已。我也知道母亲仍然深爱着这块菜地，这是古往今来，千千万万中华民族的母亲们无怨无悔的选择，就像她们与生俱来爱着她们的儿女。

谁家一把磨损的镶锄遗弃在菜地篱笆边，锈迹斑驳。我恍惚看见这是一位老去的母亲，岁月风蚀了她曾经强壮的身躯，漫长艰苦的劳作，摧毁了她曾经拥有的青春。谁还记得她当年付出的艰辛呢？这把被遗弃的镶锄，多么像当今许多孤苦无助的空巢老人，而遗弃它的主人，像那些遗忘了自己老父老母的儿女。

十月胎恩重，三生报答轻。

一尺三寸婴，十又八载功。

母为儿干卧，儿尿母湿眠。

母苦儿未见，儿劳母不安。

老母一百岁，常念八十儿……

我心里默默念着这首古诗，手更加挽紧了母亲的手臂。

一阵清风拂过，路边的菊花摇曳着身子，散发出一阵诱人的清香。树叶轻轻地飘落下来，仿佛要投进了大地的怀抱，又像一只只彩蝶，在空中回旋飞舞。黄色的树叶给道路披上一层金色的地毯。

搀扶着母亲，一起缓缓地行走在这乡间小道上，我的心情始终充满沉重。回转时经过母亲的菜地，我忍不住又多看了一眼。我对自己说，我一定要经营好母亲的菜地，珍惜好母亲用过的那把磨损的镬锄。

2011 年 9 月 21 日

乡下的草

在乡下，草——檐前屋后，田间地头，遍地皆是。马绊根、回头青、车前子、母猪梢、马鞭草……

这些卑微而又生命力强劲的草，总能勾起我对母亲的一些回忆。现在，我仍能清晰地回忆起母亲说过的一些有关草的谚语。一句是母亲经常叮咛我们的话，"走的路多，踩得草死"。鼓励我们多读书，多用功。至今仍如晨钟暮鼓，回荡在耳边。还有一句是说"儿童不知春，问草绿何故"。印象中，母亲说这句话时，仍在低头缝补一些手头的旧衣裳，语气幽幽的，似在嗔怪我们年幼不晓事，又似在感叹着什么。

医生宣布检验结果，母亲至多只有三个月的生命时间了。我们悲痛不已！我和姐姐、二哥商量，大家保守秘密，绝不能让母亲知晓。可是，我们都不善于伪装，口里没说，却将悲伤和绝望写在了脸上，被心细如发的母亲读得明明白白。

母亲开始拒绝就医和吃药，几天时间里，身体便明显地垮了下来。她原本憔悴不堪的脸上看上去更加蜡黄了，皱纹在她额头像波纹似的荡漾开来，再像涟漪般地扩展和放大。母亲忽然变得缄默不语，她总是独处一隅，不愿意再和我们唠叨往事了。好几次，我看见她偷偷地抹泪，听见我的脚步声来了，又赶紧掩饰住。

儿时，听爷爷讲过一个神话故事，说天上王母娘娘的瑶池中有种起死回生的灵芝草，能医治百病。我多么希望这是一个真实的故事，那么不管千山万水，我将不辞千难万险地去求索。可惜这只是一个神话而已，我感到万般无奈和悲哀，恨自己无华佗再造之术，不能拯救和挽留住母亲的生命。

我百思无策，想不出更好的语言来安慰母亲，就说："妈，您想开点儿，还有五弟指望着您呢。您要是有个三长两短，他可怎么办呀？"

父亲一年前去世了。去世时，五弟剑虎还没成家，一个人只身在温州打工。其时，只有我一个人在母亲身边。一生刚强的父亲，直到与世长辞的最后几分钟，也没忘记对儿女的关怀和责任。他遗憾地给母亲说："柳妮（江汉平原对有了孙儿的妇女尊称），我是大限临头不由人啦，你叫虎子不要怪我。这副担子就落到你肩上了……"

听我提到五弟，母亲的神色陡然又振作起来，慈祥的目光又溢满她的双眸。她一只手撑着藤椅的背靠圈，一只手撑着腰，艰难地站起身来。

"饭好了没有？"母亲问。我心中一阵惊喜，这是母亲生病后第一次主动要求进食。那段时间，不论我们煮出来的是山珍海味，还是人参燕窝，母亲都不屑多看一眼。即便动了一筷子，也是做做样子。

我曾央求邻居的柳奶奶去劝说母亲。柳奶奶和母亲同姓，是母亲年轻时结拜的姐妹。柳奶奶比长比短，费尽了口舌，也没劝动母亲。柳奶奶回来后，一脸凝重对我们说："你妈给我交了心底话，只求早点上路，不想增加你们的负担，害你们花冤枉钱。"

我们当时听了，心如刀绞！

现在，母亲终于开始按时就医、按时吃饭了。她的脸色变得略微丰润起来，皱纹也似乎比以前少了。我打电话把这个喜讯说给五弟听，叮嘱他多宽慰母亲几句。晚上，五弟打来电话，我于是把手机递给母亲接听。我怕手机声音太小，就将扬声器打开。千里之外，五弟的声音清晰地传递在到我们每一个人的耳中。

"妈，你一定要好好地照顾好自己，您活着就是我们的希望。您不知我一个人在外有多难，每天十几个小时地上班，一天只有几个小时的休息。但我每天都想象着您在担心我，牵挂我，我就给自己说，我一定要争气努力，不让您失望……"

我看见两行清泪，沿着母亲的脸颊一直滑到腮尖，母亲没有用手去拭。母亲神色安详地坐在椅子上，微微低着头，默默地听着，自始至终，没有说一句话。我看见她脸上的神色，充满慈爱和坚毅。

一年后，母亲安置五弟成了家。第二年，五弟有了自己的宝贝女儿依慧。第三年的十月十日，母亲不幸与世长辞。

许多年了，我一直还在思索这个问题。医生宣布母亲只有三个月的生命时间了，她却顽强地与病魔抗争了三年多才离开人世。没有依靠任何药物、理疗。她依靠的是什么？靠的是如草儿一样顽强的意志，还是另外一种生命的奇迹？

母亲墓地，松柏已绿叶成荫，枝叶婆娑。坟前荒草葱郁依旧，而母亲已与我们阴阳两隔，渐行渐远。清风吹拂，草儿簌簌细语，仿佛在向我讲叙母亲一生的苦难与艰辛。想起母亲感叹的那句"儿童不知春，问草绿何故"，我猛地省悟，或许，这句话就是指的母爱的无私和伟大，只是，儿时的我们，又哪能体会得到。

母亲在生命的最后，把她伟大而又无私的母爱，升华成了一种坚强的意志和不屈不挠的奋斗精神。

草的一生，卑微而又短暂，可它每一棵根须的末梢，都牵连着亲人的悲与欢、苦与乐。为了亲人的牵挂，活着，是一份责任，又怎能轻言放弃?

我的母亲，她为了这份责任，像草儿一样，硬是顽强地撑着病体，把三个月的时间，撑成了整整的三年。

2012 年 10 月 1 日

父亲·故事

父亲出生于 1937 年，农历五月十六日，正是河山破碎、人民流离失所之时。在江汉平原老人们口中，至今还流行着一句话："1937 年，鬼子进中原。"父亲的名讳，便与日寇有着一段解不开的仇怨。

1937 年的春天，江汉平原广阔的田野上，已是草长莺飞，花红柳绿。金黄的油菜花已有半人多高，茂密枯黄的蒿草和芦荻仍然没有长出新叶来，看上去还是一派萧瑟枯萎的景象。稀疏低矮的茅草房沿着内荆河堤从两边错落分布。打着漩涡流淌的河水，日夜不停地奔向远方。宁静的村庄，在偶尔的几声鸡鸣中显得格外的静谧。忽然，远处传来零星的几声枪响，并伴随着一阵阵的鸡鸣狗吠，人们惊慌四散地向湖边的蒿草和芦苇丛中躲避。从前面传来消息，日寇的铁蹄踏进了柳关这片偏僻的土地。

祖母腹中正怀着尚未满十个月的父亲，匆忙中来不及收拾家什，便在家人一连声的催促下，颠着一双缠裹着的三寸"金莲"，与乡亲们一起惊慌失措地逃进油菜花地里避难。一路惊吓劳累，刚到油菜花地，祖母就临产了。在那个周围全匍匐着父老乡亲的油菜花地里，祖母羞愤难当地生下了父亲。

逃过了此劫，祖母仍对父亲耿耿于怀。这也难怪她了，她毕竟是属于那个半封建时代的女人。祖母出生于大户人家，从小深受"廉耻仁义"等教育，我至今还记得祖母说过的诸如"男子三笑为一痴，女子三笑不诚实""言不露齿"之类的话，可见，封建礼仪一套在祖母脑中是根深蒂固。父亲满月后，祖母一反先例，这次不求村里有学问的先生给孩子起名，她给父亲起名为"学贱"（父亲这辈按族谱属"学"字辈号）。接着又把父亲过继给没有子嗣的二祖父。只是父亲在自己成年后，将名字变更为"俭"，但父亲这个"俭"字的来历，竟连小时候的我，都听过好多遍的了。

可怜的祖母拿日寇没辙，只好将羞愤转移到父亲身上。父亲一生都没能得到祖母的疼爱。成年后的父亲，秉承了祖母勤俭持家的遗风，一生勤勤恳恳，任劳任怨，极富有正义感和责任心。父亲先后担任过大集体时期的生产队长、大队长等职十多年，有口皆碑，以至父亲去世十多年了，村民们说起，仍然对他留念感伤不已。看到乡亲们回忆父亲，流露出真情实感，我常常想：大丈夫当如是！

我为自己的父亲感到骄傲和自豪，并提醒自己：此生即便给父母争不了光，也别给父母脸上抹下了黑。

父亲一生除了爱喝点儿酒外，再无不良嗜好。他一生不抽烟，不参赌。江汉平原的农村，人口密集。农村中有句俗语，"半年辛苦半年闲"。闲冬腊月，人们坐下来没事，便会吆三喝五地聚集在一起摸牌赌博，正如荆州花鼓戏《十三款》中欺男霸女的王庄生说的那句台词："老爷，这赌博摸牌，乃千百年来的恶习，不是我一个人能禁得住的……"

江汉平原的乡村中，摸赌至今屡见不鲜，很难见到不摸牌赌博的人。而父亲却是个例外，从我记事起，从没看见父亲打过牌或者参过赌。我们弟兄长大成人后，每年春节都会在父母身边团年。吃完了团年饭，也会一起搓搓麻将，或者打打扑克。印象中，父亲也没有反对过，但他也没到我们身边来正眼瞧过。只有一次是例外，我们四兄弟用扑克玩"三打一"，不会出牌的我输得哇哇叫，还反遭两个哥哥的埋怨。这时惊动了正聚精会神看春晚的父亲，可能是怕兄弟之间在大年三十伤了和气，就坐到我后面，告诉我怎么出牌，不一会儿，我就挽回了颓势。事后我一直很纳闷：父亲的牌打得那么好，却从没看见他学过，他是怎么会的呢？为什么他又从不打牌，甚至连看也不看呢？

父亲平日对我们很严厉，要求十分严格，除了春节或家里来人来客外，我们平日很少从他脸上看见笑容。这个疑问也就一直悬在我心底，不敢问他。直到母亲晚年病了，我怕病痛折腾母亲，想分散她的注意力，减轻母亲的痛苦，就经常陪母亲说说话、聊聊天。忽然想起那个春节父亲教我怎么打牌的事儿，其时，父亲已去世两年了，母亲因为照顾酒后中风瘫痪三年的父亲，积劳成疾，在父亲去世后的一年里，也病倒了。夏日的夜晚，如水的月光映在母亲消瘦皱褶的脸上，脸色显得更加的苍白。听我提到父亲，母亲精神一下子似乎又好了许多，在如银的月光里，我看见母亲的眼光又奕奕有神。母亲说，其实父亲二十多岁的时候，也十分好赌。方圆十五里内，赌友都不知有多少。有一次，父亲欠了雷舅伯两块银圆，舅伯背后向母亲催讨，父亲知道后，很快还了舅伯父的赌债，从此戒赌。一生中，他再也没拢过赌桌的边沿，并且连看也不看了。

母亲回忆父亲这段事后，精神忽然好了很多，一直和我唠叨到月上中天，才在我的劝慰下安睡。而那晚，我反复回味着父亲戒赌的故事，辗转反侧，却是一夜难眠。

在父亲身边长大的日子里，由于父亲的严厉，与他在一起的温馨回忆或许没有在母亲身边多，但小时候父亲讲给我的一个启蒙故事，却是分外的清晰。

也是一个春天的早晨，父亲带着尚未入学的我和姐姐到菜园地里除草。父亲这天心情非常好，见我和姐姐都一声不吭地拔草，就喊我说，我给你们讲个故事，看你们听了觉得好不好。

我和姐姐顿时喜笑颜开，异口同声地叫好。那时虽然年幼，却已开始懵懵懂懂记事了，父亲平日严厉，少见他脸上的笑容，我和姐姐一直惧怕和他开口说话，更别奢望他主动和我们讲故事了。

"从前，有个墩子有三个人，一个是'眨巴眼'，每一会儿都忍不住要眨两下眼；一个是'鼻涕佬'，一年四季鼻涕横流，胸口和两袖全是厚厚的一层鼻涕膏子；还有一个是'癞子壳'，每一会儿都忍不住要挠几下痒……"

父亲的故事一下子吸引住童年的我，在那个贫穷的年代里，小伙伴们中像这种"鼻涕佬""癞子壳"的比比皆是，我和姐姐都忍不住笑出声来。

"有一天，'眨巴眼''鼻涕佬'和'癞子壳'在街上相遇，就相互赌狠，今天一起吃饭，三人互相监督，如果一盏茶之内，'眨巴眼'不眨眼睛，'鼻涕佬'不擦鼻涕，'癞子壳'不挠痒痒，那么饭钱就大家一起出，否则，谁先动就出饭钱。三人于是赌咒发誓在饭馆坐下来，叫饭馆老板站在身边做公证人。三人坐成三角形，面对面地互相监督。不一会儿，'癞子壳'就首先忍不住了，头上奇痒难熬，正欲挠痒，忽又忍住，说：'我不挠痒，开口说话行不行？'

"'眨巴眼'和'鼻涕佬'说行。'癞子壳'又说：'我前天看见一只梅花鹿，头上长着六只角，这儿一只，这儿一只……'边说边用手指在头上点给对面的两人看，不知不觉间，将头上的痒痒挠了一遍。

"'眨巴眼'没等他把话说完，连连摆手：'我不信！我不信！'挥手之间，眼睛连眨数下，终于缓解了眼睛横瞪之苦。

"'鼻涕佬'这时鼻涕已经垂到下巴，正要忍不住擦，一听，接着便说：'要是让我看见，我便张弓一箭！'说话间，做一个开弓的样子，衣袖顺势将脸上的鼻涕擦了个干净。

"最后的结果，你们两个肯定已经晓得啦，三人一起出钱吃饭。"

这是我童年里听到的最精彩最难忘的故事，至今记忆犹新。父亲讲述这个故事时，脸上始终洋溢着和蔼的笑容。

今天，父亲虽然已经去世十多年了，但父亲的故事和慈祥的面容始终烙印在我的心里，这一生，我都不会忘怀。

谨以此记，缅怀逝世十二周年的父亲！

2012 年 3 月 9 日

大　姐

　　"泪纵能干终有迹，语多难寄反无词。"

　　从六月初开始动笔写母亲纪念文集，中间一直停滞不前，原因是回忆到了大姐美娇这儿，不知该如何落笔。心中感伤太多，陈瑞生的《寄外》这两句，最能表达我此时的心情。

　　大姐美娇出生于一九五几年几月几日，我都已记不清了，致电给上面的老大老二，以及姐姐宝娇，大家都已模糊。我想，或许最记得大姐出生日期的，应该是父母，因为大姐是他们一生中的遗憾与伤痛。可惜父母都再也无法咨询了。

　　我常常就这样傻傻呆呆地坐在窗前，望着窗外过往匆匆，看流云逝水、落花飞叶，久久不能落笔。

　　"上穷碧落下黄泉，两处茫茫皆不见。"

　　父母与大姐都已不在人世，甚至连大姐的生庚年月都已无从知晓，又该怎样向后辈侄儿侄女们讲述清楚这个他们未曾见过面的姑姑，以及她当年曾为自己父辈所做出的努力和牺牲？

　　我的大姐，她在如花的年纪里，用自己的青春和血汗撑起一把伞，为下面六个姊妹遮风挡雨，换来弟弟、妹妹们今天的幸福。我该怎样才能以笔墨向她表达这无限的感激缅怀之情啊？

我一次次地放下笔，徘徊在院子里，任由夏日的烈阳炙烤，又任由秋日的斜阳把影子拉长。心中只能把一种无尽的怀念和虚拟的祝福，沿着岁月的轨道慢慢向前延伸。

大姐年长我十多岁，她去世时，我才刚上小学三年级。记忆里，对大姐印象最深刻的一次，是一个夏日的午后，我才四五岁的样子，砍柴回来的大姐，一双哭泣的眼睛和脸上的泪痕未干。父亲不在家，只有我在母亲身边玩耍。母亲忙问怎么回事，大姐咽泣着说，是撞到鬼了。母亲焦急地逼问经过，大姐不吭声，用手撑着额头，将背后的衬衣撩起来给母亲看，我看见大姐背上一个清晰的手爪印，通红通红，直至今天想起，仍清晰如昨，深深地烙印在我的心中，这一生，我都难以忘记。不记得后面母亲和大姐说了些什么，只记得母亲让我给大姐揉揉背，我一遍又一遍地给大姐揉着那越揉越通红的爪印，大姐背上的爪印，慢慢地揉进了我混沌初开的童年记忆深处。

听母亲回忆，大姐出生时，正好碰上饥荒年成，很多家庭都陷入揭不开锅的境地。素有鱼米之乡的江汉平原，人们也不得不跑到湖里挖藕、采莲、拾捡螺蛳河蚌来度过饥荒。大姐满了七岁，本应该入学启蒙，可附近都没有学校，村里仅有个私塾班，老先生封建意识很浓，不招女孩子。老先生对母亲说，男孩子拿笔，女孩子拿针，各习一门。女孩子学绣花织锦才是正经。

大姐不满十岁，下面又相继增添了两个弟弟、一个妹妹。父母在集体上工时，大姐一个人既要照料好弟弟妹妹，还要帮父母亲做饭。全家搬迁到项河时，大姐下面有了六个弟妹，全家九口人的衣食令父母捉襟见肘，沉重的负担压得父母喘不过气来，刚满十二岁的大姐便跟着父母到集体挣工分。大姐心灵手巧，生产队一应的活儿，如扯秧、插禾、割谷，她很快就得心应手。听上面的宝娇姐讲，生产队按人头派下的任务，大姐每次都是第一个完成。她干完自己的活儿后，又马上过来帮助母亲，为母亲赢得时间哺乳下面的弟弟。母亲说，没有大姐舍生忘死付出，我们下边几个弟弟一个也别想上学。

在那个以工分挣口粮的年代里，当别的家庭把工分当作全家的奋斗目标时，父母亲却把儿女的前途当作全家的动力。母亲劝说父亲，说男儿应该志在四方，今后出去闯荡，不读书、不识字，连大门都出不了。为了下面五个弟弟读书，为了给弟弟们今后的人生赢得一个更宽广的路，大姐与父母义无反顾地站成了我们背后的一堵墙，为我们五兄弟挡住了那个最艰难的岁月里的凄风冷雨。

听到大姐的噩耗时，是阴云密布的一个中午，我刚上完早晨的第一节课，也没给老师打报告，不顾一切地跑回家，路上碰到伤痛欲绝的母亲和一众人，抬着脸上盖着白绢的大姐。印象中，我没有哭，那时我才十一岁，之所以记得清楚，是因为两天前老师刚好问过我的年龄。家中一遍狼藉，父亲捶胸顿足，母亲肝肠寸断……

不堪回首！

大姐因婚姻上的失意，决意选择不归路，客观地说，母亲是有着一定责任的。母亲是个典型的传统女性，她儿时所受到的教育，全是外婆灌输给她的整套浓厚的封建礼仪思想。大姐还没出生时，母亲与洪湖瞿家湾雷家墩的舅妈指腹为婚，后来双方果然各生男女，大姐的终身大事就这样被定了下来。大姐从没上过学，家里的环境与条件，迫使她上不了学。在那个还没实行计划生育的年代里，母亲相继又有了大哥、二哥和姐姐宝娇。大姐刚会自己穿衣服，就要学会照顾下面的弟弟。弟弟能读书了，她便要随着父母到集体去挣工分，帮助父母撑起这个多口之家。

其实，大姐对自己的这桩婚姻并无异议，相反充满美好的憧憬。从父母与舅妈一家来往走访中，大姐知道了自己未来的意中人雷耀雪竟然也生得眉清目秀、一表人才，和大哥见清一样在县城读高中。在那个贫穷的年代里，高中生可是屈指可数，是令人仰慕的秀才。再说，那时的农村指腹为婚，也是沿袭千百年来的传统，是板上钉钉、不能翻悔的大事。老人们经常挂在嘴边念叨的有"嫁鸡随鸡，嫁狗随狗，嫁条扁担背着走"。这是强调女孩子的话；男子若是翻悔，轻则被众人谴责为陈世美，重则要被整家规。何况耀雪哥还是亲戚，总不至于翻悔婚事，闹得两家亲戚反目吧？

然而，就在大姐芳华二十闺阁待嫁时，耀雪哥父母听信旁人挑唆，认为大姐既没读过书，下面又姊弟繁多，以后会成他们家的拖累，决意悔婚，给大姐造成致命的打击。

曾经多少次严霜酷暑里的繁重艰辛劳动，没有让大姐皱过一次眉头。除了大姐与生俱来的顽强意志与吃苦耐劳的精神外，另外就来源于大姐对这桩美好婚姻生活的向往。然而，当幸福就在咫尺时，梦想却像个泡影破灭。打击之深，摧毁之重，即便是满腹诗书的文人，也未必能承受得起。

耀雪哥的悔婚，虽然给予了大姐沉重的打击，却还不是致命。大姐也曾无数次以泪洗面，但她从未表露在脸上，心灵上的创伤，使大姐变得更加沉默和孤单。不久，三娘忽然传来大姐与本村某某谈对象的流言，一生注重名节的母亲此时气急败坏，召来大姐严加讯问。大姐迫于无奈，说出了名字，母亲勃然大怒，斩钉截铁地明确表态：对方相距太近，以后夫妻在一起过日子，哪有牙齿与舌头不发生龃龉的啊？

母亲根据自己一生丰富的经验规劝大姐，不为不对，只是由于生活的重压、家庭琐事的繁多，母亲没有顾及大姐此时雪上加霜的感受。母亲的断然拒绝，最后彻底摧毁了大姐心中重新燃起的希望，没几天，大姐就趁人不备，毅然选择了不归路。

世俗与偏见、愚昧与无知，最终夺走了大姐如花的生命。多年以后，大舅妈漂亮贤惠的女儿耀德姐相中了英俊能干的大哥见清，三番五次托人上门做媒，均遭到母亲严词拒绝，可见大姐的去世，留给了母亲多大的伤痛。其实，大姐的去世，岂止是给父母带来了伤痛。大姐去世时，大哥见清正面临高考，为了不影响他的前途，没有告知他。不久大哥暑期归来，闻听大姐噩耗后，深夜以头撞墙，悲痛不已。与大姐年龄最相近的他，目睹了大姐给予幼小的弟妹们多少的关怀和温暖，目睹了大姐为弟妹们抵御了多少寒雪与风霜啊。

今天，我们每一个弟妹的成功与幸福，同样都浸染了大姐的功劳与汗水在里边。在这份家传中，我之所以把有关大姐的情节详细地回忆记载下来，希望我们弟兄姊妹们，以及我们下一代的侄儿侄女们，始终不忘这个勤劳聪慧、吃苦能干、任劳任怨的好大姐、好姑姑。

愿大姐的怨魂，在九泉之下得以安息。

2011 年 8 月 20 日

五弟剑虎

　　撰写家史的日子里，郑州的五弟经常致信于我，说三哥，你写得真好。我闲暇都要到你博客上来看看，读了真的好感动！母亲生前的一点一滴，就好像发生在昨天。

　　我知道这是五弟的真心话，我也明白这是五弟在鼓励我。我心里清楚，并不是我的文章写得有多好，十多年没拿书练笔了，能好到哪去。只不过在写母亲的每篇回忆时，笔下都倾注了自己对母亲饱满的真情，而五弟之所以感觉好，是产生了共鸣而已。

　　五弟的鼓励，让我产生一种冲动，在母亲的纪念文集中，我再加上一篇五弟的记录，把五弟身上闪光的优良品质记叙下来，像母亲的精神一样，传承给后面的儿女们。可屡屡提起笔来，却又不知该从哪儿开始说起。

　　不是五弟身上优点太少，相反是太多，让我有一种"剪不断，理还乱"的感觉，一时找不出头绪。几十年血浓于水的手足之情，一起长大的苦涩而又快乐的童年，在外打工相依为命的经历，同甘共苦的创业日子……

　　一幕幕风风雨雨走过来的回忆，如同大江浪潮，在我脑海中回旋翻滚，令我心中难以平静。

五弟名剑虎，是家中的老幺。说到他的名字，有段幽默的故事。五弟满月时，母亲照例去请有学问的先生给他起名，先生问他上面的四个哥哥都分别叫什么，母亲一一述说来历。当得知五弟上面的哥哥叫建武时，老先生说，就叫剑虎吧。母亲问有何讲究，一生幽默的老先生说，您学了武，得打虎呀！乐得大家眼泪都笑出来了。老先生最后又一本正经地说，叫虎好。将门出虎子，虎父无犬子。将来他长大了虎虎生威、生龙活虎，好着呢。母亲听了非常高兴地给五弟定下名来。"虎子"也成为我们一直喊叫他到现在的乳名。

五弟成家有子女后，我跟着孩子们叫他"五爷"。作为兄长，我喊他"五爷"而不再直呼乳名，是我心中对他的一种尊重，因为五弟是个值得尊重的人。

五弟出生在1976年的老屋项河，记忆里，那时我还只有四五岁的样子。一个晚霞艳丽的傍晚，我正在家门口玩得起劲，母亲房中忽然传来一阵清脆嘹亮的婴儿啼哭，这个记忆至今仍十分清晰。

1978年秋，老屋项河遭受洪水，大水淹没了所有的庄稼和田园，父母又从项河搬回了原来居住的柳关。由于没钱建房，父母在这个寒冷的冬天下洪湖打鱼，家中只留下姐姐宝娇、我、四弟建武和五弟四人一起过着相依为命的日子。

所谓的"家"，其实是用搬迁回来的旧砖叠码起来，上面再横放几根拆房剩下来的旧檩子，盖上瓦。里面刚好摆放两张简易木床，再在外面用砖码个小凹洼，算是厨房。灶是用铁皮油漆桶剪开个口，上面架上锅。现在回想起来，其实有点像过家家的样子，不过那时我们都还太小，生活条件也很艰苦，也就没感觉到怎么的不好。

大水还没退去，刚上二年级的我便被迫辍学了，好在四弟、五弟那会儿还没上学。每天我们都要去河边周围的树林里捡回枯树枝做柴火烧饭。刚搬回村子里不久，我们兄弟几个和同村的孩子都不熟，经常遭到欺负。我们在林子里捡枯树枝时，冷不防地被他们扔块砖头过来，让我们好一阵惊悸。

印象中的这个冬天，是我们一生中最寒冷的冬天，一辈子都难以忘记。

早晨，深秋的霜打在枯黄的草地上，像下了一层白皑皑的薄雪，看了直让人打哆嗦。我们三弟兄都没有鞋穿，清晨去捡树枝时，赤脚踩在透骨冰冷的寒霜上，冻得浑身发抖。但还得去捡树枝给姐姐生火，不然生米是煮不成熟饭的。

至今清晰地记得，当时实在是扛不住寒冷了，我把大爹的女儿娇林姐的一双毛线手套偷偷藏起来，想给两个年幼的弟弟御御寒，最后硬是被娇林姐软硬胁迫地交还给了她。许多年后，心里想起这事来都还很怨她。一双毛线手套，在她手里不用两天就编织成了，而对于我们，索去的手套，比寒霜更令我们心中寒冷。

一年后，父母回来做好了房子，我们三兄弟也都上学了。农村这时已开始实行联产承包责任制，分田到了户。母亲为了保障家中日益增长的开支，在房前屋后全部栽上了桑树养蚕。可惜房前屋后太过狭窄，除了陡坡边能栽树外，其他地方既不能种芝麻，也不能点黄豆，让一生勤劳聪慧的母亲好生伤神。可勤劳聪慧的母亲是从来不会闲着的，她打听到街上有人收购"草包"（一种用稻草编织起来的袋子，用于江汉平原地区每年梅雨季节防汛装土），马上和父亲商议，很快千方百计地凑齐了工具，发动我们全家齐参与。姐姐宝娇专门负责在机上编织，二哥建国编草包沿，父亲捆扎，母亲剪切，我们小三个则负责搓草绳子。从此，放学后搓草绳，成了我们三人每天必须完成的任务。父亲会时不时地来检查谁偷懒了，一旦发觉，轻则挨骂，重则罚晚上不许吃饭。为此，我们三人没少挨骂，但饭照吃不误。父亲是个表面严厉而内心慈爱的人。任务压力虽然很大，但毕竟童心难泯，我们发现父母或上面几个大的哥姐不在时，马上丢了绳子，拿出早已藏好的棍子来开始打仗。

我那会儿还在读三年级时，便已把大哥见清的房间里的《三国演义》《水浒传》《西游记》等文学名著偷偷地拿出读完了。那时，我的记忆力特别的好，每天夜晚看过的章节，第二天竟然能连标点符号都背出来。由此始信古人所说的"过目不忘"是真的。那时，我只是比《三国演义》中的杨松"一目十行，过目不忘"，少了一目十行的本事。

在与四弟、五弟漫长而又枯燥的搓绳子的日子里，我便将书中精彩的人物和故事分享给他们俩听。他们两人听着听着便上了瘾，常常就这样忘记了搓绳子的枯燥与劳累。时间一长，我们干脆扮演起小说中的人物，一个扮猛张飞，一个学马超，口里还一边模仿着马蹄的奔跑的声音"嘚嘚嘚"，一边挺着手里的木杆"枪"，嚷嚷着要上前大战三百回合，好不开心！

童年里，搓绳子与打仗，成为我与五弟小时候苦涩的，却是最为快乐的童年回忆。

童年的生活，就在那种痛并快乐着的时光里，悄悄地流逝。恍惚之间，四弟五弟都上了小学，家里的经济情况却越来越糟。随着上面两个嫂子相继地走进家门，家里地少人多的情况开始凸显。洪湖早已封湖，不许打鱼了，一生勤劳的父母，此时一筹莫展。父亲常常借酒消愁，母亲头上新增些许的白发。

由于家中的情况始终难以得到改善，父亲的脾气变得愈来愈焦躁，常常稍有琐事的不好，就会暴跳如雷。我这个上有两个哥哥、下有两个弟弟的"中坚"，成了离父亲最近的受气筒。三天挨打，两天挨骂，成了家常便饭。倔强的我和父亲赌气，以刚读完初一而弃学的代价，来抗议父亲经常的无故打骂。我的弃学，间接地减轻了上下哥哥弟弟们的压力，父亲由于心疼成绩一直优秀的我而心生疚意，脾气渐渐地有所改善，对我不再无缘无故地打骂了。

学校会时不时地以各种名义向学生收取一两元的资料费，而家中凝重的气氛，常常让五弟开不了口。五弟只好焦急地说给我听。我十分了解家中的拮据，便抽空去稻田间的小沟里"踩"来泥鳅鳝鱼，卖得几块钱，赶快回来递给五弟。钱虽然不多，每次只有一元、两元，可我每次都能在五弟接钱时，读到他童稚的眼中不应有的沧桑。

初中毕业，成绩优秀的五弟也放弃了上高中的机会，一个人独自离家打工去了。母亲为此常常暗暗垂泪，脾气焦躁的父亲变得沉默下来。

五弟离家的日子里，我感觉到每一天的时光都被拉得很长。身边虽然还有四弟，可是再也没有当初用棍子打仗的开心时光了，身边忽然变得冷清下来。落寂的我，将头埋进书堆里，开始没日没夜苦读自学，常常不知不觉就到了天亮。第二天又跟着父母下地干活，有时稍有精神不振，又会招来父母的责骂。

1999 年冬月 11 日早上，是我一生中最寒冷、最刻骨铭心的一天。为我们兄弟姊妹操劳一生、勤俭一生的父亲，带着满腔的遗憾，永远地离开了我们。

清早起来，母亲还像往常一样，给父亲穿好衣服，还特地给父亲披上他那穿了十多年的黄军大衣。父亲瘫痪三年多来，每天睡觉起床、如厕，都是母亲侍候他。

昨晚的北风呼啸了一夜，到天明的时候才稍微有缓。屋外仍能听到风声穿过树枝的呜呜声。外面飘着零星的雪花，靠墙角边上能看见薄薄的一层雪。母亲点燃堂屋的火堆后，把父亲扶出房间，坐在父亲平时那把塑料片编织的藤椅上。父亲今天的气色特别不好，他的嘴唇是青紫的，眼睛一直眯缝着。大约不到半小时后，他口中忽然吐起唾沫来，母亲赶紧地找来干毛巾给他擦嘴。父亲努力地振作起精神，他的头脑依然很清晰。他断断续续地交代好了一切后事后，才从容去世。

父亲艰难地把母亲和我叫到身边，说："柳妃，我不行了，我最放心不下的是剑虎，没能把他渡上坡，你叫他不要怪我，我是大限来了不由人哪，你一定要把虎子安置成一户人家……"

父亲临走前，双眼始终未能合上，我知道他是在牵挂着自己的儿女们，特别是还没成家的五弟。

其时，五弟正孤身一人在浙江温州鞋厂打工。五弟那时还是十五六岁的样子，开始，给人家做学徒也没人要。五弟就从杂工做起，本分的他，勤勤恳恳，吃苦耐劳，一连几个春节都没回家，终赢得老板的信任，开始培养他学技术。1996 年时，他一个月就已经拿到了五千元以上的工资。五弟将辛苦赚来的钱，除了留下的生活费外，其余的都寄给了父母保存，可怜父亲以为自己还能为五弟打拼多年，却不料一下子脑中风瘫痪，五弟几年积蓄，顷刻一空。

办好父亲善后，衰败的老屋又陷入无边的寂寥中，鸟雀在茂密的树枝上的清脆叫声，更加反衬出老屋周围的孤寂和冷清。残阳如血，晚霞映红了半边的天际，老屋后面的内荆河水，红色的波光粼粼，却丝毫点亮不了我和五弟灰暗的心情。散步在刚好两脚宽的小路上，我们心中都感到无限的凄凉和悲惶。父亲这几年虽然一直是我们在供养他生活，但每当我们在外遇到坎坷时，想起父母来，心中都会有一种厚厚的依靠和温暖感，仿佛父母就在遥远的老家翘首期盼，寄语殷殷，使我们时刻不敢惰懈，而振作起精神来。现在父亲忽然永别，我们心中一下子像被掏空了似的，感觉背后空凉凉的，失去了依靠和屏障。至此，才明白"父爱如山"这四个字的真正含义，只是幡然醒悟得太迟！

我和五弟都清醒地认识到，当务之急是必须将老屋迁移，以一个崭新的面貌扭转家庭的形象，完成父亲未竟心愿。五弟要想成家，就必须先立业，即先"筑巢"后"引凤"，不然，谁家肯把姑娘嫁给这个"上无片瓦遮身，下无立锥之地"的穷小子呀。

　　这一夜，我与五弟都辗转反侧，难以入眠。家庭的困境已迫使我们痛下苦心，背水一战。我们反复地论证着新建房子的各个细节，最后决定我留守在家，兄弟分工协作，扎扎实实地按计划完成各自的任务。

　　可怜我从小到大都是在父亲这棵大树底下躲着荫，农活什么也不懂。第一次牵牛耕田时，母亲就站在田埂上教我，其中的狼狈可想而知。老屋的拆迁，全是母亲、妻子和我三人完成的。说披星戴月也好，说日夜兼程也罢，都丝毫不为过分。一砖一瓦，一点一滴，有如春燕衔泥，又似愚公移山，用一辆旧板车加上那条老黄牛，慢慢移到了临公路的新址。

　　每当累得快倒下时，我就想起父亲临终时不瞑的双目，又挣扎着爬起来。心里的哀伤，没有人知道我心中有多苦。

　　今天，五弟已经在郑州市最为繁华的市中心买了一套三室两厅的高档房，每年的春节，他都会开着他那心爱的"路虎"回家。我们会一起到父母坟上去祭拜，两兄弟都会在父母坟茔边，默默无语地伫立很久。

　　苦难的日子早已一去不复返了。正如清晨的阳光驱走了黎明前的黑暗。我和五弟都为当初所做出的正确选择与所付出的共同的努力而感到欣慰和自豪。只可惜父母亲都已不在了，如果他们在天有灵，也一定会为我与五弟的努力而感到欣慰吧。

2011 年 7 月 23 日

兄　弟

　　"小时亲兄弟，长大各乡里。"母亲说这话时，我大概五六岁的样子吧。我七岁才启蒙，印象中，母亲说这话那会儿，我还没迈入学堂门槛。

　　我出生在 20 世纪 70 年代初，那时，和所有农村家庭一样，家里穷，弟兄姊妹多。我上面俩哥、俩姐，下面俩弟，加上父母，九人挤在一间狭隘的三间瓦屋里，手足之间难免有时磕磕碰碰。二哥有次欺负我，我正眼雨巴巴的，被从地里回来的母亲撞见，母亲一边忙着做饭，一边规劝二哥。少不更事、懵懵懂懂的我，竟然将这句话深深地镶嵌进了记忆中，至今难忘。二哥从此也不再无缘无故地欺负我们小几个了。

　　现在被生活所逼，只身一人来到北京闯荡，对前途心中也没个谱。租住在丰台新村一家黑里咕咚的小旮旯房里，手机上的信号隐形无踪，无聊的同时还倍感孤独。常常在沉闷的环境中眯眼睡着了，醒来时，一些难抑的情绪又勾起满怀的惆怅与迷惘。

　　来京十多天了，也没见着在北京工作多年的长兄见清，短信里回复说是到南京出差去了。来之前，没想过麻烦他，现在孤独无助起来，却又带着些许的期盼。在这种纠结的心情中，不知怎么的就想起母亲说过的这句话来，一时心神恍惚，颇有些伤感和失落。

怀念起母亲在世时，每当春节临近，我们兄弟几个不管相隔千山万水，都要风雨无阻地往家赶，为的是能陪伴父母度过一个团圆美满的吉祥年。在母亲身边度过的一个个春节，是我一生中最为温馨美好的回忆。

记忆中，每个寒冬腊月里，母亲系着蓝花格围裙的身影都在忙碌不停。数九寒冬里，屋外大雪纷飞，母亲就坐在火炉边给我们纳鞋底，赶做棉鞋。印象中，儿时穿的棉鞋是用黑色棉纺绒布做的鞋面，既耐脏，又耐磨，且很美观。鞋面呈线条型向前舒展，中间用扣眼打穿六个均匀对称的线孔穿鞋带，里布和绒布中间夹着一层软绵绵的棉絮，穿在脚上暖乎乎的，让邻家的孩子羡慕不已。雪停了，太阳照在雪地上令人眼花迷乱。雪水顺着檐沟滴答滴答落在屋檐下，将墙边厚厚的雪上溅出一圈黄色的泥土印来，而北边背阴的檐沟下却挂出一排排尺长的冰凌，晶莹透亮。我们用树棍敲打着冰凌玩的时候，母亲却在厨房里忙里忙外地备年货。豆皮子、糍粑、炒米糖、麻糖，都是过年时才能一饱口福、百吃不厌的点心。特别是豆皮子，既能炒食，又能水煮，还可油炸，不论哪种做法，都香甜可口。可惜现在这些传统的东西，就像父母亲渐行渐远的身影，慢慢消逝在我们的视野中，再也吃不到了。

大年三十的下午，外面的鞭炮声开始由稀到密，由零星到响成一片。我们兄弟几个打扫完屋子，粘贴完春联，换上母亲早给我们准备的新衣后，看着父亲双手恭恭敬敬地点燃神龛的蜡烛，躬身作揖。父亲对着神堂作揖的时候，大哥便赶紧地在外面点鞭炮。当看着最后一颗鞭炮爆响完毕，一大家子人便开始坐下来，围满整整两桌，觥筹交错，其乐融融，那种温馨喜庆的气氛终生难忘。

团年筵席上，我们弟兄五个一直保持着一个优良的传统，轮番致祝酒词。给父母致祝酒词时，内容比较老套，总是诸如祝他们身体健康、万事如意之类的，除此之外，哥儿几个都好像想不出更有创意的祝福语来。也难怪，岁月年复一年，父母除了额头上的皱纹不断地增加变深之外，日子始终也没有变得好起来。他们常年日出而作，日入而息，脚步没有迈出过家乡半步，我们除了祝福他们身体好、称心如意外，还能说些什么好呢？

兄弟手足互相祝词时，内容就变得丰富起来。哥儿几个在城里的位置都不同，所处的行业也各不一样。譬如说给大哥见清祝词时，我们小几个会说祝大哥新的一年里事业蒸蒸日上、家庭幸福美满之类的；给五弟剑虎祝词时，我们会说祝他生意兴隆通四海、财源广进达三江之类的商场上祝福用语。五弟和大哥不同，这些年一直在郑州经营木材，颇有成就，已买房置车。大哥则在北京食品行业闯下一番名头，与人合作出版了八本行业指导书，是全国食品行业有名气的专家学者。行业的不同，我们的祝词也根据各人的实际情况，在心里斟酌不同的用语来表达内心的祝福。

五弟最后给四弟建武致辞时，语气变得严肃起来，说希望他新的一年里能踏踏实实做事，扎扎实实攒钱，早日成个新家，不要再令父母牵肠挂肚。

四弟性子倔，只习惯听奉承话，一听逆耳，不等五弟话说完，就开始申辩，说我怎么怎么啦！气氛顿时变得僵冷起来。我便赶快地调和，劝四弟说，其实我们的本意都一样，千言万语都是为你好。你看现在父母健在，就像一条绳索，每年把我们紧紧地拴在一起过年，他们百年之后，我们在一起的时间就少了。弟兄天各一方，你再想有人像这样下深情地忠告你、提醒你，就没有了。

想不到我一语成谶。父母相继去世后，我们心中都少了份牵挂，加上各自为生活所累，相聚的时间也渐渐少了起来。四弟已经一连几年都没有回家过春节了，大哥每年的春节回来得也很晚。团年筵席上，也没了以前那份浓郁的喜庆气氛，祝酒词也渐渐淡出了年会。

想起自己在祖墓上撰写的一段墓志铭：先祖仕谅公当年自赣辗转千里，始创今日项河之基业。后经历代先辈卧薪尝胆、前赴后继之不懈努力，始有今日之草庐可供儿孙蔽风遮雨。男儿立于天地之间，当感上苍生成之德，念祖宗庇荫之恩，此君子之所为也。况水长有源，树茂有根。虽岁月悠悠，子孙分派分系；生存维艰，儿女各东各西。我等后裔子孙，又岂能轻慢己之本源哉……

现在，父母已阴阳两隔，驾鹤渐行渐远，昔日的兄弟已天各一方，再难相聚。再过若干年后，这份手足之情是否便会更加淡泊疏远了？

想起父母当初给我们五兄弟起名时，每一个名字都以一个同音字贯穿着。大哥见清，二哥建国，我名见闻，四弟建武，五弟剑虎。母亲说这中间这个字就像一条绳索，将我们兄弟几个拴在了一起。人生路上，不管路途多么遥远，生活多么艰辛坎坷，兄弟几个都不会走散；不管谁贫穷或者富贵，哥儿几个一个都不能落下，都要记住哥儿几个是一条路上来的人。

可现在，这条绳子还能在岁月的风雨中维系多久呢？到了我们的下一代，还能维系得住吗？

再往后呢？

2013 年 8 月 14 日

蚂　蟥

　　五月，一望无垠的田垄上，禾苗随着地形的连绵起伏，绿色直达天际，像是给一马平川的平原大地铺上了一层绿茸茸的绒毯，显得格外生机盎然。

　　老人们有句俗语话，叫"五月的草，如马跑"，形容各种植物在五月生长之快。一派欣欣向荣的景象里，大片大片绿油油的庄稼在一层薄薄的雾霭氤氲中，像一幅江南水彩画，令人心旷神怡。满眼的翠色欲滴，让人们似乎可憧憬到丰收是那么的触手可及。

　　江汉平原的五月多雨。春雨如丝、如雾、如烟。透过这缕缕的蚕丝，世界万物如同朦胧的写意画，忽隐忽现。

　　昨夜一整夜的大雨，溪沟、河涧，积水漫溢，门前的公路河水涨高了二尺。提灌站正在加紧排着积水。夹杂着泥土的浑黄河水，缓缓拂动着水草向前奔涌而去。公路河两旁斜面，水泥镶砌的六角板，光滑得搁不住一块石子，可仍有三三两两村民，一手提着塑料桶，一手拿着"捞网"，捕获着雨后顺坡爬上来的"牛坨"。

　　"牛坨"是水蛭科类的一种，在内陆淡水水域内生长繁殖，是我国传统的特种药用水生动物。干制品炮制后，中医入药，具有治疗中风、高血压、清瘀、闭经、跌打损伤等功效。医学近年新发现水蛭制剂，在

74

防治心脑血管疾病和抗癌方面具有特效。古医学书籍也有记载其医疗的作用。据《本经》记载，水蛭"主逐恶血、瘀血、月闭，破血瘕积聚，无子，利水道。"《本草拾遗》记载："人患赤白游疹及痈肿毒肿，取十余枚令啖病处，取皮皱肉白，无不差也。"《本草衍义》："治伤折。"……

由于"牛坨"医用价值不断地攀升，本地市场价已涨到每公斤一百三十元左右。在金钱的驱动下，每逢雨后涨水，村民们便不分白天黑夜，对其赶尽杀绝。

看到村民们起劲地捞"牛坨"，我不禁隐忧地想到了它的孪生兄弟蚂蟥。在本地，蚂蟥比"牛坨"个儿小，但更嗜血。儿时的五月，随父母亲在田里插秧栽禾时，蚂蟥是令人防不胜防的"嗜血杀手"。它悄无声息，防不胜防，一次又一次顺着你的脚踝往上爬，寻找汗毛孔叮吸。稍有疏忽，不需一分钟，汗毛孔便鲜血淋漓。等你发觉有轻微的痒时，为时已晚，裤管里的鲜血已顺着小腿流了好长的时间了，而此时的蚂蟥早已吸食得浑身鼓胀。

我每次抓到偷噬的蚂蟥时，一定要把它撕扯成两截，好让它再也叮噬不了他人。可是水田里的蚂蟥实在太多，有时腿上会同时爬上来两三只，只能将它们远远地抛开。况且撕扯蚂蟥也不是个滋味，滑腻腻的，看了你就会恶心。但我的痛恨之心胜过了恶心，每次撕扯蚂蟥时，都会将眼睛看着别处，用两只手的拇指和食指掐着它两头，狠劲地一扯，把它撕扯成两截方才解恨。

我不知道父老乡亲们对蚂蟥是如何看待。只记得村子里的长辈们根据蚂蟥的习性和特点，总结或者是流传下来的，有这么两句俗语，"蚂蟥搭上鸬鹚脚（脚：家乡的音读 jue），想脱不得脱"。常比喻想放下什么却又被什么牵扯住难以放下的窘状，或直接比喻人在江湖身不由己的无可奈何感。还有一句是，"蚂蟥听不得水响"。比喻某人看见或听见什么，马上就跟上。运用之妙，存乎一心。

回忆儿时在田里劳作时，腿上常被蚂蟥叮噬得鲜血淋漓的情景，现在才幡然想起母亲晚年贫血身子。记忆中，母亲坐车总是晕车，平日里也经常发头晕，医生说是贫血的缘故，建议母亲将红糖在铁锅里炒煳后温水冲服，以补贫血。那时农村的医疗状况和家里的经济条件都是没有"红桃 K"和"补血口服液"可喝的。因陋就简、就地取材的"土方子"，是农村人救命保身的良方。在那个条件艰苦的年代，生产队的劳动繁重，多儿多女、贫血体弱的母亲，天刚蒙蒙亮就赶紧地直奔田间抢工分。全家九口人，只有父母双亲和大姐参加生产队的劳作，家里年年超支，分得的口粮总是不够吃。父母亲带着十多岁的大姐，夜以继日，勉力支撑着这个多口之家。

白天的烈日酷暑，还有嗜血的蚂蟥；夜晚的闷热与蚊虫的叮咬，母亲该需要怎样坚强的毅力和忍耐，才能度过每一天的煎熬和漫漫的长夜？

可惜我竟幡然醒悟得太迟。

蚂蟥现在是再也看不到了。随着农肥由牛粪青草变成碳铵尿素，农药、污水肆意地横流，蚂蟥不知什么时候悄悄消失在水乡平原中，就像家乡现在的"脚鱼"（甲鱼）、乌龟已成珍稀品一样。我真不知是该喜，还是该忧。

看到今天人们又在成群结队、趋之若鹜地捞取"牛坨"，我真的很担心，什么时候"牛坨"也像蚂蟥一样，会很快消失在人们视野中。总有一天，我们所知道的蚂蟥，也变成了记忆里的一个传说。若干年后，我们再对后代的儿女们谈起蚂蟥，他们是否也会认为这只是一个遥远的传说与故事？

想到这里，我心里感到沉重。

2011 年 8 月 4 日

秋收时的回忆

　　九月的平原，黄澄澄的稻穗在秋日淡黄的阳光照耀下，仿佛天与地也融为了一体。秋风吹拂，稻浪起伏，农民们站在田垄上"稻花香里说丰年"。

　　老人们素有"三春不如一秋忙，谷不进屋不算粮"的谚语。言简意赅，反映了秋收时节那片火热朝天的农忙景象，以及秋收时节瞬息多变的天气。

　　在这个多风多雨的季节里，乡亲们掐着指头盼叶黄稻熟。辛苦得来的丰收眼看在即，如果不及时抢收进粮仓，还有可能被突如其来的雨水损耗。所以老人们总结的还有一句，"一年辛勤在于秋，粮不入屋不算收"。强调秋收时的重要性和紧迫性。只是时代不同了，科技的进步，生产力的日益提高，千百年来在劳动中总结出来的农谚，也会像村头打谷场角落里长满青苔的石碾，逐渐被人们遗忘。自动联合收割机的轮子滚进了田地，彻底地取代了"脸朝黄土背朝天"的人工收割。乡亲们谷子长在田中还没成熟，便有人早早上门套交情，揽生意，联系收割的事情。到了需要收割的时候，田主人站在田埂上背剪着双手，优哉游哉地抽烟，指点装车就行了。看着那沉甸甸的谷包堆叠得山样高，一个个美得眼睛笑眯成一条缝。

想想二十年前秋收时，父辈们披星戴月，日夜兼程，卷裤脚，撸袖子，男女老少齐上阵，像上战场的火热场景，真令人感慨系之。

我家九口人，弟兄姊妹七个，是村里少有的大家庭。还没分单干时，只有父母和我们兄弟上面最大的姐姐美娇三人参加劳动。家中年年超支，入不敷出，愁容常常写在母亲脸上。但不管怎样艰苦和贫穷，父母始终坚持让我们进学堂念书。我经常听到父母口里念叨一句话——"积钱不如积德，买地不如买书"，并鼓励我们发奋努力地读好书。父亲经常念叨"一字值千金"。

父亲是个一生要面子的硬劲汉子，凡事不肯落后于人，由此性子急躁。有他在家的日子，我们说话做事需格外的小心谨慎，稍有差池，便会引来父亲严厉的呵斥。

20世纪80年代初，农村实行了联产承包责任制，分田到户。人均一亩三分田，我们家一共分到了不足十二亩地，父母亲很知足。母亲心情宽豁了许多，父亲也很少动辄就发脾气了，家里的气氛开始变得暖和起来。而秋收时的紧张，却是终身难忘。

雨过天晴，露水在秋阳的照耀下，还在稻叶尖上泛着晶莹的光，母亲便早早地做好了饭。我们小几个正好是星期天，便随着父母一齐下田收割中稻。秋日八九点钟的太阳，令人感觉不到一丝暖意。赤脚踩在地里，凉飕飕的，寒气沿着脚心浸透全身，让人打个冷战。我皱着眉头迟疑好半天不想下地，可是父母亲像根本就没有秋凉这回事似的，已经唰唰地放倒了身边一大片稻子。于是，我只好硬着头皮，咬着牙下地，不一会儿，竟也不感觉到冷了，只是衣袖裤脚都被露水打湿了半截。

稻子全部割完了，要等它晾干，再开始捆扎、搬运、叠码、铺场、碌碡、翻叉、收草、扬壳……十几道工序下来，才变成了谷子，再被父亲用箩筐一担一担地挑回家中。

家乡老人们有句流传下来反映秋收忙的俗语，"丢了杨叉就是扫帚"。意思是刚放下这事，马上又接着干那桩。我想这句俗语一定是根据打谷场中的情景得来的。牵着牛赶碌碡碾稻的父亲，几圈碾轧完毕，母亲就要用杨叉把稻子翻过来，父亲的牛碌到了身后，母亲赶快避开丢下杨叉，捡起扫帚扫散落圈外的谷子。简短的八个字，生动地反映了秋收时打谷场上繁忙的景象。

儿时吃饭时，父亲让我们把碗里每一粒米饭全部扒进口中，不许浪费。父亲说糟蹋粮食会被雷打的，我懵懵懂懂不解其意。看见父亲严肃认真的神色，还是听话地把碗沿边剩下的饭粒扒干净。后来上了学，读了"锄禾日当午，汗滴禾下土。谁知盘中餐，粒粒皆辛苦"，虽然知道"一粟一粒皆来之不易"，但还是停留在理论的概念中。跟着父母下地劳作时的切身感受，才真正体会到粮食的来之不易，真正体会到父母"日出而作，日入而息""脸朝黄土背朝天"的艰辛。

刚上初中那会儿，晚上放学回来没饭吃，知道父母都在田里抢割中稻，为了让母亲腾出时间早点回来做饭，寻了一把旧镰刀也去帮忙收割。夕阳渐渐落下地平线了，还有两厢稻子没割完。我很了解父母的脾气，不收割完是绝不会收兵的，而我的肚子早已饿得咕咕叫了，但不敢有怨言，父亲脾气不好，随便开口说的一句话，便会遭来训斥。终于在夜色开始朦胧时，与父母胜利会师了，心里一阵高兴，奋力地挥下最后一镰刀，小手指猛地剧痛，缩手一瞧，早已鲜血迸流，镰刀划开了左手小指头好大一块皮，剧痛钻心，双腿打战，额头上冷汗直冒。母亲忙用镰刀割下自己的衣襟，顺手在稻田边采摘几片草叶在手掌心揉碎，敷在我小指伤口上，帮我紧紧包扎。

我的小手指现在近似半"残"了，指头的功能虽还存在，只是前一截已弯曲变形。小指头的"沧桑"见证了那个时代父母劳作的艰辛，母亲给我包扎伤口时焦急心痛的目光至今还深深地烙在我的灵魂中。

时光荏苒，岁月匆匆，转眼间数十载过去了，许多记忆已渐渐淡忘。打谷场与石磙也不复存在了，但秋收时的一些往事，却萦绕于心怀，如梦似歌，牵动着我对早已逝去的父母亲千丝万缕的怀念。

2011 年 10 月 4 日

童谣 童趣 童年

> 天上的风，螺螺转，
>
> 地下的风，要人唤。
>
> 哦——呜——

儿时，夏夜里忽然传来这一声悠扬的长调，便会引来小伙伴们开心的欢笑。一会儿，清稚的童音在夜空里便此起彼伏，打破村庄夜晚的宁静。

现在，每当回忆起这首荒诞不经的童谣时，我有时甚至还会扑哧笑出声来。

儿时的夏夜里，童谣带给我们无限的欢乐，常常让我们这些乡下的孩子忘记了虫蚊的叮咬、炎热的无奈。

水乡的平原，文化底蕴深厚，历史源远流长。我居住的小集镇柳关，在县市版图上都难以找到它的名字，可考古学者在这里却发现了新石器时代的"大溪文化遗址"。出土的石锛打磨得精美圆滑，现展存于荆州博物馆。而监利县之名，也起自于三国时期的东吴，孙权在此"十五一驿，监收鱼米"，监利之名由此沿袭至今，已有近两千年的历史。美丽富饶的鱼米之乡，积淀了很多璀璨悠久的文化，童谣便是其中之一。

> 新姑娘，咚咚锵！
>
> 抬到婆婆家喝米汤。
>
> 米汤喝足哒，养的儿子胖嘟哒……

儿时，屡屡听到远处的唢呐、锣鼓声一路鸣奏而来，我们这帮小鬼便齐声地喊叫起这首童谣，屁颠屁颠地不知疲倦。有胆大顽皮的，待到人家新娘子走近时，忽然喊念起来，羞得新娘子以袖遮面，粉面通红。等到大人过来驱赶时，小伙伴早已鬼怪精灵地跑得老远了。

我出生在 20 世纪 70 年代初的农村。那时，父母还在集体生产队劳作。在那个缺衣少食、一切凭票购买的年代里，我们家七个子女的衣食，成了每年困扰父母的头等大事。

父母夜以继日地在生产队里劳作，记忆中，我很难见到父母的身影。我上面的姐姐照看着不到五岁的我、三岁的四弟，以及尚在襁褓中的五弟。母亲在生产队劳作时，嗷嗷待哺的五弟饿得哇哇直哭，任凭姐姐怎么使劲儿地摇晃，也止不住哭声。姐姐着急得没办法，只好将五弟从摇篮中抱起来，在手中上下晃动，一边口里哼着：

> 小板板，弓弓腰，
>
> 我是姆妈的亲宝宝……

后面还有什么，我记不清了。

我天生的调皮捣蛋，在姐姐哄五弟的空隙中，便偷偷溜出去，先是跑到菜园子里摘烧瓜，坐在淹没头顶的胡椒菜地里，鼓起小腮颊大快朵颐。吃饱了肚皮，又寻思着再怎么去玩。

儿时的老屋，坐落在一个偏僻的水乡，整个墩台才十几户人家，我家又偏居一隅，很难找到小朋友做伴。我晃悠了一大圈，忽然看见谁家菜园子篱笆条上挂着好大一只马蜂窝。从来没有人告诉我，这东西是什么、能不能招惹。我却觉得很好奇，那些马蜂飞来飞去，始终都不离那一团黑乎乎的东西。我就想探个究竟。走近不到十秒钟，耳边便有嗡嗡声响起，还没反应过来，脸上就被针刺似的蜇了一下，忙用手去拍打，手还未到被蜇的地方，眼前有团黑影袭来，本能地闭上眼睛，眼皮上便被蜇了一下。心想不妙，拔腿就跑！耳边嗡嗡声不断，感觉头上、脖子上、胳膊上都有被针蜇似的痛。跑出上百步后，耳中嗡嗡声才逐渐消失。这才感觉到被蜇的地方开始火辣辣地疼，越疼越厉害，被蜇了的眼皮已经睁不开了，只好一只手护住眼。现在回想起来，有点像后来电影上扮演"独眼龙"的坏蛋那样。终于疼得实在忍不住了，便放声大哭起来。可周围一个人影也没有，"哼哼"着想往家的方向走，走了几步，忽然省悟，回去肯定遭姐姐一顿好打，于是又反身向三叔父家走去。

三叔父的女儿红霞姐正好一个人坐在后门口乘凉，见我哭着走来，忙问谁打了我。她近我身前一看，不由大吃一惊："你哪么搞的？被马蜂蜇哒?!"

我哼哼着告诉她经过。她拿出一个圆形的小铁盒，我另一只眼睛看到，是一种黄色的膏药，至今我都没弄明白擦的什么药。她给我仔细涂在每处被蜇的地方，不知是心理作用还是药物的作用，一会儿就觉得不疼了。到了下午母亲回来时，我除了眼睛红肿外，其他的地方都恢复得差不多了。

我七岁才进学堂门槛。印象中，我是在被马蜂蜇后，又过了两年后才上的学。由此推算起来，那时，红霞姐也应该不过六七岁的样子，她只比我大两岁。她到底给我涂的什么药，如此灵效？我一直很想问她。可惜成年后，我们都为生计所累，至今也没机会问过她。逢年过节也曾短聚，可话到了嘴边，看着她那双被生活折磨的愁眉，我也没有心情问她了。

童年印象中最深的，是姐姐宝娇哄褓褓中五弟的一些童谣，至今回想起来，仍宛若一湾清泉，缓缓地流淌在心中，给远去的童年留下很多美好的回忆。

五弟那时还只有几个月大，姐姐把五弟放在腿上，用两只手捧着他的背，一边摇晃着，一边唱道：

推个磨，摇个磨，
推的粉子白不过，
做的汤圆甜不过，
爹爹吃了十五个，
妈妈吃了十六个，
吃得心里磨不过，
半夜起来摸茶喝，
门闩子碰到后脑壳，
哎呀哎呀疼不过！

这押韵式的童谣，竟然逗得尚在懵懂中的五弟咯咯直乐。看着五弟呵呵地笑，姐姐脸上也灿烂起来。我不知姐姐到底从哪学来的这么多童谣。七八岁的她，为了照看下面三个幼小的弟弟，读了几个月的书便辍学了。儿时，我心里一直很纳闷，心想姐姐这些朗朗上口的童谣，难道是她书本上读到的？由此盼望着自己快快长大，等上学了，也能早日念书，像姐姐这样能出口成章。等到上学后，才发现课本上根本就没有这样的童谣。直到今天，我也没想明白。

晚上父母回来后，五弟就不用姐姐抱了。姐姐又牵着仅两三岁的四弟去玩，我是不用她打招呼就会跟着她后面跑的。四弟走不动，嚷嚷着要姐姐背着走。姐姐就哄他说："来，我牵着你，你跟我学着说好了，我就背你玩。"

幼小的四弟愣住了。姐姐一边牵着他的手，一边让他跟着自己学唱：

月亮爹，跟我走，

走到南山卖笆斗。

笆斗巴，扒糍粑，

糍粑巴的圆，好过年……

姐姐念这首童谣的时候，月亮在云堆里若隐若现，好像也在跟着我们一路走似的。她即景生句，口里好像有念不完的童谣和儿歌。

三岁的娃，穿红鞋（鞋本地念 hai），

摇摇摆摆学的来。

先生不打我，

我回家吃口妈妈果果了来。

四弟一遍又一遍地跟着姐姐学说这首童谣，早已忘记了刚才还嚷嚷着要姐姐背。

一二三，三二一，

我买粑粑的老师吃（吃本地念 qi），

老师说我的成绩好，

我说老师是个好吃佬！

　　到了和小伙伴们一起，我们就像一群小鸟，叽叽喳喳的，最后还是先分工做老鹰捉小鸡的游戏。小伙伴们便安静下来，排成一字形长队，一个牵着一个背后的衣襟，猜拳决定出一人扮演老鹰，一人扮演母鸡。"老鹰"装模作样地要来抢食"母鸡"后面的小鸡，"母鸡"则张开双臂作翅膀，保护后面的小鸡不被扑来的"老鹰"抓到。"小鸡们"在躲闪老鹰的扑击时，不允许松开双手或掉队，谁要是在躲闪中松手或掉队了，被老鹰抓到的小伙伴便要换成老鹰，直到抓到替身为止，如此反复。

　　一场游戏下来，小伙伴们大多已气喘吁吁，满头大汗。玩累了，歇会儿后，又换一个运动量小点的"草芭子绳"游戏。大家面对面地坐成一个圆圈，谁都不容许回头瞧，一律闭上眼睛，只留下单独的一个小伙伴，手里拿着一个草芭子，悄悄地在小伙伴们身后，冷不防地把草芭子塞在谁的屁股后，如果谁反应慢了，他就得来找替身；他如果反应得快，将屁股后的草芭子马上扔回去，做庄的小伙伴就还得继续找替身。小伙伴们一个个提心吊胆，高度警惕，唯恐自己反应得慢了……

十五年前花月底，相从曾赋赏花诗。

今看花月浑相似，安得情怀似往时。

　　回首童年，不胜感慨，转眼间人至中年，时光像一个顽皮的精灵，嬉笑着远去。当初那份天真无邪、无牵无挂、自由自在、无忧无虑的童年生活，早已如梦般落在了岁月里。少年的浪漫、青年的壮志，都已飘逝在了岁月的风雨中，如烟如歌。那圆如明月清如水的童年、童谣、童趣，而今都留在了记忆的光盘里。

生命依然如花朵般绽放，如云彩般轻盈。每一天都是一个新的篇章，又揭开了一页新的画面。忽然想，与其回首往昔的不再，不如好好珍惜眼前吧。

摇啊摇，摇到外婆桥

摇啊摇，摇啊摇，摇到外婆桥……

重感冒数天，打针吃药也不见效果，头脑昏昏沉沉的，思绪恍惚。躺在床上，在梦之一隅，仿佛又回到了婴儿时期，睡在摇篮里，母亲在身旁哄着我，轻轻地哼唱着这首远去的童谣。

窗外鞭炮声稀稀落落，不断在空中爆响，此起彼伏。风中隐隐约约传来女人压低声音的呜咽，把我从浑浑噩噩中惊醒。摸出手机定神一瞧，日期显示是 4 月 3 日，原来是清明节了。

清明时节雨纷纷，路上行人欲断魂。虽然刚从昏睡中醒来，脑子里立刻就冒出杜牧这首千古流传的绝句。勉强地睁开眼睛，窗外细雨纷纷，烟雨朦胧。想来，在这个清明节里，不知又该有多少人面对黄土荒丘、坟茔墓碑而黯然拭泪了。花开花谢，春去春回。千百年来，相同的节日，类似的场景，反复演绎着一个属于中华民族所独有的缅怀先辈恩德与功绩的日子。年年如此，家家如是。

流年似水，时光在不经意间远逝。我的父母早已化为青烟和尘土，永远地留在了老屋门前的那片荒地的坟冢里。我撑开雨伞，伫立于岁月的桥头，思绪悠悠，一时不禁悲从中来。

儿时，有父母陪伴的日子里，清明节是一个祭奠的仪式；上学后，清明节是"路上行人欲断魂"的断肠，但与我无关；现在，当父母先后永别，在这个多雨的节日里，才真正体味到悲催的黯然魂断，才知道这是一种无处诉说、魂牵梦萦的寂苦思念。

我猛地打了一个喷嚏。雨，淅淅沥沥，一滴滴穿透我重感冒而打寒战的躯体，汇集于心间，奔腾激流，浩浩荡荡，穿越往事。

"来，娃儿们，告诉你们写'福包'（用白纸包冥钞烧给死者用，江汉平原称之为福包）。"

父亲满脸虔诚而又专注地裁剪着白纸，耐心细致地教我们写好每一个远逝的亲人称谓。每年的这个清明节，父母都会买来白纸冥钞、毛笔墨水，带领我们一起包写冥钞、写福包，拿到列祖列宗坟墓前焚烧，祭奠远行的亲人。

"你们一定要学会，不能忘记！"末了，父亲又慎重地反复强调。长大后才明白，父亲这是以清明节为传承的方式，延续着亲人血脉之间的温暖。

我体力不支，回转屋内，又在床上躺下来。感冒发烧与哀思父母的痛楚，使我再次陷入迷糊与清醒的恍惚状态，神思与躯体一起轻飘飘地飞起来，宛若又回躺在了母亲的摇篮中。

摇啊摇，摇啊摇，摇到外婆桥，
外婆夸我好宝宝。
糖一包，果一包，乐得宝宝哈哈笑……

在梦之一隅，母亲又坐在我身边，双手依然纳着她手中的鞋底，一只脚踏着摇篮，摇晃着躺在摇篮里的我，口里轻声哼唱着这首我懵懂时记下的、一辈子难以忘记的歌谣。

在那个物资奇缺的贫穷年代，我们七个兄弟姊妹的衣袜、鞋子，全靠母亲在冬季或者是下雨日，忙里偷闲地赶做。一针一线，千针万线，每双鞋、每件衣，都凝聚了母亲无数的心血和汗水。那个年代还没有用上电，昏暗的油灯下，锋利的针无数次戳穿母亲的手指，以至母亲去世时，我握着母亲的手，才发现她手上厚厚的老茧……

在梦之一隅，母亲的摇篮曲是心中最美的歌谣，是每个孩子终生难忘的情节。在梦之一隅，我的思绪是一只踽踽前行的蜗蜒，缓缓地追思着父母的往事。

解放前，旧中国兵荒马乱，民不聊生。朝不保夕的生活，使父母没能受到更多的教育。父亲只读了一个冬季的私塾，便开始挑起家庭的生活重担。母亲从小在外婆的渔船中长大，没有上过学，属于文盲。他们的教育均来自上一代人的言传身教，但中国五千年的文化积淀，却依然教会了父母一生正确的人生观与处世观。

君子爱财，取之以道。穷不折志，富不颠狂……这些民间千古流传的经典名句，是父母常常挂在嘴边教导我们正确为人处世的金玉良言，刻骨铭心，余音绕梁，经久不绝。

在梦之一隅，我纸醉金迷，追名逐利，迷途不返。一个朦胧而又高大的人影忽然问我：你从哪里来？要到哪里去？

我倏然惊醒，一抹额头，冷汗涔涔，扶床良久无语，心中千丝万缕，一时竟不知从何回答。这其实是我们每一个人应该时刻警醒和思考的问题。醉卧红尘，我们曾流连忘返，乐不思蜀，早已忘了身在何处，或许，只有用佛的那句话，最能圆满地予以回答：你从来处来，到去处去。

荒坟野地里，祭奠远行亲人的爆竹声不绝，震耳的炮声打断了我的思绪。清明时节桃李笑，野地荒冢话凄凉。烟雨朦胧中，我恍惚看见荒野之外，百坟拱起，千碑林立，细雨笼罩的墓冢下，青草凄迷，断魂哭泣的人们，跪拜在远行的亲人墓碑前。一声声哀悼，一声声低泣，仿佛来自苍穹，又仿佛在耳边回响。点燃的那炷香，点燃了他们心中无限的哀思与惆怅。真是"乌啼鹊噪昏乔木，阴阳两隔谁断肠？"

从追思中醒来，我忽然醒悟到，如果母亲今天还健在，她一定不想看到我这副病恹恹的样子，她又该多么揪心和牵挂。

花开花落终有时。活着，不让父母牵挂担心，才是对逝去的亲人最大的告慰。我再次翻起身来，撑开雨伞。

我要去街上看医生，并给父母买回冥钞写福包，焚化在他们坟墓前，告诉父母，我好好的，我会好好的。

2012 年 4 月 5 日

92

荆岳长江大桥感记

　　"一桥飞架南北，天堑变通途。"旅行车缓缓地行驶在荆岳长江大桥上。我想，毛主席的《水调歌头·游泳》这两句，此时一定会在每一个文友的脑海中涌起。

　　推开车窗极目远眺，江水共长天一色，朝霞与沙鸥齐飞。万里奔腾的长江，波浪滚滚，激流回旋。此刻，因为有了大桥巍峨身躯的托举，我们再也听不见江水的呜咽，天堑从此变得安详静谧、温馨祥和了。威武雄壮的桥身横空出世，跨越了千年亘古不变的惊涛骇浪，架起了古今多少南来北往离人的梦想和希望。

　　蔚蓝色的天空中，天高云淡，一群大雁正结队呈人字形悠悠飞越长江。瞭望着这秋高气爽的艳阳晴空，看着这水乳交融的自然和谐美图，此刻，我的心境也忽然变得像那悠悠雁阵、袅袅白云般怡然自得起来。

　　明媚绚丽的霞光，在直插云天的大桥主塔钢索上，折射出红宝石映射般的光芒。巍巍如长龙卧水般的大桥，此刻显得更加亮丽炫目、雄伟壮观。

　　"荆岳长江大桥是目前世界排位第六大桥。在施工过程中，大桥建设者们创造性地克服了许多世界性的技术难题；新创立了三项技术专利；发表论文一百多篇；获得十多项新科技成果奖；新诞生了九项国家和省级工艺；建成了世界塔高第四、主通航孔跨距达八百一十六米，堪称高低塔斜拉桥世界第一跨大桥！荆岳长江大桥的建设前后历时十年。它的建成，不仅打通了大西北与东南沿海地区的交通屏障，也是大西北至沿海一条最短的便捷通道；有效地改善了长江中下游交通滞后状况，优化了鄂湘两省的公路交通网络；整合了两省资源，促进了两地资源共享的互补性；结束了湖北湖南两岸人民隔江相望的历史，实现了天堑变通途的千年夙愿！"

接待我们的，是荆岳长江大桥建设指挥部的柳潇先生，此刻坐在车内前排，激昂而又自豪地给我们介绍着大桥落成的意义与建设者们的艰辛付出。听着他铿锵有力、娓娓道来的介绍，我的思绪又陷于往事的回忆中……

曾经多少次，我也如今天一样，坐车经过这条大江。只是车是停泊在船舶上而随着轮渡缓缓地驶向对岸的。归心似箭的我，多么想快速穿越这弥漫的江雾，飞一般抵达彼岸的故土。

可是不能！

雾霭阻断了归路，落潮的浅滩搁浅了游子对母亲牵挂的急迫心情。母亲在彼岸的夜风中，一次又一次地翘首期盼。而我，只能一任惊涛拍打着自己心中那"剪不断，理还乱"的无奈愁绪，黯然神伤。

多少次，看着那满船一张张因等待而变得焦急憔悴的面容，我分明感觉到那缓慢行驶的轮渡，是承载着满船两岸人民的苦难；多少次看着那弥漫的江雾，听着那呜咽的江风，我分明感觉到那是两岸人民无奈而又深重的叹息。

或许是柳君的话，同样勾起了车上每个人心中一段沧桑的回忆，这一刻，车上变得沉寂下来。触景生情，东坡先生那首《赤壁怀古》又萦绕在我心头。我想起了母亲晚年的回忆。

20世纪30年代初，曾外祖父中年落发，出家为僧。母亲想要看望他老人家时，在江边要盘桓好些日子，最后等到一拨过江的人聚拢时，船家才肯摆渡。那个年代，还没有轮渡什么的。一只木船要在水流湍急的江中摇橹到对岸，着实不是件容易的事。一定要选好风平浪静的日子才敢起航。途中如果遇上汹涌回旋的激流，全船人都要努力地共同拼搏，船才得以勉强地过江。尽管如此，船靠岸时，还是与预定的码头偏离好远了。但能上得对面的江岸，母亲心里还是分外欣喜。回程经过白螺渡口时，运气不好，碰上了阴霾天气，好在无风。但船家好说歹说就是不肯摆渡，母亲忍痛拿出全部的盘缠，费尽口舌，船家才皱着眉头答应试试。行至中途时，风大浪急，暗流汹涌，木船在浪花的漩涡中颠簸不前。母亲自幼在洪湖渔船中长大，沉着冷静地和船家奋力摆脱洄流的缠绕，才侥幸得以脱险。

经此一役，母亲后来再也没有心情去岳阳了。曾外祖父什么时候去世的，母亲已无法得知。此事一直成为母亲心中挥之不去的深深遗憾。

可惜的是，母亲她没能目睹今日荆岳长江大桥的落成便已驾鹤西去。如果她能看到今天的天堑变通途，该会是多么的高兴！想到这，我的心情又无端沉重起来。同伴们什么时候下的车，我心中早已模糊。

同伴们邀我一起到江边大桥底下观赏风景，我回过神来。未至江边，耳中就传来涛声阵阵。千年的涛声依旧，可人间早已今非昔比。仰望索塔直插云天，宛若巨龙扶摇直上九天。远山含黛，沙鸥在江面翩翩翔舞，真是万里江山如画！

钢索沿着雄壮矗立的高塔呈扇形两边排列，宛若两根硕大的琴弦迎风而抚。曾经的一水相依，如今一桥相连。我恍惚听到琴韵的婉转悠扬，那可是湘鄂两省人民共同携手舒心的弹唱？

"俱往矣，数风流人物，还看今朝。"古往今来，勤劳勇敢的监利人民从不乏惊天地、泣鬼神的壮举。为改变这贫穷落后、交通闭塞的状况，他们敢下沧海缚蛟龙，敢教日月换新天。在被人质疑为"监利造桥，天方夜谭"的不可能中，上下奔走呼吁，数十次往返于荆州、长沙、武汉、北京，请示，汇报，游说，动员。每一次的游说和汇报，该催落多少细胞和白发？每一次精心策划的行程，该倾注多少心血和汗水？

没有人知道，也无须人知道。彩龙腾空飞江越，晚来风轻江照月。建设者们的精神将随着桥的存在而存在，历史将在桥身永远镌刻上他们的姓名。

伫立桥底，水烟渺茫，遐思无限。远处，又有两艘巨大的轮船从桥底通过，汽笛长鸣。我听出汽笛是在吹奏着对那些不畏艰难、默默奉献的建设者们崇高的敬礼和高昂的赞歌！

写给项克峰

儿子，今儿是星期天，我想和你一起去地里做点事。其实，你晓得，家里的日子也还没艰难到需要你的参与。我只是想让你体验下劳动，晓得做一个农民的生活艰难。

你今年已经满十三周岁了，下半年就要开始念初三。我在你这个年纪，刚上小学五年级。不是你比我聪明，也不是我没你勤奋，是老爸那个时代的环境，我们那一代的农村孩子，都被贫穷耽误了上学的年龄。

我至今清晰地记得，在你这个年龄时，我每天放学回家要担满一缸水，叠衣煮饭，待到夜深人静，才能在一盏煤油灯下做老师布置下来的作业。记得读五年级下学期那年，每天放学了，我都要急急忙忙赶到地里放牛。爸爸一直是班上的班长，有一次老师把我们班干部留下开了个会，多耽误了半小时，我的书包来不及放回家中，只好半路藏到荆棘丛中，揪了几把青草掩盖住书包，破田穿小路，走田埂抄捷径，最后还是被你爷爷一顿臭骂，扬起撵牛的鞭杆作势要打我，声色俱厉地逼问我干吗去了，是不是路上贪玩。你爷爷有个老毛病，肚子饿了的时候，脾气特别容易暴躁。

我看着他那喷火的眼睛，只好回答说，我是在家里挑了两担水在缸里，才来得迟了。你爷爷悬在我头顶的鞭子才放下，愤怒才稍稍平息。

97

夕阳落下平地后，我将喂饱了的牛拴进牛栏，自己却不敢走进家门。乘着朦胧夜色，偷偷溜到屋后，听你爷爷对我怎样的惩罚言论。果然，你爷爷在桌上咬牙铮铮，把饭碗磕在桌上砰砰作响，说等我回来给我好看。我只好连夜悄悄躲藏，却又无路可走。最后只好摸黑沿着上学的路径，从荆棘林中取回自己的书包，独自坐在教室里自己的位子上，饿着肚子挨到天明。

第二天，我的同桌小伙伴叫李顺舟，早读课时见我的脸色苍白，情绪低落，关心地问我怎么了，我如实地告诉他整个情节，央他放学回家吃午饭时给我带碗饭。孩子，像你这个年纪，正是吃长饭的时候，而我，那是已经饿得快不行了。

李顺舟午饭后到学校来，没有带来饭，他拎了一小塑料袋炒米糖给我，歉意地说他母亲盯得紧，没法带饭给我吃。整整一天没吃饭的我，已经头晕眼昏，哪还顾得上这些，接过来跑到学校后面的河边，吃几口炒米糖，捧一把河水，狼吞虎咽。靠着同学的炒米糖度过了童年记忆里最刻骨铭心的三天日子，第四天才被你的大伯领回家。

儿子，我不是对你忆苦思甜，我也不是记恨你爷爷。我小时候遭的罪，代表着我们那代农村孩子整个的命运。回忆我的过去，我只是想让你明白，你对比你老爸还算是幸运的。但你又是不幸的，你不幸出身农村，你的一切都要靠自己的努力。人生就像马拉松比赛，你已经输在了起跑线上，你必须比别人付出双倍的努力，或许才能获得像别人同样的成就，这就是当前的现实。

孩子，你别无选择。你爸只是一个农民，我能做到的只有这些，尽我最大的努力培养你读书。知识就是力量，知识能改变人的命运，这是古往今来颠扑不破的硬道理。古人说的"书中自有黄金屋，书中自有颜如玉"，过去是这样，现在还是这样。说法虽然变了，实质还是没有变。

从小至今，你过的都是衣来伸手、饭来张口的生活。家里地里的事，我们都尽量不让你插手，是想让你集中精力更好地学习。可是，看着你有空就沉迷于游戏、电视，功课几门都不及格，我真的替你着急。我不知该怎样才能唤醒你！我不知你想过自己的未来没有？难道你想重复老爸今天的悲哀，从人均一亩三分地里刨食？过这种脸朝黄土背朝天的日子？

老爸现在很欣慰你的姐项娜，她通过自己的奋斗，现在有了自己的专业和前进方向。她这一辈子，再不会像老爸这样痛苦和迷茫。她以后走入社会，会有自己的一技之长、用武之地。在村里，你看乡亲们都羡慕你老爸是个文化人。其实说白了，你老爸只是比他们多认识几个字而已，到了城里，照样需要卖苦力来赚一点微薄的工钱。

记得我小时候，你爷爷经常给我念叨一句话，"赶工度日"。就是说给人家打工，永远只能混一口饭吃的。何况老爸做的还是卖劳力的苦工。你姐姐在大学里学的是会计，她今后走入社会，开始可以做会计，再努力一下，就可以做会计师，会计师就可以成为一个单位的高管。再努力一下，就可以成注册会计师，成了注册会计师就可以开自己的会计师事务所。她可以沿着她所学的专业一直发展下去，最后过上自己想要的惬意生活。如果你不努力，不能迈入大学的门槛、学一门专业，老爸的今天，就是你的明天。

孩子，你想过没有？

"记得少年骑竹马，转眼已是白头翁。"我比你小的时候的事，现在回想起来，犹在眼前，转眼，老爸已过了不惑之年。空悲切啊！但老爸我还能欣慰的是，老爸努力过，虽然仍然没有成功，但老爸不后悔，问心无愧。

你呢，如果你现在不努力，以后又不成功，你会后悔一辈子呀！光阴如流水，时光不等人。孩子，"莫等闲，白了少年头，空悲切"！

2013 年 6 月 18 日

哭　嫁

　　哭嫁是旧时的习俗，女儿在临嫁之期或者出嫁之时，想到父母的养育之恩和亲人们的关怀之情，心中感伤而悲泣；又或感伤少女时代欢乐生活即将逝去，或者对即将来临的陌生环境而感到迷茫与不安而悲伤，也有对自身婚姻不满的倾诉等等。改革开放后，国家倡导"婚姻自主，恋爱自由"，少女们出嫁时都是欢天喜地的，再难有旧时那种新娘在悠长的唢呐声中一路哭得凄凄哀哀的场景了。

　　女儿项娜出嫁时是欢喜的。她应该欢喜，她有幸生活在这个幸福的时代，大学毕业后，她可以自由恋爱，可以自主地选择自己想要的婚姻生活。又因为有了大学的这个门槛，她便有了一个更高的人生起点，一步从一个较为偏僻的乡村跨入到省会城市武汉，在这个"天高任鸟飞，海阔凭鱼跃"的国内十大名城里，她有自己所学的专业，有自己在城市里的根，再不会重复她老爸似的"北漂生活"。更何况女婿谌露是个勤奋、老实、忠厚、上进的青年，值得她托付终身。

　　可是，女儿不哭嫁，她的这个不争气的老爸却在她出嫁之后，半夜躲在被窝里一连抹了好多夜的眼泪……

　　女儿或许不知道，老爸是多么舍不得她离开家门。二十多年来，一家四口温馨祥和的日子里，忽然就少了女儿的身影，对于老爸，这该是多么的不习惯，今年这个春节更是难以忘怀。二十多年来，每到大年三十，女儿都会穿上新衣，一家人在鞭炮声中欢聚一堂。可是这个春节，忽然就少了女儿乖巧的身影，女儿不知道老爸心中是多么的不舍和落寞！女儿或许不知道，老爸对她的出嫁是多么的内疚和心疼！虽说有二十多年来的朝夕相处，可父女俩也总是聚少离多。为了一家人的生活，老爸长年工作在外，对女儿尽到关怀、呵护之责太少，而女儿长大求学，从初中开始，在外独立的日子多于在家的日子。在这夜深人静的时刻，老爸思念女儿过去的许多往事，就像电影中的画面，历历涌上心头。

女儿尚在襁褓中时，妻子把她用一个小棉袄包裹着交给我，我把女儿抱在怀里来回地晃荡，初为人父的欣喜怎么都掩饰不住。才一个多月的女儿，在白天的光线下始终没有睁开过眼睛，呼呼地睡着。我见女儿睡得安详，就在自己的书桌前坐下来，左手抱着她，右手打开书本阅读。女儿从呱呱落地起，就秉承了项家的血统，坚强、懂事，从婴儿到长大成人，从未见过她哭闹过。我看一会儿书，又低下头看一下女儿，女儿依然睡得安详。那时，一个多月大的女儿特别娇小，只有一尺来长，抱在手中像个洋娃娃似的。我看着屋里屋外忙碌的妻子，淘气心又起，打好主意，准备和妻子开个玩笑。我拉开书桌的抽屉，把熟睡着的女儿悄悄搁入抽屉，留下半拃宽的缝隙，怕女儿气憋着了，然后，我就故意双手插在双裤兜里，在妻子面前像没事儿似的晃动。妻子惊问我："娃儿呢?!"我故意反问她说："不是搁在床上吗?"妻子一听不对，明明交给我在抱，什么时候放在床上了。拔腿就回房间，一看床上没有孩子的身影，立马慌了神，脸色都一下子变得煞白起来，惊慌地厉声喝问我："你把娃儿呢?"我见妻子真着急了，赶快拉开抽屉，女儿还好好地睡着呢。

女儿满百日时，她奶奶说该取个名。我颇费寻思，取个什么有意义的名字好呢？女儿出生在农历的闰三月二十八，阳春三月，正是草长莺飞之时。若是叫个什么花花草草的，显得太俗，用其他的名，又不能具有象征和寓意，况孩子是个女儿身，名字也该有点女性柔美之气。正当我蹙眉苦思时，怀中的女儿忽然展开小嘴对着我"啊"了一声，打断了我的思绪。女儿的声音清脆悦耳，粉嫩的小脸蛋上，表情似乎在问我："爸爸，什么事这么伤神呀？"我又不由喜上心来，看着这个可爱的小精灵，忽然想到，女儿的呢喃之声多么像这春天叽叽喳喳的燕子。但如果取名叫什么春燕、小燕，又有大众化之嫌了，不如去其形而取其声，取名呢喃好了，呢喃二字再稍稍一变，就成了一个很女性化的名字：妮娜。女儿现在户口簿上名字叫项丽娜，而我们全家叫得比较顺口的，是项娜，或者娜娜。女儿名字看似普通，却大有来历，其中的来源曲折，或许只有我这个做父亲的最能心神领会。

　　女儿三个月时，开始会吃一些软一点的食物了，每次看见我们吃饭，她就很馋，张着小嘴巴一副要吃的样子，我和妻子就会喂一些汤或几粒松软的米饭到她口中，她吧唧着竟吃得津津有味。有一次早晨，我抱着她上街吃早餐，我特地叫卖早点的大姐煮了一只嫩鸡蛋，放了酌量的红糖，我用茶匙喂给她，哪知刚送到她嘴边，女儿忽地伸出小手来抢，我猝不及防，盛放鸡蛋的瓷碗哐当一声，摔碎水泥地下，汤水溅了我一身。我只好一边嗔骂她"好吃佬"，一边给卖鸡蛋早点的大姐赔不是。

　　女儿六个月大时，便会坐了。其时已是九月，天气开始转凉，妻子给她穿上了厚衣，女儿就坐在沙发上，忽闪着一双水汪汪的眼睛，看着我们来来回回地忙家务。她始终不哭不吵闹，我怕她寂寞，隔一会儿就假装忽然从哪儿冒出来似的，对着她喊一声"瞄嗟！"鬼怪精灵的女儿知道我在逗她，开心地"哈哈"乐个不停。女儿笑的时候非常可爱，她两只胳膊由于衣服穿多了难以伸展，开心的时候两只胳膊上下一起一伏，像一只小企鹅拍打着翅膀似的。在这个艳阳高照的爽秋，我和半岁的女儿来回地玩起捉迷藏，女儿的笑声丰盈了满屋，也丰盈了一个父亲的回忆。

女儿快满周岁时，正是沿海改革开放如火如荼时期，我第一次走出家门，和妻子抱着还不到一岁的女儿到广东湛江打工。湛江是亚热带地区，气候炎热。晚上，在农垦局宿舍区给女儿洗澡时，我用一只普通的红色塑料桶放满大半桶水，快满一岁的女儿欢喜地站在水桶里，不断地扑打着身前的水，弄得水花四溅。

女儿一岁多点时，已经跌跌撞撞地学走路了，可是，由于一家人身在异地他乡，女儿没有伴儿玩，我每天要外出做工，也顾及不了她，妻子走到哪儿就带她到哪儿。我有空也忙里偷闲哄女儿玩。一次雨后工地停工，我找工友借来一辆旧自行车，我让女儿侧身坐在自行车龙头前，叮嘱她双手抓紧龙头。为保障女儿安全，我坐在后边托架上，身子尽量前倾，双手把住龙头环住女儿，双脚撑在地上，推着女儿到广场上玩。到了没人而又平敞开阔地带时，我便叮嘱女儿说："抓紧啊！我们的摩托车马上就要飞奔起来了。"女儿听了马上附和着我，小小的身子一个劲儿地往前蹿，我于是狠踩自行车踏脚几圈，同时口中学着摩托车引擎"呜呜"的轰鸣声，自行车便嗖嗖如离弦之箭向前飞奔，女儿便开心地欢叫起来。

只是，在外的日子，能让女儿这样开心的时候实在是屈指可数，大多时候，女儿还得习惯和忍受没有人陪伴的时光。这样的环境，让女儿从小就学会了懂事和坚强。有一次傍晚收工回来，我看见女儿一个人站在一棵棕榈树下拍打着脚上的红蚂蚁，看到我，女儿扑在我怀里，坚强地没有哭。可是，我知道那种蚂蚁很毒，叮咬在成人的任何部位，立即红肿，而且钻心地痛，我自己就亲身体会过。我揉着女儿被蚂蚁噬咬得像面包一样的红肿脚踝，看着才一岁多却又坚强、体贴、懂事的女儿，心里久久地不是滋味。

女儿两岁多时，我和她母亲把她托付给在家的爷爷奶奶，再次出门。临别时，我对女儿有些依依不舍，女儿却一眼就瞧穿了我们的心事，她神情镇定地说："你们去吧。"意思是说，你们不用担心我。然后装作若无其事的悠闲样子。那年年底回来，听到父母亲乐不可支地讲关于女儿很多的天真烂漫的童趣，其中最有趣的是女儿走路怕踩死蚂蚁的故事。父亲本是个向来严肃的人，但和孙子们在一起的时候，他也会变得幽默风趣起来，有时候会正话反说，考验孙子们的反应能力。由于女儿从小机灵，头脑清晰，三岁的女儿成为她爷爷奶奶得力的助手，上街买菜，淘米洗菜，三岁的女儿都能干得有板有眼，深得她爷爷奶奶的器重和赏识。有一次奶奶让女儿上街给爷爷买点药，女儿动身前，爷爷又有些担心，就故意正话反说地叮嘱女儿："娜娜，你上街别把路上的蚂蚁踩死了啊。"其实父亲的正话是要女儿快去快回，别在路上贪玩。走路怕踩死蚂蚁，是本地流传了上千年的揶揄人笑话，形容一个人干事磨磨蹭蹭，瞻前顾后，放不开手脚。三岁的女儿本性善良，信以为真，从家里到街上来回四里多路，一路牢记爷爷的叮嘱，小心翼翼，认真地盯着脚下，唯恐踩死了脚下的蚂蚁。这下可急坏了在家的爷爷奶奶，左盼孙女没回，右盼孙女没回，等到母亲决心上街去寻找孙女时，女儿终于回来了。爷爷奶奶忙问今天怎么上街去了这大半天？三岁的女儿生气地跺着小脚说："就是这鬼项爹哪，要我一路不要踩死蚂蚁！"母亲看着女儿这一本正经生气的小模样，笑得前俯后仰，父亲更是眼泪都乐出来了。

女儿五岁、六岁这两年，一直跟随在我们夫妻身边。这时候的农村，人均一亩三分地早已养不活一家人，我和妻子像万千打工大军一样，不得不年复一年外出谋生。有一次女儿问我："爸爸，我们什么时候不外出呢？"我看着女儿一脸认真的神情，无奈地对她说："等我们攒钱做了新房就不外出了吧。"女儿听了乖巧地点点头，似乎若有所思。那年年底回来时，我们夫妻依然没挣到钱，离家越近，我的心中越是沉重，一路我们夫妻都默默无语。坐在身边的女儿打破沉默，忽然指着车窗外一栋新楼问我："爸爸，我们以后是不是做一个这样的楼房呀？"我高兴地点点头，说是的。过了一会儿，女儿忽然又拉着我，指着车窗外另一处低矮的旧房说："爸爸，我们以后是不是做一个这样的房子呢？"说完扭过身子，咯咯地坏笑个不停。这个小精怪，什么时候竟然学会打趣她老爸了。

女儿六岁半这年，我们夫妻俩又把她托付给了父母亲，这年八月，我和妻子忽然发现女儿该上学了，可是爷爷奶奶在家里却一直没有提出这个话来。妻子流着泪对我斩钉截铁地说，说什么也要让女儿上学。第二天，妻子就启程往家赶，她要赶在九月初报名时让女儿报名上学。其实，那时已经迟了，一年级已经到了下学期，女儿上学只能插班，直接上一年级的下学期。妻子不管这些，妻子临行前对我说："你们兄弟一个个在外之所以比别人有办法，就是因为有文化。我一定要让我的孩子今后读好书！"妻子去的时候，并没有向我要钱给孩子交学费，回我身边时，我问她女儿的报名费怎么解决的，妻子说她卖掉了自己结婚时的金戒指。我和妻子龃龉多年，摩擦不断，我总是瞧不起她没文化，办事缺乏严谨。但妻子这次的行为和决定，赢得了我对她一生的敬重。我后来挣钱后，首先买一个更大的金戒指送给妻子，这是后话，不提。

女儿没有上过幼儿班，甚至连一年级的上学期都没有读，直接进入一年级的下学期，开始，她的成绩也很不好，但这并不是她不努力，因为很多字她都不认识，为此，她经常受到老师的批评甚至是打骂。有一次，女儿晚上放学回来，噘着小嘴气呼呼地告诉我，说湾里有个老师打她。我问怎么打的，女儿说老师是用"钉弓"敲的头。"钉弓"在本地一般是长辈、老师或家长用中指屈拢，敲打做错事的小孩头部的一种惩罚方式。我虽然心疼女儿的委屈，但也不好说什么，便一边勉励女儿用功，一边安慰她说，我来给你们校长写封信，你明天上学把信交给校长。女儿于是静下心来做作业，我也坐在书桌前，言辞婉转地给女儿小学校长写了封信，希望学校今后对孩子多用方法，尽量不要采取暴力方式教育孩子。女儿第二天放学回家时，也带给我校长的亲笔回信。这件事也就到此结束，我并不想扩大事端，或者记恨女儿的老师，女儿还需要继续安心上学，但也不能让女儿在学校继续受到委屈，我给校长写信，只是想让学校看到一个孩子家长的态度。从那以后，再也没听到女儿受委屈的事了。女儿很聪明，也很上进，她的成绩很快就赶上来，第二年转到街上柳关小学读二年级的时候，她当选为班上的学习委员，三年级的时候当上了班上的班长。从三年级开始，一直到小学六年级读完毕业，女儿一直是班上的班长，这在柳关小学几十年的校史上是罕见的。说罕见，是因为女儿的老爸儿时也是从这所小学毕业，对这所学校的情况非常了解。

女儿上初中时，她爷爷奶奶都不幸先后去世。女儿一边要自己攻读课本，一边还要担负起照顾弟弟项克峰的重任。女儿比她弟弟大六岁，她上初中时，弟弟才刚上小学。那几年，我们家刚新做了房子，欠下一部分债，还得外出挣钱还债，可两个孩子又得留在家上学，难以兼顾。看家、照顾年幼的弟弟、读书，几副重担全部压在了十二三岁的女儿肩上，年幼的女儿连眉头都没皱过，二话没说就承担过来。爷爷奶奶去世了，外公外婆指望不上，女儿既要读书照顾自己，回家后又当爹又当妈照顾起年幼的弟弟。照顾弟弟需要耗费一个成年人专职的精力，女儿每天五点钟就要起床，一边自己洗漱、梳头整理，一边催促她弟弟做好准备起床。其实，弟弟项克峰从三岁到六岁期间，大部分时间起床、衣服都是女儿给他穿好的。弟弟穿好了衣服，女儿又端来热水给弟弟洗脸，叮嘱他背好自己的书包，然后锁门，骑上自行车驮弟弟，姐弟俩一同上学。女儿在中学，比儿子小学远，与弟弟分手时，女儿每次都免不了叮嘱弟弟几句，要他放学了别贪玩，快点回家先淘米搁在电饭煲上煮饭。女儿放学后还得顺便到街上买菜，再赶回家做菜。

真是难为了两个孩子！

最初，我和妻子是将女儿和儿子寄食在家族里的幺爹家的，幺爹照顾着自家四个外甥的读书起居。可从一岁起就能察言观色的女儿，时间久了，发现幺爹内外有别，自尊心很强的她打电话告诉远在外地的父母。我们劝女儿忍耐，女儿坚决地说不，她说宁愿自己吃苦受累，也不愿看别人的脸色。那年回来，两个孩子又黑又瘦，即便铁石心肠的父母也忍不住掉眼泪。

可女儿、儿子、妻子，我们都没有显现丝毫悲伤，项家人在艰难困苦面前，从不轻弹眼泪。

根　本

那年腊月二十六，大哥开车从省城回家过年，快到家门时意外遭遇了点事故。不是车与车相撞了，是在闪避邻村一位踩三轮车上街的大娘时，差点一头栽到了路边的公路河里，幸好公路边有一排排碗口粗细的白杨挡住了车轮。大哥也反应得快，他眼疾手快熄火死死地踩住了刹车。人安然无恙，但在下车查看车况时，被树杈挂住了西装口袋，好端端的名牌西服便裂了个缝。大哥心里气便不打一处来，本想找肇事者发泄几句，一抬头看那大娘满头白发苍苍，一双枯皱的手在寒风中不知所措地尴尬着，大哥满肚子的怒火便熄灭了大半，他从大娘那悲苦的神情中似乎看到了母亲的影子。这些年每次回家过年，母亲都会挂着个拐杖，颤巍巍地站在村口盼望他，脸上的表情一如这位大娘。

"谁言寸草心，报得三春晖。"大哥心中忽然想起孟郊这首《游子吟》。他心中默默念诵，叹了口气，便和颜悦色地问大娘："没吓着您吧？"

"没、没有，孩子，我不是故意的……"大娘像一个做错了事的孩子，紧张得有些语无伦次。

"您快回吧，别耽误了您上街打年货。"客气地送走大娘后，大哥打电话给了保险公司，联系拖车期间，邻里乡亲也把大哥出事故的信息

109

传到了家中，父母及我们哥儿几个都赶过来了。我们小几个便口里放出狠话，嚷嚷着要上门去找人家麻烦。

"得饶人处且饶人。"母亲的声音不高，却显得异常严厉，由不得我们有半点抗拒。我们便齐齐闭了嘴，不再言声，乖乖地跟在父母身后闷闷不乐回家。远处此起彼伏的鞭炮声在天空中回荡，给即将临近的春节增添了年的味道，路上不断有邻里乡亲给父母亲和大哥打着招呼，我们也就很快忘记了大哥刚才遭遇的不快。

一家人开开心心地过了几天年，到了初五早晨，大哥因为惦记着城里的生意还有4S店的车，便早早起来跟父母告别。母亲没有说什么，父亲照样保持沉默。父亲是个内敛而又镇定自若的人，不管遇到多大风浪，你在他脸上看不到表情，军人出身的他总是波澜不惊。母亲默默地递给大哥几包家乡的土特产，都是些炒米糖、麻糖什么的，是大哥小时候爱吃的那种。最后递给大哥西服时，大哥接过来抖了抖，衣服上并没有灰尘，大哥是想看看那被树权挂烂了的地方，同时心里想说，这衣服已经烂了，我不要了。却发现破了的地方，已经被母亲一双巧手给缝补得细细密密，完全看不出有挂破的痕迹了。

大哥便又想起孟郊脍炙人口的《游子吟》，不觉眼睛有些湿润。他本想说，妈，不用了，我回城里再买去，又怕辜负了母亲这番心意，话到嘴边，硬是给又咽了回来。他把父亲的那件夹克衫脱了下来，重新把母亲缝补好了的西装穿上，一面心里想着等我回去了，再买一件同样质地颜色的西装得了。

大哥比我们哥儿几个经济情况好一些，大学毕业后留在了省城一家国企。国企改制时，大哥率先跳了出来，成立了自己的公司，很快在城里就有了自己的车和房。只是，这几年生意普遍不景气，他的生意也一直在走下坡路。尤其是年前与台湾一家公司一单比较大的业务迟迟签不下合同来，急得他吃不饱睡不香的，就连春节这几天也时不时地眉头紧锁。

母亲照例拄着拐杖，颤巍巍地送大哥走到村口，临上车时，母亲又唠叨着叮咛起来：孩子，做事要时时守好自己的本分，不能忘了根本。我们一个农村人，在城里空手创下了一番基业，已经很不错了，不要"这山望了那山高"。

大哥是个学文科的，通古博今，平日忙里偷闲也喜爱诗词歌赋。听了母亲这一番饱含深情而又朴实无华的规劝，大哥忽然间便有了醍醐灌顶的感悟，心想，是啊，当初别人放牛时我只想着能上大学；考上大学后走入社会只想挣份工资帮助父母贴补家用；现在在城里有车有房有产业，过上了很多村子里人羡慕的衣锦还乡生活，可是，自己却相反没有了以前的快乐。这人一旦钻进了钱窟窿，就往往迷失了自我，再也找不到原有的生活乐趣了。

他摸了摸母亲给他细细缝补的那个西服口袋儿，一时间心中千回百转。他伸出手握住母亲那双在寒风中枯冷的手，说："妈，您放心吧，我知道该怎么做了。"这一刻，大哥下定了不再买新衣的决心。

"不忘根本。"回城后，母亲的这句话始终宛若晨钟暮鼓，警醒在大哥心头。他不再愁眉苦脸，也不再三天两头打电话催台商过来谈合同。日子像花朵一样，便舒展在他往后悠然的时光里，大哥性格也变得开朗起来，眉头从此不再紧皱。

令大哥想不到的是，他不主动找台湾人谈合同，台湾人倒坐不住了，他们派人找上门来和大哥谈起了业务合作的事。原来台商是想以静制动，待大哥沉不住气时趁机砍砍价。他们对大哥的产品质量和信誉度还是很信赖的。大哥这桩久违的大单就这样签了下来。

在接待台商的晚宴上，台商半开玩笑半认真地问大哥："为什么你

111

年前盯我们盯得那么紧，过完年却来了个一百八十度的大拐弯，是找到了比我们更大的合作商了吗?"

大哥狡黠地眨眨眼睛，暗暗抚摸着母亲给他缝补的西服口袋那细细密密的针线，笑着说:"是啊，我找到了一家更大的公司，这家公司给了以后永不枯竭的订货单，我也就不着急一些其他小单了。"

"哪家公司? 叫什么名?"台商惊讶地穷追不舍。

"这家公司有几千年的历史，实力雄厚，名叫根本。"

"根本公司在哪? 我们怎么从没听说过啊?"台商听得一头雾水，愣愣地欲刨根问底儿。

"敬你，合作愉快!"大哥举起酒杯，把谜底留了下来。

从此，大哥的生意做得顺风顺水，再上新台阶。

"根本是什么?"多年后的这个春节，我们兄弟还像以前一样，每年在一起团聚过年，欢度春节。只是，父母已双双驾鹤西去，撒手人寰。按照农村的传统，"长哥长嫂代爷娘"，大哥今天便坐在了父母平日坐的酒席上首，做家庭总结讲话时，他郑重其事地用这句话问我们小几个。

"根本就是你们今后不管是贫穷或者富贵，都不要忘了我们的祖宗德父母恩;不要这山望了那山高，要始终恪守做人的本分，走正道，做好人。"不待我们回答，大哥自问自答地解释，脸上像父母生前一样的一脸严肃。

"感恩之心是根，真诚善良是本。"末了，大哥又补充一句，声音和情绪便黯然低了下来。

我们知道，他又怀念起我们那已渐行渐远的父母。

2015 年 5 月 14 日

第二辑　岁月留痕

"子在川上曰：逝者如斯夫！"

岁月之水，不知不觉

缓缓流过，一去不复还

生命中，你留下了什么

谈孤独

一个人要么孤独，要么庸俗。

——叔本华

天下成大事者无不孤独。欲遂青云志，便须耐得住寂寞，守得住清贫，静得下心来，坐得住冷板凳；便须忍常人所不能忍、想常人所不敢想、行常人所不可行之事，方能有所得。古人因此常以"淡泊明志，宁静致远"做座右铭，警醒自己。

圣贤求道而孤独。达摩面壁十年图破壁，唐玄奘跋涉千山万水西去取经，徐霞客寄情山水，毕生从事旅游和地理考察，这样的例子数不胜数。在文学创作上，鲁迅先生说，"我是把别人用来喝咖啡、聊天的功夫用在写作上"。如果鲁迅先生像常人一样，有闲暇时便找人聊天喝咖啡，想来他也就成不了一代文坛的泰山北斗了。

叔本华说："一个人要么孤独，要么庸俗。"而常人是很少能做到孤独的，常人习惯于结伴而行，聚群而居。这样自我便在"从众"中泯灭，光阴便在欢笑中遗失。

孤独二字，不是每个人都能配得上的。孤独、寂寞和无聊是人生的三种不同状态和境界。平庸者内心大多空乏，闲下来便会无聊，无聊便会找各种消遣，把人生短暂的光阴虚掷于他人。寂寞者大多内心缺少目标追求和精神向往，寄希望于他人的关爱和温情来弥补自己残缺的灵魂。唯孤独者因对人生和生活有自己独到的见解，他们具有丰盈的灵魂、超前的思维、独立的人格，才始终不会人云亦云，随波逐流，这样的人才会有孤独意思。而因为独到，他们又总是或被世人所讽刺，或被世俗所嘲笑，或被势利所不齿，大多具有悲情色彩。可幸的是，时间会做最好的证明，因为孤独，他们大都在某个领域卓然出众，独树一帜。

孤独是智者修身养性的一种思索方式，是现代人行走于喧嚣的城市时仍然能保持初心的一种力量。孤独是一种释然，是了然红尘恩怨后的一种豁达。孤独更是一种境界，是一种需要经岁月风雨后方能禅悟出来的宁静与辽阔。

耐得住孤独，需要修养，更须具有淡泊之心，能坚守心底深处的那一份纯净，始终不忘初心，守静如一，安之若素。能经得住红尘万千诱惑，有临危不乱、处变不惊、"泰山崩于前而色不变，麋鹿兴于左而目不瞬"的静气和大气。

写到这里，忽然想起古人那句"举世皆浊我独清，众人皆醉我独醒"，心想，这或许是对孤独者最形象生动而又至高无上的概括和总结了吧。

2016 年 10 月 4 日

托木尔大峡谷游记

"明月出天山，苍茫云海间。"

车穿过阿克苏市区，一路向北，呈现眼底的便是广漠无垠的沙石荒芜地带，一眼望不到边。车的正前方道路笔直，尽头处云烟缭绕，白云悠悠，分不清到底是云山雾罩，还是横亘的天山。

导游告诉我，前面那耸立云端的山峰便是天山托木尔峰。于是，脑海里忽然就冒出李白这句诗来。只可惜是白天，不能印证古诗句中那奔放苍凉的意境，只能瞭望天山，想象明月缓缓地从天山上升起来的样子。而"苍茫云海"却是依旧，它穿越千古，悠悠袅袅升腾在我们眼前。

天山上的积雪据说终年不化，在正午的阳光下，如银炫目。想它历经千年风雪、万年沧桑，却始终以瑰丽的雄姿而成为人们心中一种刚毅坚强的象征时，心中不免生出很多感叹和神往来。在这片辽阔的大漠上，它孤峰独秀，汇天地灵气，聚冰川精华，或灿烂朝阳，或绚丽晚霞，或蓝天白云，或雨霁雾腾，将一种倏尔百变、亦真亦幻的风姿尽现你的眼底。

据说西部高原在亿万年前原是西海，这点从喜马拉雅山峰发现的鱼化石里，可以得到一些依据。多少年后，逐渐演变成了今天的沙漠和高

117

原，真可谓沧海桑田。坐在车上，遥望那云蒸雾煮的万年雪山，这一刻，忽然觉得人类在大自然面前真的是很渺小。

"你从哪儿来，要到哪里去？"

想起这个千古难解的哲学命题，想起一千三百多年前李白的诗句，又忽然就又想起了一生雄才大略的曹操和他那首《短歌行》的感慨：

对酒当歌，人生几何……

内心吟哦之间，心灵在这一刻倏然得以宁静，似乎对智者寄情于山水有了更多的感悟。

当车停在一处路闸口时，才知已到峡谷口，托木尔大峡谷已是近在咫尺了。向导很快为我们办好了入谷手续，我们一行便长驱直入。

长驱直入这个词儿，在这里显然用得不太准确。直入是对的，只有唯一一条通向托木尔大峡谷的路。而长驱却是不能，没用三五分钟，就见到了一座座赭红色群峰从车两旁快速地滑过眼帘，我们不时停下车来，兴致勃勃地欣赏起这雄壮多姿的景色。我打开手机，拍下这一路的景观。

车队走了一程，在一片横亘的丹霞群峰前停下来，触目所及，宛如进入了一片雄浑而又精美的自然画廊。那一座座巨型的熔岩地质山，被岁月的风雨勾勒出来的粗犷线条清晰入目。远望像宫殿，似楼阁，如亭台；近看宛若猛兽，形同飞鸟，又貌似巨人……群山峰峦叠嶂，有的绝壁高耸，有的奇峰兀立，或高低错落，或峭劲圆润，无不形态各异，嶙峋多姿，千奇百态，与天上的蓝天白云形成壮异景观。

当我还在为那些叠彩纷呈的群峰而流连忘返时，前边传来大家惊喜

118

声，循着声音的方向往前一瞅，原来是山的凹角处冒出郁郁葱葱的两棵胡杨树，碧绿的色彩与地上的黄沙砾石、丹霞群峰形成极大的反差，格外醒目。

在大漠，胡杨有"生而一千年不死，死而一千年不倒，倒而一千年不腐"的传说。导游说，这是温宿大峡谷传说中的胡杨双雄，已有上千年以上的生命历史，至今仍赫然屹立在这个大峡谷，见证了托木尔大峡谷风雨沧桑，它们以生命的不屈和顽强经受了数千年风沙的侵蚀而成为峡谷的"守护神"。

我们都因导游形象感人的解说而对这两棵胡杨心生敬意。对于大漠胡杨，我并不陌生，之前，我曾随同董事长赴东疆哈密地区考察农产品，顺道游览过大漠深处的胡杨林，当时曾被那象征着不屈和顽强的大漠胡杨深深震撼，至今印象深刻。震撼于在那干旱而又贫瘠的大漠深处，胡杨们能以形态各异而又遒劲有力的肢体语言，把对生命的强烈渴望，默默表达。

这两棵胡杨，像所有的大漠胡杨一样，表皮粗糙皱褶，质朴无华，而内在却顽强坚定。它们虽静谧无声，然伸向天空的枝丫却像一颗颗昂然不屈的头颅，宣告自己的自强不息和曾有过的顽强与抗争。

在胡杨树下合过影后，我们驱车朝峡谷纵深处出发。导游给我们介绍：托木尔大峡谷是世界自然遗产，总面积约为二百平方公里，这里曾经是古代通往南北天山驿路木扎尔的必经之地。当地称之为"库都鲁克大峡谷"，"库都鲁克"在维吾尔语中意为"惊险和神奇"。

想到惊险和神奇这四个字，我心中更萌生出蠢蠢欲动的激情。人生短暂，岁月如水。然而，如水的岁月最怕的就是死水一般的宁静，短暂的生命里如果没有波澜起伏的喧哗，一生该是多么的淡然无趣！

不要问我从哪里来，

我的故乡在远方。

忽然想起了这首《橄榄树》，想起了那年那月如我一样单纯的三毛，想起她不远千里来寻西部歌王的故事，这首歌的旋律就又萦回在我的耳际。

岁月如梭，一转眼，我也到了三毛当年来西部的这个年纪，只是，同样爱好文字的我，远没有达到三毛当年的才华和盛名，浑浑噩噩地混了大半生，三年前才被生活所逼，来到北京。

现在，诚如三毛当年所言："我来不及认真地年轻，待明白过来时，只能选择认真地老去。"

如果说有什么惊险和神奇，实在是我梦寐以求的事儿。

沿途峡谷内群峰林立，沟壑纵横，景色蔚为壮观，可车在峡谷的浮沙上却频频抛锚。昨夜下了一场雨，雨水顺着高处潜流下来，车轮时不时地陷入含水量深的沙地，汽车引擎打得轰轰响，仍不能前进一步。我们只好作罢，下车跋涉前行。

步行也得小心，很多浮沙看似平坦，一脚踏上去马上淹没脚踝，导游提醒我们，说这是流沙。我们于是小心翼翼地寻找裸露的石块走，有点像踩高跷似的东跳西蹿，饶是如此，眼中一刻也没放过这入眼的画境。

峡谷内迂回曲折，呈现眼底的红崖赤壁和千姿百态的石峰石柱，隔远相望，宛若荒城古堡，展现出一种大漠才有的荒凉之美。这些赭红色丹霞地貌，与远远的天山冰雪遥相呼应，相互衬托，形成了红与白、冰与火的强烈反差和对比，给人以巨大的视觉震撼。

导游告诉我们，托木尔大峡谷是天山南北规模最大、美学价值最高的红层峡谷，被誉为"峡谷之王"。峡谷东西长二十五公里，南北宽约二十公里，由三条呈"川"字形的主谷和十二条支谷、上百条小支谷组成。目前著名的峡谷和景点有五彩山、之前我们经过的胡杨双雄，以及一线天、石帽峡、悬鼻崖、万山之城等十多个美轮美奂景观。

一边听着导游的介绍，我们一边用手机拍下沿途美景。愈行其中，愈感置身迷宫。视野时而开阔，时而闭塞，待近到眼前，忽又峰回路转，别有天地。有时刚还徜徉在数十米多的开阔地带，瞬间又山势陡峭，光线阴暗，路道逼仄，天悬一线。抬头仰望，断崖悬挂当头，大有一触即倒的危险，令人不寒而栗！再行数步，复又豁然开朗，令人真有"山重水复疑无路，柳暗花明又一村"之感。

可惜我们一行由于时间的关系，不能继续再向前游览，来到峡谷一片开阔地带，稍留片刻，还得原途返回。

回程中，导游半开玩笑半认真地给我们说：诺贝尔奖获得者、著名物理学家杨振宁先生在游览托木尔大峡谷后，激动地说，"我原来向国际友人只推荐中国黄山，现在，我要增加一个中国最具旅游观光价值的地方——新疆温宿托木尔大峡谷"。你们回到北京后也一定向大家推荐推荐我们新疆美丽的托木尔大峡谷哦。

我说，那是一定的。

心想，既然杨老先生都打算向国际友人介绍了，我还有什么理由不向国内友人做介绍呢？对于西部高原，何况我还有自己梦中的橄榄树。

2016 年 8 月 21 日

难以言表

很久都没有提笔了，懒得写，也不知该写些什么。在这个功利而又浮躁的时代，觉得文字远不如一个眼神、一张手机自拍照来得快捷省事。

可有很多事、很多心里话，又不是一个手势、一个眼神、一张图片能表述得清楚的。譬如说什么是永恒，这样的概念和范围就比较抽象，很难用图片、用肢体语言来表达。

每个人都有自己擅长的表达方式。

阳春白雪流用绘画、写诗、弹琴、放歌来表达自己的喜怒哀乐。谓之下里巴人的或许是用摸牌、酗酒、唠嗑来放松自己。而我，一直属于那种不伦不类型，既不能装清高以示自己为阳春白雪，又不肯屈就沦落为下里巴人，所以大多时候只能靠写点文字来安放自己的灵魂。

一路走来，忘记了很多事。与其说忘记，不如说是放下了很多事。

有些时候，朋友们说我有些记忆模糊不清，总会错把彼当作此。其实他们不知，这是我潜意识里故意暗示的作用。一生中，总会有相同的人、相同的事需要合并归类，然后在记忆里给下个判定词。虽然我也会偶尔回首，看见自己当初落笔判定时心里最为寒凉的悲苦与绝望，现在屡屡想来，心中仍有一团不明情绪，如鲠在喉，不能咽下。但人到世间，从脱离母体即是劫难，又怎该有分毫的怨怼？

佛说，世间万物，皆有定数，半分由不得人。这使我常常很绝望，陷在争与不争之间，举棋不定。

说到这里，如果你也想起了某个人，而今生已是无法与他（她）相见，那就深深地刻在灵魂里吧，灵魂里的东西是忘不了的。

即便来世，你早已不是你，而她或者是他，也不知会成为谁的想念。

2016 年 6 月 9 日

漫谈人生三重境

王国维在《人间词话》里说:"古今之成大事业、大学问者,必经过三种之境界:'昨夜西风凋碧树。独上高楼,望尽天涯路。'此第一境也。'衣带渐宽终不悔,为伊消得人憔悴。'此第二境也。'众里寻他千百度,蓦然回首,那人却在灯火阑珊处。'此第三境也。"

如果逐词逐句把王国维的原话再解析一遍,便又落入了窠臼。不如同样以大家所熟知的《桃花源记》来做形象的解释。

陶渊明在《桃花源记》中记载道:"武陵人捕鱼为业。缘溪行,忘路之远近。忽逢桃花林,夹岸数百步,中无杂树,芳草鲜美,落英缤纷,渔人甚异之。复前行,欲穷其林。林尽水源,便得一山,山有小口,仿佛若有光。便舍船,从口入。初极狭,才通人。复行数十步,豁然开朗。"

第一句"昨夜西风凋碧树。独上高楼,望尽天涯路",即好比"武陵人捕鱼为业。缘溪行,忘路之远近"。这句好比人生路上的求索阶段。

第二句"衣带渐宽终不悔,为伊消得人憔悴",好比武陵人"复前行,欲穷其林。林尽水源,便得一山,山有小口,仿佛若有光"。此人生有所得阶段。

第三句"众里寻他千百度,蓦然回首,那人却在灯火阑珊处",好比武陵人"复行数十步，豁然开朗"。这是人生的融会贯通、大彻大悟阶段。

其实，大千世界，各行各业都有自己行业的三重境界。金庸把剑客的武功也划分为三重境界。在武侠小说《神雕侠侣》第二十六章"神雕重剑"里："杨过提起右首第一柄剑，只见剑下的石上刻有两行小字：'凌厉刚猛，无坚不摧，弱冠前以之与河朔群雄争锋。'再看那剑时，见长约四尺，青光闪闪，确是利器。他将剑放回原处，拿起长条石片，见石片下的青石上也刻有两行小字：'紫薇软剑，三十岁前所用，误伤义士不祥，乃弃之深谷。'杨过心想：'这里少了一把剑，原来是给他抛弃了，不知如何误伤义士，这故事多半永远无人知晓了。'出了一会儿神，再伸手去拿第二柄剑，只提起数尺，呛啷一声，竟然脱手掉下，在石上一碰，火花四溅，不禁吓了一跳。原来那剑黑黝黝的毫无异状，却是沉重之极，三尺多长的一把剑，重量竟自不下七八十斤，比之战阵上最沉重的金刀大戟尤重数倍。杨过提起时如何想得到，出乎不意地手上一沉，便拿捏不住。于是再俯身拿起，这次有了防备，拿起七八十斤的重物自是不当一回事。见那剑两边剑锋都是钝口，剑尖更圆圆的似是个半球，心想：'此剑如此沉重，又怎能使得灵便？何况剑尖剑锋都不开口，也算得奇了。'看剑下的石刻时，见两行小字道：'重剑无锋，大巧不工。四十岁前恃之横行天下。'杨过喃喃念着'重剑无锋，大巧不工'八字，心中似有所悟，但想世间剑术，不论哪一门哪一派的变化如何不同，总以轻灵迅疾为尚，这柄重剑不知怎生使法，想怀昔贤，不禁神驰久之。过了良久，才放下重剑，去取第三柄剑，这一次又上了个当。他只道这剑定然犹重前剑，因此提剑时力运左臂。哪知拿在手里却轻飘飘的浑似无物，凝神一看，原来是柄木剑，年深日久，剑身剑柄均已腐朽，但见剑下的石刻道：'四十岁后，不滞于物，草木竹石均可为剑。自此精修，渐进于无剑胜有剑之境。'他将木剑恭恭敬敬地放于原处，浩然长叹，说道：'前辈神技，令人难以想象。'"

不难看出，杨过遇到的这位前辈高人，剑技也是经历了三重境界：年少时用剑"凌厉刚猛，无坚不摧"；中年时用剑"重剑无锋，大巧不工"；四十岁后，不滞于物，草木竹石均可为剑，渐进于无剑胜有剑之境。

除了以上论及的文章武功外，宋代禅宗将修行也分为三重境界：

第一重境界是"落叶满空山，何处寻芳迹"。

第二重境界是"空山无人，水流花开"。

第三重境界是"万古长空，一朝风月"。

这三重境界中都有个"空"字，三重境界对"空"有三种不同的理解。第一重境界中的"寻"，表明人向上天追问自身的起源，追问"我是谁？我从哪里来？要到哪里去？"据说这是三个千古的难题，历代的求知者都曾苦苦地试图解答这三个问题，但答案却千差万别。第二重境界中的"无"，表明人已经从自然中剥离出来，与外在的"水流花开"自成独立世界而有所获。第三重境界中的"万古"与"一朝"融合为一，说明了人此时已对有限时空的超越，经过否定之否定之后达到天人合一之境界，这也是禅学中的最高境界。

而作为读书人的至圣先师，孔子把读书人求学也分为三重境界。

第一重境界为"知之"。

第二重境界是"好之"。

第三重境界是"乐之"。

《论语·雍也》里，子曰："知之者不如好之者，好之者不如乐之者。"意思是说："懂得学习的人比不上喜爱学习的人；喜爱学习的人比不上以此为乐的人。"

今人也把读书总结为三重境界，分别是：为知、为己、为人三境。

为知，是积累知识，增长学问、见识和智慧。强调要多读书，读好书。这是对读书最起码、最基本的要求和目的。

为己，就是古人所说的修身、正己，培养自己的人格、道德和情操。这是读书的第二重境界。知识是人品、人格升华的保证，苏东坡有"腹有诗书气自华"诗句，表达的就是这一意思。

为人，这里也可理解为做人。经过前面两种境界后，接下来就要达到一种境界或胸怀。再不能仅仅是为知、为己了，还得有一种为国家、为民族、为社会的"博爱"胸怀，"先天下之忧而忧，后天下之乐而乐"，读书，要像周恩来少年时所说的"为中华之崛起而读书"，具有大抱负、大胸怀。达到这步，便是读书人的大境界了。

除了上述的文章、武功、参禅、求学、读书外，古人把人生的境遇修为也划分为三重境界：

第一重境界是：看山是山，看水是水。

第二重境界是：看山不是山，看水不是水。

第三重境界是：看山仍是山，看水仍是水。

这三重境界最先是宋代佛学大师青原参悟出来的。人生涉世之初，对这个世界一切都充满好奇与新鲜，以一种童真的眼光来看待万事万物，世界在我们眼里还是本来面貌，山是山，水是水，眼见为真。后来因为经常碰壁，发展到对隐藏在真相背后的假象抱有疑问，从而在理想与现实中产生了困惑，这便到了"看山不是山，看水不是水"的疑惑境地。红尘滚滚，诱惑太多，很多事如雾里看花，亦真亦幻，"假作真时真亦假"，于是，山已不再是山，水已不再是水，迷失了方向，陷入迷惑、彷徨、痛苦和挣扎。很多人因此沉沦而堕落，一蹶不振，而探索求知者没有因此停下脚步，开始对这个世界多了一份理性的思考和反思，孜孜以求，逆水行舟，于是升华到人生的第三重境界——看山还是山，看水还是水，最终返璞归真，重回本原。

返璞归真的境界不是每个人都能达到的，需要经历许多磨难，而又能不断地反省、认识才能达到这个高度。

列举了古往今来人生三重境的这些例子，不难发现这么个规律：凡事都会经历那么几个阶段，而最高境界或说是巅峰，最后还是会回归本源，平淡为真。这与古人所强调的"大道至简""大智若愚""返璞归真"这个道理是不谋而合的。古往今来，那些大成者总是擅长于举重若轻，把复杂的事情简单化，而如我类愚昧者总是会把简单的事情复杂化。

2016 年 4 月 17 日

海子公园游记

　　末冬时，每于黄昏闲步。逛到新发地海子公园后，便萌生写一篇《海子公园冬游记》，终因心情萧瑟如冬，就此搁下了。年后暇余，孤愁难寄，便再到海子公园剪手信步，见春草萌发，四处已是一片生机盎然，复又想拾笔续写《海子公园春游记》，此念一生，不觉心中暗自莞尔。古人云"下笔如有神"，我这倒好，一篇游记从冬天写到了春天，真是惭愧！

　　海子公园，坐落于北京南四环京开高速新发地桥东侧，隶属于丰台区花乡新发地村，为明清两代皇家御用狩猎之地。相传明清时期，这里风光旖旎多姿，珍禽异兽出没，为此，明嘉靖帝钦定这里为燕京十景之一，即"南秋风"。园内至今还保留着当年的一角土城墙和皇家御用的"一亩泉"，"一亩泉"衍变成了今天新发地公园的灵魂"一亩泉"湖，因此，新发地公园又得名为新发地海子公园。

　　园外京开高速像一条河流，把它与桥西熙熙攘攘、享誉全球的亚洲第一农批市场新发地分割开来，成了两块隔"水"相望却又动静有别的小天地。京开路西，新发地市场昼夜车水马龙，商客往来川流不息，晚间灯火通明，宛若不夜城，典型的闹市，是谓动。京开路东，海子公园则绿叶掩映，苍松垂柳各显英姿，红桃粉梨竞相斗艳。放眼葱郁深处，但闻鸟儿啁啾，使人有深山幽径、闹市洞天之感，与京开路西新发地市场竟有天壤之别，是谓静。

海子公园正门，左侧门墙上镶嵌有一块长约五米、宽幅两米的汉白玉浮雕，浮雕中身着满清官服的皇家贵族们正纵马狩猎，图中人物栩栩如生，或张弓搭箭，或策马扬鞭，衣袂飘飘，而麋鹿、獾猪、豺狼等动物惊窜奔命。动物形态惟妙惟肖，动感十足，纤毫毕现，充分地展现出雕刻者完美高超的雕刻艺术。

村里老人们回忆，解放前，这里灌木荆棘，荒漠沙丘，四处渺无人烟。经历了战火的涤荡后，当年燕京十景"南秋风"已不复存在，唯见时有大风从北方蒙古卷来，一路尘沙蔽日，雾霾遮天。丰台区《花乡乡志》概述中记载：解放前，这块土地曾经是沙碱破洼地，旱涝风灾严重，民间流传着"无风一片沙，有风地搬家"的民谣。可幸的是，这些都已经成为历史，解放后，政府一直大力推行植树造林，美化家园，风沙渐渐地被锁在了人们远去的记忆中，沉淀于地方志墨迹里。

据园区管理员介绍，景区内目前种植有层层叠叠的白皮松、油松、云杉、雪松、华南松等近万株；元宝枫、白蜡、杏树、国槐、栾树等品种一千余株穿插其中，相得益彰。另外还有丁香花、金银木、珍珠梅、碧桃、红瑞木、紫荆花和小型春花等点缀分布，无不令人赏心悦目。而连翘、迎春、刺梅、月季等花木又将整个公园渲染得更加艳丽多彩，令游人流连忘返。

沿着曲径通幽的石径向东漫步，抬头可见一座九曲桥蜿蜒斜卧在"一亩泉"的东南湖面上，桥上另建有一座"碧云亭"，像一个妙龄少女亭亭玉立于蓝天碧水中，做蹁跹之态。"一亩泉"东边是红砖碧瓦、古香古色的老年活动中心，里边设有棋牌室、茶室，专供村子里的老年人休闲娱乐之用；北边是寓意人们健康长寿的"寿松亭"，四周假山奇石环抱，颇有古朴典雅之韵；西南有一座汉白玉质的拱形小桥，形似玉带，因它将"一亩泉"一分为二，因此得名"一亩泉桥"。"一亩泉桥""九曲桥""碧云亭""寿松亭"和"一亩泉"湖，与明清留下的土城墙观景台遥相呼应，构成整个公园的主要景观。

走在湖边小道上，见垂柳倒影相映生辉，鸭儿相嬉成趣，加上清风拂面，使人有心旷神怡之感。在"一亩泉"湖东边，最引人注目的是高高耸立的土墙，格外醒目。土墙属明代遗址，掐指算来，该有三百多年的历史了。它屹立苍松翠柏之上，悠然于碧水蓝天之中，跨越百年，见证了两个不同时代的繁华盛景。土墙顶端建有长亭，仰望见亭台楼榭，飞檐斗拱，欲引人登高望远，将万般景色尽收眼底，一睹为快。墙两侧有汉白玉扶栏，大理石铺就的台阶逶迤迂回而至顶峰。从亭台上鸟瞰，觉土墙高应有二十丈许，西边脚下，脸盆粗细的古柳婆娑多姿，形若伞盖，树杈中鸟巢枝丫纵横交错，清晰可见。回转身来，东边即为"一亩泉"湖，湖水如镜，中有碧云亭，衬在"万条垂下绿丝绦"的垂柳群中，真是好一幅江南山水写意画！时有微风徐来，则湖水碧波荡漾，水波粼粼，令人一时间忘却世间万般烦恼，陶醉于这美好湖光景色中，作无限遐想。

据明末《帝京景物略》记载："海子西墙，有沙岗委蛇，岁岁增长，今高三四丈，长十数里矣，远色如银，近纹若波，土人曰：'沙龙。'"这是新发地一带昔日真实写照，土丘相连，人烟荒芜。而今，新发地村在新时代的变迁下，一栋栋摩天高楼拔地而起，京开高速终日往来车流如织。"新发地"已成为中国农产品的代名词，品牌炙手可热，享誉海外，慕名而来者摩肩接踵，踏破门槛……

伫立土墙，感世事变迁，沧海桑田，一时兴起，欲效古人题诗赋怀，于是，掏出纸笔草拟四句，以作日后纪念。

　　岁月匆匆又一春，海子楼前景物新。
　　沧海桑田非笑谈，改天换地看今人。

大漠胡杨

无论是站着或者倒下的，都象征着不屈和顽强。

在新疆，大漠深处的胡杨们，以形态各异而又遒劲有力的肢体语言，把对生命的热爱和渴望，默默表达。

活着一千年不死。

死了一千年不倒。

倒了一千年不腐。

这是胡杨馆里过目不忘的铭文。我想，逾越千年，该需要多么顽强的斗志和坚韧的毅力？

穿行在胡杨群里，我的内心一直有一种深深的震撼和一种想为自己祖国奔赴疆场的庄重悲壮情怀，在我血管里往来反复地冲撞、沸腾和激荡！

我一直在想，当一种生命跨越千年时，那该需要抵御多少次风霜苦雨和干旱的侵袭？

在荒蛮贫瘠的沙漠中，该需要多少忍耐和坚毅，才能把对生命的热爱和渴望完整地诠释？

没有回答，烈日下的胡杨们静谧无声。

湛蓝的天空下没有一丝云彩，连飞禽也寻觅不到踪迹。只有那万株胡杨的枝丫像一万颗昂然不屈的头颅，以一万种不同的抗争方式，傲然地挺向天空，宣告自己的自强不息和曾经有过的顽强与抗争。

这一刻，我忽然想到了荆轲刺秦的悲壮，想到了苏武牧羊的坚韧，想到了文天祥的大义凛然，想到了中华民族五千年来，那些为自己民族和祖国前赴后继、视死如归的先贤和勇士们。他们在恶劣艰险的环境中，为抵御外敌入侵所做的旷日持久斗争。他们以大漠胡杨的精神，在神圣与庄严的守卫战中，屹立成了自己民族永恒不倒的丰碑！

我努力抑制着自己的情绪，极目远眺。远远的天山上，白皑皑的积雪终年不化，在阳光下分外耀眼。我停下脚步，在沙丘上良久地伫立，思绪缓缓地从远古穿越而来……

河水曾经在这里汩汩不息地日夜流淌，她的乳汁养育和滋润了古楼兰、龟兹等西域三十六国那些曾经繁华的往昔；

晨曦暮色中，古丝绸路上驼铃叮当，马蹄声声；

欢快的冬不拉琴声和急骤的手拍鼓叩打中，西域女子们在如血的篝火中齐齐扭动纤腰劲舞……

俱往矣，当河水最终停止奔流，当五胡十六国相互停止征伐，当狼群在大漠上停止奔突，甚至连天空都搜寻不到雄鹰滑翔的羽翼时，只剩下这些寂寞的胡杨们静静矗立，守候千年。

它们见证了远古人类曾经走过的痕迹，把对世事的沧桑全部了然胸间后，或许才能把对生命的意义，阐释得如此完整透彻。

2014 年 8 月 16 日

新发地沉思

　　风沙漫天，人迹罕至。灌木荒草中，战马驰骋，麋鹿惊窜，古代皇家的权贵们在这儿休闲狩猎。

　　一百年前，这是新发地真实的画面。

　　"俱往矣，数风流人物，还看今朝！"

　　若站在城楼上，鸟瞰今日新发地市场车马熙熙、商贾云集、吞吐万象的气派，我想，就会吟出这千古的名句。

　　瓜果飘香，人流涌动，涌来城市的激动；蔬菜滴翠，车辆往来，换来乡村的欣喜。汽笛奏着凯歌返程，笑脸透着阳光满足。熙熙攘攘的人群，车水马龙的市场，把一种叫作繁荣的词汇，诠释。

　　红樱桃、绿西瓜、黄柚子、蓝草莓、黑花生……

　　生活的七彩原色，在这里的瓜果蔬菜上都能一一得到体现。

　　"接篷为市，环错纷纭……"三百多年前，徐霞客笔下描写的街市恍惚海市蜃楼，却又活生生地呈现在你的眼底。

　　只是，这已不是一个他当年描写的涓涓闹市，这是一个浩浩荡荡的农产品大江长河——北京新发地！

　　伫立于新发地市场"天下大农"楼牌前，我常常陷入长久的沉思……

内蒙古草原行

飘零的日子里

独自伫立岁月的高岗之上

回望过往那些盛开了的花事

在记忆中沉没，又浮起

而今，只好掘一座座文字的坟墓

把这些伤感或美好深埋

或者掩藏

好让自己不再怀想

——题记

　　从北京丰台出发，小车穿过市区熙熙攘攘的车流，到达八达岭路段时，路上的车辆开始稀疏起来。两旁的山势险峻，道路盘桓曲折，举世闻名的万里长城依山逶迤延绵，蔚为壮观。经过居庸关时，我想掏出相机拍下这座古老的石墙城门，小车倏尔而过，心中不由一阵懊丧和失落。但想起即将见到内蒙古的大漠飞沙、流云飞雁，遥想远方毡包里传来马头琴悠扬而又忧伤的长调……又令我心中亢奋不已。

　　这是很早以前，从书中得来的关于内蒙古草原粗犷不羁而又温婉细腻的印象。当然，印象最深的还是那首南北朝时期流传下来的《敕勒歌》：

敕勒川，阴山下。

天似穹庐，笼盖四野。

天苍苍，野茫茫，

风吹草低见牛羊。

绵亘塞外的阴山，壮阔雄伟的草原。环顾四野，天空就像奇大无比的圆顶毡帐，将整个大草原笼罩起来，而青苍蔚蓝的天空下，一望无涯的茫茫草原连接天际。儿时，读到这首诗时，引发心中无穷的罗曼蒂克式想象。

对内蒙古草原的神往，由来已久。年少情窦初开时，与街上同班的一个女生相恋，彼此惺惺相惜却又黯然神伤。那时，农村户口与街道户口有着天壤之别，是道难以逾越的坎。对于农家孩子而言，娶城镇户口老婆，好似娶皇家公主一样，无形中多了一道高不可攀的城墙。只是，单纯的她却并没有这样想过这种城乡之别，颇有才艺的她，曾经写过一首小诗赠我，名《怀想》：

茕立桥头

看远方的渔火隐隐约约

像心中涨涨落落的往事

怀想你的时刻

孤独是一截木筏

逆水前行

我看后，于是不顾一切地拉住她的手说，我们私奔吧！她问到哪去。我说我们到内蒙古草原去，那儿有苍莽无边的草原，有多如繁星的牛羊，是边陲的世外桃源。我们就在那牧羊放歌，朝看流云，晚观落霞，做一对神仙伴侣。她听了沉默不语，郁郁离去。

一年后，她考进了一所中专学校就读，而我也进了本地一家企业混日子，我们渐渐地失去了联系。再见面时，她忽然对我说，我跟你去内蒙古草原吧。我望着她纯真的眼神，不由莞尔。想当初自己是少年不识愁滋味，而且还不食人间烟火。现在想来，如若真的到了内蒙古草原，怎么安住，靠谁找谁，这些基本的条件都成问题，妄谈生存了。经过几年的坎坷，自己常常为当初浅薄、幼稚的冲动之语哑然失笑。我还以为她当初一定是比我聪明，想得周到，才下不了决心，想不到她现在还惦记着我当初的那句话。这次，轮到我开始沉默。她见我始终缄默不语，又像上次一样，郁郁地离开了。

这次一别，从此天各一方，再也没见过面。后来，听说她嫁了又离，离了再嫁，经历了好几个回合，始终没找到自己如意的归属。再后来，每当想起这段往事，我只能夜深时，独自默坐良久。

人生路上，命运把我们安排成两条不同的起跑线，虽然起点相同，但方向和终点各不一样。我们都曾抗争过命运，却都拗不过命运的安排。

为了肩上的责任，我不得不选择负重前行。

这千疮百孔的人生，你明知道生比死还难，却还得默默负重前行。

2014 年 9 月 8 日

《新发地励志人物录》跋

　　励志的话题，千百年来一直为人们津津乐道。

　　"天行健，君子以自强不息。"这句出自中国《周易》里古老的励志名言，至今仍铿锵有力地鼓舞着我们。历代先贤们在自己不同的人生经历和实践中总结出来的这些朴素真理名言，一直伴随着我们，并不因时代的遥远而产生距离，相反历久而弥新。

　　每个时代，都有不同的励志人物。耳熟能详的有苏秦悬梁刺股、匡衡凿壁偷光、车胤囊萤、孙康映雪等，最早的，可追溯到《山海经》里精卫填海、夸父追日等神话故事。这些励志人物内在的精神，启迪、激励着一代又一代的人们前赴后继，越过坎坷，战胜艰难，谱写了华夏文明五千年来浩浩荡荡催人奋进的正气史诗。

　　成功从来都不是一蹴而就的。如果把人生比作一条奔腾不息的河流，河的拐弯处，总会有许多浅滩急流，迂回周折，跌宕起伏。有的人在这里停顿徘徊，甚至一蹶不振。而勇者总是在经历了挫折后，重新积蓄力量，奔向更宽更广的远方……

　　坎坷、艰辛、挫折、无助、颓废、困顿，让我们常常于人生的十字路口犹豫、观望、徘徊。黢黑的夜里，谁能为困境中的人们点一盏明灯，照亮前行的方向？

这些原因，都是我着手撰写这本《新发地励志人物录》的初衷。但一本励志书，成不了救世主。只希望它虽然改变不了你困顿中的现状，却可以改变你颓废的观念，重新树立起你昂然的精神斗志。

　　这个世上，谁都不是谁的救世主，过去不会有，将来也不会有。能拯救自己的，永远只有自己。在你彷徨无助时，唯一能给予你力量的，就是前人的智慧与精神，或许能唤醒你潜在的能力与斗志。

　　榜样的力量是无穷的，在发奋苦读的求学路上一路走来，至今，我也谈不上有什么成功，但通过自身不懈努力，能一次又一次地走入大城市的企业里，与高管比肩论道，由一个农家孩子跻身于作家行列，能专业地坐在北京从事写作，付出的努力，无疑还是改善了我的生存环境。我想，除了勤奋，这应该得益于20世纪80年代张海迪自学成才的感人精神一直在感召、鼓励着我。天道酬勤四字，或许到了任何时代都是一句颠扑不破的真理，励志书籍要强调的，就是以实例告诉人们勤奋的内因：为什么要勤？树立人们战胜困难、迈向成功的精神斗志。

　　探索者和开拓者们的精神能指引和鼓励我们越过一个个险滩，回避航行中的暗礁，找到一条正确的前进方向，正像迷路的人们可以倚靠天空中的北极星。迷惘中的你，同样需要指引你行进的指南针。

　　希望这本《新发地励志人物录》能让你身上的成功细胞觉醒，沿着成功者有效的足迹，努力提升自己的品格，挖掘自身潜在的力量，乐观而勇敢地面对生活，获得事业的成功和人生的快乐。

　　人是需要点精神的，"三军可夺帅，匹夫不可夺志"。苏东坡说："古之立大事者，不惟有超世之才，亦必有坚忍不拔之志。"出生于穷苦农村的孩子，如果从小没有远大的志向、坚韧不拔的意志，没有应对复杂社会的经验，没有承受挫折和磨难的能力，要想创造辉煌的人生，恐怕很难。人的精神天性存在于每个人的生命内部，励志书所要做的，就是通过人物的事例带领人们认识它、唤醒它。

新发地这些成功的商人们，以他们独特的风格和生动的语言，总结和阐述了各自的成功理念和思想精髓。通过讲叙自己真实的案例而娓娓道来，或许能唤醒你的心灵，鼓舞你的精神，挖掘你的潜能，改善你的心态，帮助你了解自己、把握自己，更好地规划自己的人生，发展自己的成功之路，从而拥有一个灿烂的未来。

许多人穷其一生都在困苦中无奈地生活，是因为没意识到自己身上潜在的力量。人生的价值，起决定性作用的因素就在于发挥自己身上的潜能。或轻如鸿毛，或重如泰山，关键在于你选择怎样的生活方式。积极的心态可以让你的生活充满阳光，使你的生命力充满激情，反之，你只会让自己深陷消极心态的囹圄。

《新发地励志人物录》系列，旨在弘扬理想，激励人生，引导人们进步向上。与一般励志书不同的是，入选这套丛书中的励志人物，都不是什么名人大亨，均是来自生活最底层的农民工，他们文化水平都不高，大多只有小学、初中文化，但他们用自己淳朴、勤劳、诚信，在新发地这片热土上找到了自己人生的目标，实现了自己人生的理想，取得了商场上辉煌的成绩。他们的成功事迹中，既有个人成功的一段范例，又有创新当中的一点颖悟，也有探索中失败的一声感叹。读来无不给人以启迪，引发读者的思考。其中不少鲜活的事例，如同一条条小道，看似风光迥异，却都通向共同目标，这目标便是自信、自强、豁达、宽容、永不放弃心中的希望，在人世的风浪旋涡和曲折坎坷中摆脱困境，逐步抵达理想的彼岸。

里面的人物和故事，不敢说堪称经典，但都很贴近现实，颇接地气和具有启发性，传达了普通劳动者深刻的智慧，蕴藏了劳苦大众生命中不凡的启示。反映了改革开放以来，我国农民从农村走入城市的基本生活状况，见证了以中国共产党领导的人民在改革开放的政策引导下，由贫穷到小康的真实经历过程。他们鲜活的成功启示如同一支支细流，汇聚成了改革开放成果的江河大海。

通过一本书，既能反映一个时代正能量的剪影，又能给后来的人们一些启示和鼓舞，还能达到宣传一个企业影响力与知名度的目的，我觉得是件非常有意义的事。为此，不顾自己才疏学浅，抱着"有志者，事竟成，苦心人，天不负"的精神和决心来做好它。在采写的过程中，得到了新发地市场的同事、领导和商户们的大力支持，特别是董事长给予了我很大的鼓励和帮助，在此一并表示感谢！

写励志人物，于我是个尝试。开始根本不知该怎么写，心里没有谱。等到后面摸出点心得来，已写出了大半，由于时间仓促，再回头重改已很难，只得作罢。加之自己写作水平有限，本该具有范例的素材没能挖掘得更为深刻，许多经典的事迹没能描叙得更加传神感人，这都是自己心中的遗憾。在此，只能对书中的人物和书外的读者朋友们表示歉意。

尽自己最大的努力，做一件传播正能量的事，而且对于自己效力的新发地企业、企业中的商户，还有许多在困境中需要帮助的年轻人，通过这本书，若对他们能产生一丁点的帮助，或许是我唯一的慰藉。

2014 年 5 月 17 日

143

冬日怀想

　　已然过了冬至，北京的雪花依然姗姗来迟。昨晚北风"呜呜"了一夜，以为该是飘点雪花了，早晨起来，特意加厚了衣服，推开房门，一抹暖阳依旧沿着墙边铺洒在地上。心中一时说不出是欢喜，还是失落。

　　记得童年时，冬至时分已是冰天雪地的了。父亲早晨起来担水，先要用木桶底把池塘边的冰凌磕破，再用桶来回将冰凌磋荡开，才能舀得干净的满桶池水。母亲穿着木屐，走在菜园冰硬的路上喀喀地响。小伙伴们会偷偷溜到河边，捡一些破碎的瓷瓦片，奋力地掷向河面的冰凌，比谁的瓦片在冰凌上溜得更远些。

　　薄暮时分，大片大片成群的雪老鸦在远处田间聚集，呱呱喳喳声此起彼伏。母亲说这是大雪要来的前兆。果然，没几天就刮起凛冽的寒风，风歇息下来后，鹅毛大雪也随之纷纷扬扬。一个晚上，整个世界便已是银装素裹。

　　麻雀们三三两两地在屋檐下叽叽喳喳，好像是商量着该怎么去找点吃的。而我们这帮淘气鬼却在商量着到了晚上，怎么去扑捉它们。白天是难以扑捉到的，它们太机敏，稍有点动静，就扑扇着翅膀飞走了。那时，还没读到鲁迅先生的文章，不会像闰土那样，"用短棒支起一个大

144

竹匾，撒下秕谷，看鸟雀来吃时，远远地将缚在棒上的绳子一拉，那鸟雀就罩在竹匾下了"。但我们有我们的办法，天黑时，带上手电筒和布袋，寻找到村子里一些靠近河边的灌木丛。灌木丛是那些鸟雀在白皑皑的雪中唯一栖息之地。快到灌木丛时，我们会蹑手蹑脚的，尽量不发出声音，挨近灌木丛后，拧开手电筒，照到鸟儿了，手电筒的光圈点对准鸟儿的眼睛，让它晃眼得睁不开眼睛，手伸过去轻轻一抓，就放在了布袋里，任它再怎么扑腾，也来不及了。

在这个暖冬时代，这些都已成为遥远的故事了。现在的孩子是体验不到我们那个时代冬天里特有的欢乐的。孩子们还体验不到的是，20世纪70年代的农村，我们的童年虽然贫穷，但我们的食物基本都是绿色食品，如蒿草、荷梗、桑葚、苇根、野藜蒿梗等等，都是全家餐桌上的美食。冬天肚子饿了，跑到菜园子里拔一两个萝卜，用冻红的小嘴吹去上面的浮土，用肮脏的小手擦擦表面的泥巴，就可以放心地大吃特嚼，品尝大自然馈赠的纯天然食品。

沿着期颐百年的小路独自漫步，路边的梧桐树叶飘落了一地，剩下光秃秃的枝丫无精打采地伸向天空。岁月匆匆，转眼又到了下一个季节的轮回，不禁黯然感伤光阴如逝水，匆匆不复回。

为了供孩子上学，自己孤身一人来到北京打工，每天晚上都打电话给孩子现身说法：你一定要努力呀，你一定不要辜负老爸的希望呀，如果你今天不努力，老爸的今天就是你的明天呀……

我不知道自己这样反复叮咛，该还是不该，孩子又会不会烦我。而我，小时候就特别烦父亲每天给我灌输这些套话陈词。可是，如果不这样叮嘱孩子，又该给他们说些什么？

我真是有些迷茫和无奈。

想起我们这些20世纪70年代出生的人，我们那时候的童年生活虽然穷苦，还是非常简单而又快乐的。课本只有语文、算术、历史、自然。记得刚跨入一年级时，报名费才五毛钱。从没有人请老师补课，也没有家庭作业，也不用上晚自习。放学后，玩的内容也丰富多彩，滚铁环、捉迷藏、老鹰抓小鸡、丢碑角等等，五花八门，不到天黑不回家。而现在，我们的孩子七八门功课，每天风雨无阻地要上晚自习，即便周六不上晚自习，也没小伙伴来和他玩，每个家长都把孩子关在家里，不许随便乱跑。

想起我们20世纪70年代的人，小时候总盼着放假、过年，快点到冬天。到了冬天，父母亲就会熬糖打豆腐。几块炒米糖可以让我们期盼上一年。经历了贫困岁月的磨难，现在，我们这代人尽量满足自己孩子的需求，尽量不让孩子挨饿受冻，可我们的孩子还能感受到童年的乐趣吗？每天都有写不完的作业让他们无暇玩耍，网络、电视的诱惑逼着他们和我们打游击战。我们的孩子今后回忆起自己的童年生活，还会有快乐的回忆吗？

走过期颐百年小区的拐角，就步入了新发地市场。

新发地每天都是这样熙熙攘攘，车水马龙，一派繁忙景象。来来往往的汽车轰鸣声震得人心头直颤抖，心脏功能和呼吸系统不好的人是不敢轻易外出溜达的，而我则是无所畏惧。像大多来城里谋生的农民工一样，每天挣扎在城市生活的边缘，还哪能顾得了这些。

身居闹市，我心里却分外地喜欢宁静。我知道，这是自己开始衰老的征兆，也不用硬为自己脸上贴金，说成是所谓成熟的标志。人们常把人到中年比作如日中天，正午的太阳，可是，我满头浓密的乌发里，已夹杂出一两根白发，显得分外的耀眼。记忆力在减退，常常对经过了的事情印象模糊。想起自己年幼时，在一盏昏黄的煤油灯盏下如饥似渴地阅读《水浒传》，一连读完三章时，已更深人静，仍舍不得释手。第二天竟能将看过的章节连标点符号一起回忆出来，真有过目不忘的本事。而现在竟然沦落到了丢三忘四的境地，到底是生活压力太大的缘故，还是岁月不饶人，我有时自己也说不清楚。

"项叔。"我恍过神来，抬头看见是办公室里的小邹，忙点头示意。小邹一只手插在衣兜里，一只手扬起来，微笑着潇洒地和我再见，转身消逝在人群里。

当一茬又一茬冒出来的小年轻叫自己"叔"时，才恍然明白，转眼，我已有了一把年纪。而且，人老了，就喜欢怀旧。在这个暖冬的早晨，不知不觉，就会想起一些从前的事情。

一阵寒风刮过来，我本能地紧紧胸口的衣襟，默默地想，长江后浪推前浪，一代新人胜旧人，衷心地希望现在的孩子们比他们父辈童年生活更幸福。

2013 年 12 月 29 日

由浅薄与活泼说开去

快下班时，办公室门忽然被推开，一位女孩探过头来："领导好！"

那个"好"字余音袅袅。我还没反应过来，女孩做了个鬼脸，倏尔合门远遁。

同事蹙眉问我，你认识她吗？我说认识，是下面商户徐总的营业员。接下来还有一句：这女孩暗恋着咱办公室的……只是，这属于个人隐私，我不敢随便造谣。即便是事实，在办公室里谈论与工作无关的事，也是违背工作原则的，我咽下去闷在肚子里没往下说。

同事悻悻地嘀咕一句：浅薄！

我瞅了眼电脑上显示的时间，十二点零五分。便一面收拾办公桌上杂乱的东西，一边和他开了句玩笑说，不会吧，应该是活泼。同事余悻未消地说，浅薄与活泼是两个不同的概念！

我说，或许我们看人的观点不同，我看人喜欢首先看人的优点，或者说是喜欢看事物阳光的一面。

同事愕然地望着我，说，那你看我的优点是什么？

我不由莞尔，说，你不错呀，在我的印象中，你谦虚、有礼……接下来还有什么好印象，我一下子也没想出来。

同事又不依不饶地问，那我的缺点是什么？

这话又触及敏感言论了。我就说我真的没看出你有什么缺点，况且，我也从不研究别人的缺点。我说我看人之所以先看人家的优点。是因为"金无足赤，人无完人"，哪能求得尽善尽美。我国几千年的文化底蕴，讲究与人为善。看人如果总是抱着排斥的态度，第一眼总是挑人家刺，我觉得会失去很多朋友，变得难以与人相处。

顿了顿，我又说，其实，我觉得人与人之间能走到一块儿，都是缘分，同船过渡，五百年所修嘛。一边心想，在这个和谐社会里，大家可选择的路都很多，没必要动不动就剑拔弩张的。做不成朋友可以做路人，也好过做敌人啊。

同事默然。我就不继续往下说了，再说下去，话题愈加长。譬如孔子说，"三人行，必有我师焉，择其善者而从之"。我们善于看到别人的优点时，就能学习到别人身上很多优点和长处。西方也有句谚语：以一个苹果换一个苹果，得到的还是一个苹果；以一个思想换另一个思想，得到的就是两个思想。强调交流学习的好处。而总是冷眼瞧人，无疑于故步自封，画地为牢，把自己人为地孤立起来，失去取众家之长的机会。还有，世界上的万事万物都是相辅相成的，就像物理力学中的反应一样，你的排斥力有多大，对方的反击力量就有多大，最后的结果可想而知。

回宿舍的路上，想起自己到这单位来上班的日子里，被人看不顺眼而饱受种种屈辱和冷眼，不由感慨系之。直到有一天，董事长像发现璞玉似的发现我、欣赏我、抬举我，情况才有了转机和变化。一些人才改变了对我的态度，真可谓人情冷暖。

我很感谢张玉玺董事长，是他慧眼如炬把我从两千多管理人员中发现出来，并让我重拾尊严与信心。也是他以伯乐似的眼光和大海般的胸怀，让我这个只会舞文弄墨的人有了用武之地。人们常说，每个人成功都不是偶然的，我深信这句话。新发地市场从开始的十五个人、十五万块钱，发展到成为今天国家重点龙头农业企业、亚洲第一农批市场，与张玉玺董事长这个统帅善于海纳百川、用人所长的博大胸怀是分不开的。

张董是我接触的具有儒家风范的长者。我想他一定是博览群书，深透我国古代诸先贤思想文化的精髓，才体现出如此深厚的修养和高尚的品德。在华夏民族文化渊源里，最早的"以德报怨"，以及佛家精神的慈悲为怀，割肉喂鹰，"我不入地狱，谁入地狱"等，无不体现出仁爱致人的思想。

看人不顺眼，我想，从根本上还是自己的修养不够。在这个高节奏的时代里，宽容，才会有合作。你容不下别人，别人也容不下你。是人都有缺点，眼睛只盯着别人的缺点，即便自己才高八斗，也会落得个曲高和寡的下场。身边一旦变得冷清起来，人慢慢也会变得愤世嫉俗、清高孤僻起来，会失去人生中的许多良师益友了。况且，怎样用眼光去看待人，不仅关系到一个人的学识与涵养，更是自己做人的一种境界。

2013 年 11 月 13 日

夜来风雨声

　　晚上的闷热令人有些喘不过气来，把卧室落地风扇摁到二级风力时，身上毛孔还是汗渍渍的。躺在床上辗转反侧难以入眠，索性起身将玻璃窗门拉开半截，也顾不得蚊虫飞入房间了。一会儿，溽热才稍稍有所退减。再次熄灯上床后，刚迷迷糊糊睡着，忽然一声"轰隆隆"的霹雳声，又把我从迷糊中惊醒。睡眼迷蒙地瞅眼窗外，电光正一闪一闪地撕开夜幕。一阵风呼呼地穿过半掩窗门，风超过了风扇旋转的频率，风扇叶子嗡嗡起来。未等风扇恢复正常运转，又一阵风挟带着呜呜的劲啸声接踵而至，挤不过狭窄的窗口时，咆哮着将整扇玻璃门窗踔得砰砰作响。正对着半截窗口的笔筒咣当一声，倾倒在桌上，几支笔摔在地板上，落地时撞击地面又弹起来的清脆响声，在静夜里听起来格外的清晰。

　　暴风雨要来的征兆！我立时睡意全无，赶紧拨开蚊帐摸索到拖鞋，再次起床合拢窗户。室内的热气已荡然无存，风扇旋起的气流在肌肤上凉爽爽的，一阵难以言喻的惬意溢满全身。摁亮灯，刚将歪倒的笔筒重新置好，一道耀眼的闪电瞬间映亮窗外整个夜幕，须臾，一声巨雷震得耳膜里嗡嗡回响，气浪把窗扇推得簌簌抖动不止。雷声刚停，雨哗的一声，像万粒珠子骤然散盘似的从天空中倾泻下来。初时，还"嘈嘈切切错杂弹，大珠小珠落玉盘"，瓦面上、窗子上密密集集的叮叮咚咚之声不绝入耳，随之，雨点在狂风的驱赶下，打在玻璃窗上"叭叭"作响，已完全没有了最初的清脆悦耳之声。千万种声音混在一起，传在耳膜里的是一种雄浑的沙沙声，宛若万马奔腾在辽阔的夜幕里，声势骇人。

拔掉电脑、电视等电器插头后，心中犹自担忧不止。家电损毁在其次，恐刚才的那声巨雷已损毁我的电脑，文档里可是储存着自己闲暇时的心血。巡遍整个屋子，唯恐还有疏漏而造成意外损失。

风一阵紧似一阵，巨大的气流呼啸中，房子似乎也在微微颤抖。堂屋的门闩在阻挡着风雨的侵袭过程中，一直咣咣响个不止。门外忽然传来咚的一声脆响，估计是晾衣的三角树桩架倒地的声音。这三根木头树桩粗壮结实，没有五六级以上风力，休想撼动它半分。紧接着后院遮阴铁篷上传来比雷声更响的一声"嘭！"好似炮弹落地炸开的巨响。饶是我如此的胆大，也不禁一阵阵心悸。是什么砸在铁皮瓦上了？打开院门细瞧，铁篷顶上已被砸下一个凹印。凭空飞来的重物？心中揣摩，应该是三楼顶上盖着的隔热层水泥瓦，被狂风卷飞落到了篷顶上。不由得暗暗心惊，隔热顶层盖的全是水泥瓦，每一块至少有二十来斤重，居然被凌空卷到几米远的铁篷上摔下。但此时，黑夜中巨大的轰响声比风雨雷电更为骇人。

急骤的风声、雨声、雷声，还有树叶的沙沙声，在漆黑的夜里混成一场声势浩大的交响曲。红闪电、白闪电，交错辉映。一道红闪过后，随着而来的是一阵闷雷的滚动，由远及近，及至近前，又慢慢消失无声；而一道白闪电划过，少顷便是轰隆一声霹雳炸响，震耳欲聋。我心里却始终很平静。《三国演义》第二十一回曹操煮酒论英雄，操笑曰："丈夫亦畏雷乎？"玄德曰："圣人迅雷风烈必变，安得不畏？"

我不是圣人，也非英雄，但我却我从不畏雷。小时候听奶奶讲，

"红闪照心，白闪照精"。奶奶说，只有心思不好的人或问心有愧的人，才会怕打雷扯闪的。本地有句俗话："其心无愧，不怕打雷。"我自认为问心无愧，此心可昭日月，当然是无所畏惧的了。奶奶还说白闪是上天专门收拾世上魑魅魍魉、妖魔鬼怪的。她说有一次风雨雷电之后，村子里一棵合抱的古树被雷公从中劈开，一条村里人从没见过的白狐，劈死在了树心。

儿时的记忆，在这夜半的狂风骤雨中，若即若离，若远若近，却又分外的清晰。

手机短信铃声响起，打开浏览。武汉中心气象台预报：未来十二小时内，荆门、荆州、江汉油田等地区有 50 毫米暴雨大风，阵风可达 7—8 级，并伴有短时雷电。请各单位做好防范工作！

看着消息，我开始胡思乱想，就有些郁闷起来，对外面的电闪雷鸣再也充耳不闻。不知什么时候，竟又迷迷糊糊睡着了。

2013 年 7 月 21 日

文化自觉与文化的责任

——在史小林作品研讨会上的发言

读完史小林老师的作品，令我想起作家梁晓声说过的一句话："让我能呈现从前，给对从前忘却了的或一无所知的人们看，哪怕只不过呈现了一点点。我将这当成文化自觉和文化责任。"

如果说历史是一面镜子，那么文人的作品，就是镜子中的景物，而文人的良知，应该对历史负起一种责任，虽然文学并不是历史。史小林老师的作品，无疑是具有这个特征的。他的作品，以敏感的笔墨、独特的感官、细腻深入的感触，记录了那个特殊年代的情况。

如《洪湖踩藕记》里，开篇"……春夏之交，生产队遭遇粮荒，家家秋粮将罄，夏粮不继青黄难接……"、结尾"……世人多见'接天莲叶无穷碧'的盛景，却少有人像我这样立于湖水中观赏初夏洪湖的万千情怀……"他只轻轻地赋予笔端倾诉着，流淌着，以深沉、内敛的情思，与你默默地做情感交流。

他的文字，像田垄绿草丛中摇曳的一株花儿，原始默默地朴素着，却又散发着淡淡素雅的馨香。

我是一个农民的儿子，一直生活在农村，我对生我养我的这块土地有着无法根除的情感。所以，我的文字嗅觉，对一些充满乡土气息味儿的文章，要特别敏感和喜欢一些。他的文字恰好是这样的。有幸品读他的文章时，我就有了一种契合心灵温润的感应。他的字里行间，始终洋溢着一股浓郁的乡情和对往事一草一木、一人一物的美好情愫。读他的文字，我的思绪常常被牵引着，如同置身那个贫瘠艰苦的年代，感受到了我的父辈那代人生活的不易和生存的艰辛。同时，又从《救命的收音机里》，感受到了作者热爱生活、不畏艰难和一股勃勃向上的勇气。

打开史小林老师的文集，浮在眼前的，还有江汉平原上广袤的田园美景。史老师以自己对家乡乡土的热恋，饱蘸着自己的感情，为我们绘制了一幅幅纯净美好的江南水乡画卷。作品《洪湖奇观》里，"……翰邈湖水，半湖涛澜晦暝，阴气深杳；半湖镜水倒映，灰天铅云，如大师笔下水墨山水玻璃画板，让人疑惑似在仙界不在凡尘"，为我们描绘了一幅千年难得一睹的洪湖奇景；《红苕梗》里，"傍晚入园掐苕梗，在苍茫静谧的田园背景中，霞光暮色缭绕于指蔓间……"这些特有的民情风物栩栩如生地展现在你眼底，或都在你的近旁。牵引你的思绪去沉思，去体验。这是他作品的又一亮点与特色。

窥一斑而知全豹，观滴水可知沧海。史小林老师的作品，呈现在我面前的暂时还不多，我所读到还只是十多篇，但作者所素描的人物是有血有肉的、绘声绘色的、鲜活立体的，在一个个独特的生活场景里以不同的姿态站立着，让你读了如见其人，如闻其声；所描绘的景物也纤毫毕现，让你有身临其境般的感受。这显然离不开作者平时对生活的观察和积累。

生活中，并不缺少美，缺少的是发现。在这方面，史小林老师尤其值得我这样的文字爱好者去学习。他具有一双独到的慧眼。

如果说史小林老师文章存在哪些方面的不足的话，我认为还需在立意上稍下功夫。清代王夫之《姜斋诗话》里用了个很恰当的比喻，说

155

明"意"在文章中的地位和作用。他说，"无论诗歌或长行文字，俱以意为主。意犹帅也。无帅之兵，谓之乌合"。

一篇好的文章应该是有灵魂的，读后令人有所思有所得，具有启迪人鼓舞人感召人的精神力量，这样的作品才会具有生命力，能够传承下去。文辞再好，没有立意的篇章，只能是一个衣着华丽、装扮妖娆却胸无点墨、缺乏内涵的女人。

文章中的情与景、人与物，以及华丽的辞藻、丰富的想象、艺术的手法等等，都是为文章最后要凸出的主题做铺垫的。我们常说文学来自生活又高于生活，就是这个意思。我手写我心，不能称作作品，只能叫文字，因为它没有意义。庄子说："语之所贵者，意也。"也强调意的重要性。文学的宗旨是弘扬真善美，鞭挞假丑恶。这是文学的魅力所在和应担当起的历史责任。个人浅见，供史老师参考。

由于自己的文学鉴赏水平有限，或局限于史老师文章的局部，自己只能做一些蜻蜓点水式评点，对于史老师作品的精华，未能一一予以领会和详研，谨此作抛砖引玉之谈。

史老师年逾花甲，经历丰富，在教师岗位上工作了几十个春秋，具有扎实的文字功底，在主编校办文学刊物《田野》时，积累了很多宝贵经验，特别是经历了特殊年代，有很多题材等着他去挖掘。期望史小林老师百尺竿头更进一步，为繁荣监利文学奉献出更多佳作，为担当起文化的责任而创作出更多人类的精神食粮。

2013 年 1 月 18 日

凤凰古城

　　山路曲折盘桓，旅行车一直在崇山峻岭中穿行。极目窗外，滑过眼帘的山丘蜿蜒千里，不见尽头。从韶山到凤凰，几个小时的旅程里，满车游客被颠簸得昏昏欲睡。导游小胡提议大家轮流唱歌，消除旅途的寂寞和疲乏，却无人响应。我欲自告奋勇，又恐同事笑我爱出风头，索性缄口不言。什么时候，我也迷迷糊糊地睡着了。再次醒来时，是被导游的讲解声吵醒，原来已经到了凤凰境界。我心里立即兴奋起来，睡意全无。这次湘西之旅，我最心仪的景点还数凤凰古城。

　　对凤凰古城的向往，最初是从沈从文大师的名作《边城》里产生的。书中那座醇厚的老城，青石板铺陈的古街，那份被岁月熏陶的辉煌，被日月酝酿的风韵印象，至今在我脑海中梦魂萦绕，挥之不去。后来又读到小说《鬼吹灯》章节中的描写。书中把湘西凤凰的苗王寨渲染得神秘莫测，阴森恐怖。赶尸人、毒蛊、咒语，以及土著人风俗，更是诱惑我这个天生胆大、喜欢探险的人一睹风采。

　　听着导游对苗族文化娓娓道来的解说，我忽然间有了远离尘世喧嚣的感觉，思绪悠悠穿越千年，感受到了远古苗家人的沧桑，心灵在这一刻得到宁静。苗家人博大绚丽的文化，让我长途颠簸的疲惫一时荡然无存。

"凤凰的少数民族有二十六个之多，其中以苗族、土家族、回族为主。苗族是凤凰的土著民族，也是凤凰县最古老的民族。在我国古代典籍中，有关于五千多年前的苗族先民记载。这也是从黄河流域直到长江中游以南，被称为'南蛮'的氏族和部落。湘西苗族以远古骧兜部落的仡熊仡夷为主体，融合三苗、盘瓠两个部落中的一部分先民组成。苗族的挑花、刺绣、织锦、蜡染、剪纸、首饰制作等，工艺美术瑰丽多彩，驰名中外。苗族的蜡染工艺已有千年历史。苗族服饰多达一百三十多种，可以同世界上任何一个民族的服饰相媲美。这是一个能歌善舞的民族，尤以情歌、酒歌享有盛名。"

下得车来，便匆匆卸下行旅，急不可待地步入古城景色浏览中。的确，"凤凰的美，是那种透着灵秀与文化沉淀的醇厚之美"，出生在这座古城的国画大师黄永玉老先生曾经这样评价。古城不大，却山灵水秀、人杰地灵。文学巨匠沈从文、抗英名将郑国鸿、南北大侠杜心五、民国总理熊希龄、著名歌唱家宋祖英……宛若一颗颗璀璨的明珠，闪耀这个古城的上空，熠熠生辉。

随着人流步入一条狭长的小街，来到一座小小的四合院，这儿就是沈从文先生的故居了。堂屋中间靠神堂的地方，供着他的遗像和一尊石膏像。许多敬仰先生的读者纷纷靠上来拍照留影。古色古香的房间里，檀木方桌、藤编靠椅、镂雕的木质架子床，均散发着淡淡的古香。目睹先生生前用过的这些实物，我脑海中又浮起了先生笔下那些经典优美的文章片段：

每当黄昏薄暮，落日沉入大地，天上暮云为落日余晖所烘炙，剩余一片深紫时，大帮货船从上而下，摇船人泊船近岸，在充满了薄雾的河面，浮荡的催橹歌声，又正是一种如何壮丽稀有的歌声！

想起他孜孜不倦追求文学的精神，沥尽一生的心血给世人奉献出的九百多万字宝贵文化遗产，不得不令人感慨万千，心怀无穷敬意。

如果说青山绿水、古桥城楼是凤凰一幅优美的画，那么杨家将、熊希龄、沈从文、黄永玉、陈氏三兄弟，又仿佛是一个永远也说不完的悠远故事，令人久久不能忘怀。说这座古城独具魅力，除了它深厚的湘西文化韵味，还有心灵手巧的人们打造出来的精美银器、编织的土家织锦、熬制的美味姜糖等等，无不琳琅满目，欲让你流连忘返，倾囊为快。

拐角的街口，一位老农身边摆放着一沓连环画和铜币以及毛主席像章等，看样子是在兜售。念小学时，我曾省吃俭用，积攒下几百册小人书，可惜后来都被梁上君子连锅端走了，一直是心中一大遗憾。想停下脚步瞅瞅，犹豫间，距离团队已经很远了。想走，脚下又像被吸铁石粘住，遂狠下心来，与老农讨价还价，最后以一百多元的价格，买下一本《红岩》和几张"文革"时期的粮票。还想继续和他砍价，买下全套的《三国演义》，胳膊被人拉住，回头一看，原来是导游小胡。小胡一个劲儿地催我跟上团队，说古城的小巷密如蛛网，脱离了团队，很难走出来的。这话我相信，因为我居住的小镇柳关街，只是一个井字巷街，初来的人都经常迷路，难以走出来，何况这座偌大的古城。只好在小胡的推搡下，一步三回头，恋恋不舍地离开老农书摊。

徜徉于古城温润的青石板上，看两旁青砖灰瓦、流檐翘角，听女人的高跟鞋叩打着青石板发出清脆的叮叮声音，心情忽然变得宁静和畅然。脚下青石板光鉴如玉，错落有致，一块衔接一块，通向小巷幽长的深处，散发出岁月浓郁的醇香。彳亍在这样的小巷，你会感受到唐风古韵，想起那些唐诗宋词里的华丽篇章。

据说，一座城市的记忆是靠文字和建筑来保存的。那熊希龄故居、沈从文故居、苗王寨、杨氏宗祠等等，就记录了这座城市厚重的历史与文化；千年古刹、望族宗祠、雕花门窗，又展示出这座古城的悠久岁月和沧桑。虽然已刻上岁月的痕迹，你依然可以想象出它昔日的繁华。

漫步沱江，一汪清浅的小河穿城而过，红色砂岩砌成的城墙临江壁立，见证着这座城市的古老。伫立河畔，听船筏撞击流水的声音，看小舟往来游弋穿梭于两岸密密麻麻的吊脚楼之间，仿佛置身于江南水乡的诗情画意中，一时忘了身在何处。

山清水秀，是人们常形容一方水土的美好。凤凰古城就是这样一个福地。最有灵韵的，当属那沱江东流清水。宽约二十丈许，水不太深，渔夫一篙即可见底。它以曼妙的身姿蜿蜒姗姗流过古城，江水悠悠，河面波光粼粼，柔情无限。波光潋滟之下，水底白色的、玛瑙色的石子瞧得明明白白。间有鱼儿穿梭往来，睹目皆清清楚楚。江心石块阻流，引水声潺潺，如歌如泣，昼夜不歇。水藻顺着流水缓缓摇曳，似在向游人娓娓讲叙这座千年古城的悠久历史、深厚底蕴。忽然又想起沈从文笔下的幽幽《边城》，翠翠河滩送二老的爱情故事让我对这座古城更加心仪神往，心醉神迷……

可惜，我只是一个过客。临别之际，忽然想起徐志摩那首《再别康桥》，心中默默朗诵，情绪一时迷离黯淡下来。

　　　　轻轻的我走了，正如我轻轻的来。
　　　　我挥一挥衣袖，不带走一片云彩……

听导游说，来凤凰古城的旅游宣言是："为了你，我已等候千年。"

我想，我以后总会为生计所累，就再难有心情游览二次了。今宵别离，或许下一个千年，我与凤凰古城才能相会了吧。

2012 年 12 月 24 日

文字江湖

与生俱来，我性子直，脾气倔，受不得委屈，虽屡屡碰得头破血流，撞得南墙咚咚响，却仍不知悔改。人到中年，经历太多磨砺后，终于痛定思痛，下定决心痛改前非，收敛自己的野性子，好好修身养性。

老人们常说，病从口入，祸从口出。强调慎言、少说话。可语言是沟通的工具，与人打交道，说话是不可免的，总不至于学哑巴打手势吧。但我一开口，本性便暴露无遗，不善于阿谀奉承、顺毛摸、说讨人喜欢听的一类话。这下倒好，又应了那句老话，"祸从口出"，经常得罪人。真是江山易改，本性难移啊。我的性格，决定了我坎坷的命运。

我寻思，这样长此下去，也不是个事儿。这世界说大很大，说小很小，正所谓山不转路转，低头不见抬头见。我不要把满世界人全得罪了，自己成了孤家寡人。干脆效仿古人闭门谢客，"躲进小楼成一统，管他冬夏与春秋"。这也曾是我当初决心回农村的本意。

可是，我天生是个不会安分守己的人，耳根没清静多久，又瞎折腾起写作来。这不，一年多的鼓捣，竟然也写出了自己认为是小说、散文、诗词一类的习作近两百篇。文学上的几个分类，我通通试了个遍，虽然画虎像猫，却也还有些模样，博得一些文学前辈的鼓励。我也不曾沾沾自喜，自鸣得意。我只是一个农民，清楚自己能吃几碗干饭。写作，我只把它当作寄托心灵的归宿，在自己博客上写着玩儿，最多也就粘贴到文学网站玩玩。我也从没想过向哪家文学刊物投稿，更没想到过以此来博取功名。

涂鸦之作，发到网站，我也时刻做好了迎接网友板砖的准备。所幸一年多来，我头上还没遇到网友拍来的砖头。

可是今儿，我在自己的本土网站却怄了一回气。有位网友给我留言："我们反对功利化，我们反对沽名钓誉，我们反对唯我独尊！"

一连串排比句加一个感叹号，像一群游行示威者呐喊着口号，逼得我喘不过气来。我是个老实人，从没见过这种阵势，一时真有点蒙了。我想，赶快闭门思过去，检讨自己哪方面做错了。古云：知错能改，善莫大焉！我闭门琢磨来琢磨去，不对劲啊，我一没拿网站的稿费，哪来功利一说？文章是拿来交流的，我把浸淫自己心血的习作，免费发到本土的圈子，和圈友交流一下，也有错吗？我不是名人，哪来沽名钓誉一说？我只是区区一个农民，即便文章获得网友的赞许，又不能拿到单位评职称涨工资！如果说我发文章没有用网名，而用的是真名实姓，我早在一篇散文习作《名字》里，向网友坦白交代了我的动机。至于唯我独尊，我思忖，我才几斤几两？那可是我连想都不敢想的事儿。

小时候怄了气，回来闷在心里，没有人倾诉，便待在一隅读书，并学会了抽烟。懂得欣赏文学的同时，也养成了个抽烟的坏习惯。这些年平白无故地怄了别人的气，仍然没有人可倾诉，我就诉诸笔尖，一吐为快，慢慢地积累了些文字。现在回头过来看，原来磨难真的是可以成就人的，虽然我的成就还微不足道。

其实，我也并不是个不能接受别人意见的偏激者。您指出我习作哪儿不好，挑出毛病，我感激不尽。是人，都有缺点，并很难看见自己身上的缺点。我也感谢您，虚心接受改之。我不能忍受的，是那些不对病症的非难和指责。明明是头上的毛病，您偏说我是脚上出了问题，忽悠我背道而驰，愈行愈远。就像一个盲人问路，明明是左边，您偏偏指给他右边，您说，等他明白过来，能不生气吗？

有些人受了气，全能忍。有容乃大，宰相肚里能撑船。我受了气，无法学会全忍。这也是我做人做事不能成功的最大弊病。我也学不会像泼妇上街似的叫骂，只能藏在心中生闷气。日子长了，积蓄在心中憋得难受，就抽烟，烟瘾就越来越大，脾气有时就忽然爆发。朋友们打趣我，说我读书是越读越坏了，我只有摇头又点头苦笑，心里真的很悲哀。

熙熙攘攘，皆为利往。在这个浮躁的社会里，写作不易，耐得住寂寞更难。我一直很珍惜文友之间的友谊。不论是白发还是童子，凡是爱好写作的人，我都很敬重，视为自己的兄弟姊妹、朋友和知音。早些时候，朋友和我谈心说，有人的地方就有江湖，文坛也并非是一番净土，你要学会提防。我不以为然地一笑说，不会吧！《论语·颜渊》里说："君子以文会友，以友辅仁。"又怎会相轻呢？

想不到这回耳听是虚，眼见为实了。看来，这文字的江湖，水也很深啊。

2012 年 12 月 14 日

一位抗日战士的军旅诗

　　一位黄埔军校生、一位昔日亲赴抗日战场的军人写下的抗日军旅诗作，至今读来仍令我们热血沸腾！

　　先生项开运，出生于 1921 年农历六月二十二日，湖北省监利县汴河镇项河村人，祖辈几代人均为穷苦农民。母吴氏，本县朱河街人。其父年逾三十得子，额手称庆，按族辈，取名开运。由于母出自商贾，不谙农事，先生年方七岁便给父亲做帮手，担起生活的艰辛。外祖吴公怜其聪颖，耐心说服先生父母，让先生得以启蒙。其时，先生已经十三岁了。十五岁时，先生偶遇本族另一位前辈项丽源将军之父尧平公，因见其才思敏捷，过目成诵，啧啧称奇，免一概费用，收为门生。先生年方十六，其父依当时习俗，安置先生成家，娶妻徐氏。时为 1937 年，正当日寇铁蹄践踏我河山之时，先生义愤填膺，满腔热血沸腾，决意投笔从戎。此时距先生成家不到一周年，先生还不满十七周岁。临行前，先生作诗一首：

从 军 行

国难惊天世界闻，斯时哪可尚离群？

青年如欲思兴复，奋勇争先共从军！

165

先生所投新军为国军肖之楚部。先生勤奋刻苦，文笔优异，表现突出，不到半年即被推荐报考黄埔陆军军官学校。1938 年冬，先生以优异成绩考入黄埔军校第十七期步兵科。同时考入的还有其堂兄项开镒，分配在炮兵科。新生报到前，时任郧阳军警联合稽查处处长的前辈项丽源将军亲自来把盏饯行。谈论国事，言及当前奸贼通日卖国，先生愤而作诗一首：

骂 汉 奸

卖国逆奸空爱荣，同族同种不同情。

且留詈骂传千古，自取灭门了一生！

黄埔军校规定来年正月二十日开学，正月十六日未报到者，辄视为放弃。时交通闭塞，关山阻隔，先生满怀报国杀敌之志，不顾千难万险，由水路到岳阳，再取陆路向广州。从水路洞庭湖上岸时，大雪纷飞，天寒地冻，先生一袭单衣，仍不觉寒冷。于一个傍晚时分，赶到了黄埔军校本部。不二日，先生堂兄开镒也到。先生被分到第三区队五中队步兵科，开始投入新军训练。政治部主任徐祖宜、政治部副主任沈发藻专门负责先生这期新生的训练工作。开学之日，第五战区司令长官李宗仁将军亲临现场，鼓励师生苦练本领，驱除日寇，还我河山。现场会时，广州春寒料峭，寒风刺骨，军士皆只草鞋薄衣，仍精神抖擞，士气高涨。

军训时，每天早晨跑五十里路，从学校门口到土桥，来回二十五公里。赤脚，每人身上背十余斤步枪一支，灌水一斤重的水壶一个，中正剑一把，上面镌有"不成功便成仁"字样。背包里捆有毯子、外套、绑腿各一。腰间另挂两百发步枪子弹。每天领头带跑的大队长、中队长除佩枪为手枪，两百发子弹为手枪子弹外，其余皆一样。大队长、中队长的军衔分别为中将和少将。

军训之余，先生阅读了大量进步的爱国书籍，未尝不为众英烈忠勇侠义之精神感佩叹息。为纪念黄兴等"三·二九"革命烈士，他写下一首十字体诗歌：

三·二九先烈纪念

名，

光荣。

恨不平！

推翻满清。

壮志虽未成，

竟叫鬼神心惊。

革命烈士爱国忠贞，

一页青史千古留芳声。

如彼慷慨就义，几人能行？

1938 年 2 月，日军血洗南京，疯狂地进行杀人比赛。整个南京城血流成河，尸骸成山。日军无法掩埋尸首，将尸体全部扔进长江。据逃离出来的军士讲，浮起来的尸体比两边的江岸还高。噩耗传来，全体师生放声痛哭。当晚，先生作七律一首：

闻南京惨案

南京城外石头城，水底尸堆海岸平。

浪打成排填港道，风回至屿阻航程。

鸟飞上下鸥和鹭，鱼饱吞尸鳄与鲸。

此案人间悲惨绝，誓仇不共戴天生！

1940 年春，先生毕业被分到湖北谷城县实弹演习五天，演习结束后再被分到第五战区二十九军一二六师四八四团任排长，随部驻扎在河南南阳。时年不满二十。天涯路远，草长莺飞，带兵闲暇，先生不免思念离别数年的父母和新婚不久的娇妻。但看到河山破碎，人民骨肉分离，四海漂泊为家，先生不禁百感交集，写下一首七律：

春日感怀

天涯春满路菲菲，塞上初惊序目非。

骨肉流离空有梦，河山破碎忍言归。

愤投班管提长剑，久请终缨作铁衣。

此日南阳暂驻马，雄心早共白鸿飞！

在短暂的军旅闲暇，遥望远方，先生总会思念起那块生他、养他的故土项家河，虽然它是那么的贫瘠；总会想念在湖区打鱼采莲的父母，虽然他们是那么的贫穷。但作为一名军人，他更感到肩上的责任重大，忠孝难以两全。先生在这种纠结的感情中写下一首五律：

书　怀

做客关山外，思亲一梦中。

热心卫国家，烽火忆辽东。

感世水惊泻，抚怀月当空。

六千三万里，几夜有斯同？

1941 年，先生所在部队参加随枣会战。国军与日军激战数日，损失伤亡惨重。在日军飞机、坦克、六零炮等精良武器的优势下，国军阵地血流成河，尸横遍野。但将士毫不退缩，战斗至一兵一卒也绝不舍弃阵地。

日军在飞机大炮的掩护下，向中国军队的阵地发起猛攻。一昼夜发动九次冲锋。张自忠所部伤亡人员急剧上升，战况空前激烈。张自忠将军最后壮烈牺牲，所部全军覆没。

在这次残酷激烈的战斗中，先生的洪湖老乡、在另一个团担任团长的习传福也壮烈殉国。先生写下一首七律表达自己对战友悲哀的心情和沉痛的悼念。

悼习传福团长阵亡

只缘国事日纷纷，勃勃英明处处闻。

鄂北郧阳君识我，沔南峰口我悼君。

生前空有从龙愿，死后谁铭汗马勋。

一片痴心犹盼望，望穷云路对斜曛。

接连几日，一二六师四八四团与日军惨烈的阵地拉锯战中，先生所在连连长宫德云阵亡，先生临时暂代连长，夜袭敌哨。先生回忆：时日军白天重创国军，部队被迫放弃几道壕堑。团长敏怀镇决定夜袭日军，出其不意攻其不备。担任代连长的先生奋勇请缨拿掉日哨。他带领一个战友迂回摸爬到日军碉堡时，两个日军竟然在打盹。先生和身边的大个子示意，先生用手榴弹敲掉坐着打盹的日军的脑袋，大个子用刺刀对付倚靠在碉堡墙上的日军。先生干掉躺着的日军后，那个被大个子用刺刀刺进腰口的日军仍在不停地挣扎，先生拔出手枪再补一枪，扭转碉堡里歪把子，随即打出信号弹。

　　胜利过后，先生被直接提拔成连长。先生写七律诗一首为证：

记随枣会战
手持连排互领军，指挥作战若心惊。

阵中堡垒蛛张网，塞上城壕草结营。

海口血流成沼紫，洪山尸乱埋忠魂。

夜袭我自仰天笑，转守为攻捷报频。

　　随枣会战前后不及三周，日军使用主力突破汉水东岸中国守军阵地，突进至预定目标完成一翼包围，但其他两路日军则在随县及其北侧地区，遭受我军有力抗击，未有进展。第五战区鉴于战场形势，决定由主力逸出敌之包围圈，转移至外线作战，利用有利的地形条件打击敌人，命令转守为攻。日军由于合围计划失败且面临中国军队的反击，不敢久留，遂行撤退。

　　这次会战，中国军队协同配合曾一度处于被动局面，后经全军将士浴血奋战，恢复原态势。中国军队虽然也受到了较大损失，但彻底击败了日军围歼的企图，并使之付出惨重代价，毙伤日军1.3万余人，日军遗尸五千余具，达到了牵制消耗日军的目的。中国军队伤亡两万余人。第五战区进退主动，适时转移外线，立于有利地位，日军撤退时，追击、阻击得力，取得较大战果。蒋介石发出嘉奖函，三军当晚畅饮庆祝酒，先生作七律一首：

抗日感怀
北极倭奴动总戎，势仗铁鸟横长空。

神州板荡危朝露，国事蜩螗似断虹。

百万貔貅骁如虎，八千里路马如龙。

与君痛饮庆功酒，醉卧沙场听晓鸿。

5月4日，先生所部得到简单的休整后，正奉令撤出阵地，又接到命令，开赴襄樊，抗击日军，也即抗日史上著名的襄樊会战。想起随枣会战来十多天的激烈战斗和牺牲的战友，先生做好了充分的牺牲准备。在河南与湖北交界的行军途中，到处荒山遍野，人迹罕至。部队为躲开日军的侦察，夜行晓宿。由于部队补养跟不上，先生和战友们一样，感觉又冷又饿。有感于此，先生作七律诗一首：

军　　行

裁兵阵喜整归装，便起仓皇又战场。

抗日宁为勿苟免，突围冒险有严防。

豫南夜袭行幽谷，鄂北宵征走燕堂。

僵卧风雪荒村匿，饥寒入梦盼天光。

……

后注：

此文根据先生口述整理。可惜行文至此，先生已生命垂危，病卧榻中，再难采访。先生今年已九十有二高龄。祈盼先生能早日康复，我与博友能一起倾听先生参加下面的长沙会战等抗日战场上浴血精彩故事。

2012 年 9 月 18 日

我的读书故事

我从未对任何人谈论起我的读书故事，包括身边的亲人和好友，他们至今都无从知晓我的文化知识从何而来。或许，瞧我一副文质彬彬的书生模样，以为我的学问绝对出自科班。其实不是，我仅有的文化，都是自己从长年的刻苦自学中得来。

"腹有诗书气自华。"是书本中的知识改变了我这个农民的气质，是书本中的知识给予了我自信和力量。我清楚，我不可能做张海迪第二，我也从未想过有朝一日能像张海迪那样因自学而出名。我不想对任何人谈起我的自学苦读经历来哗众取宠，博得他人的赞誉。我这样并不是想刻意隐瞒什么，只是觉得读书应该是自己的事，是改变自己命运、增长自己才干、提高自身修养和人生品位的事情，这无须对人表白，受益的终归是自己。

现在，我如果说自己只有小学、初中或者高中文化，难免落下故弄玄虚之嫌。很多人绝不会相信，包括跟我一起朝夕相处的同事、看着我从小长大的乡邻、熟悉我的亲朋好友和整个监利县文化圈的文友，还有培养我的上级党组织。

同事们的不信，是缘于他们认识我时，我的许多文字"豆腐块"已经常见诸报端；乡邻们的不信，是曾目睹我十七八岁时就是镇办企业的会计，见证我在外打工时任过厂长、高管，能力和水平得到大家的公认。乡亲们心里都清楚，我没有任何背景，靠的不是裙带关系和攀枝门路；文友们的不信，是因为我十几岁时就是我县离湖诗社的会员，去年六月至今，大半年的时间之内，就在各种刊物网站发表小说、散文、诗歌等一百余篇，多篇散文诗歌入选人民文学出版社出版的《中国当代文学作品选》和《中国当代网络作家诗选》；上级党组织的不信，是缘于我的实际工作能力和表现。

如果说我取得了什么成绩，或者有什么过人之处，其实，都得益于我年少时自学苦读的结果。

我出生在20世纪70年代初的农村，家中弟兄姊妹七人，加上父母共九人。在那个缺衣少食的贫穷年代里，我们弟兄姊妹的衣食学费，耗尽了父母一生的心血。父母每天起早摸黑，省吃俭用，始终咬牙坚持让我们上学念书。本来就捉襟见肘的生活，因为又多了我们兄弟的学杂费而更加拮据。家里年年超支，不到四十岁的父亲，白发早早地爬上鬓角，记忆中分外耀眼。农村实行联产承包责任制后，全家人生活稍有改善，但哥哥姐姐们相继长大成家，各自打理自己的小窝去了。地里缺少劳动力干活，加之连续几年安置上面成家的兄姊，父母背上了沉重的债务。父亲常常以酒浇愁，经常无故发脾气。

辍学的那个春日，雨，至今一直淅淅沥沥下在记忆里，透湿在灵魂深处，令一个渴望求学上进的孩子刻骨铭心，一辈子也忘不了。

那是一个三月，断断续续、缠缠绵绵的雨下了一个多星期，灰暗的乌云久久徘徊在村子里的上空，不肯离去。家中的气氛，凝重得像旷野那低垂的云朵，让人心里发慌。父亲在这个雨日里，一直乌沉着脸，心中仿佛装满如铅的心事。我知道，父亲是为了我们三兄弟的学费发愁。开学两周了，我的学杂费还没交齐，班主任在课堂上不点名却又声色俱厉地说："有的同学把新书领到手里都磨烂了，学费还不交！"那一刻，我恨不能找个地洞钻进去，羞愧难当。可是回家了，却不知怎么向父母开口。"少年不识愁滋味"，而少年的我，却饱尝了进退两难、苦不堪言的烦恼。每天上学的路上，人像霜打的茄子，萎靡不振地耷拉着脑袋，害怕上班主任的语文课，虽然语文课一直是我的强项。两天后的一个阴雨日，估计班主任又要叨念学费经了，我狠心地咬牙对母亲说，我不想念书了。

母亲低着头仍专心地切着手里的猪菜，没有吭声。可我看见两滴清泪沿着她的脸颊流下来，这更加坚定了我弃学的决心。那年我还不到十四岁。

生活的重担过早地压在我稚嫩的肩膀。劳动的空暇，每当看着原来的同学笑语欢歌地上学去，少年的我，心中满是惆怅和失落。我想起古人"囊萤映雪""悬梁刺股"的典故，暗暗地下定决心，我一定要发奋自学，跟上同学们的进程，等家中经济情况宽松了，再和同学们一同学习。从那时起，我到处找人借来系统的初高中书籍，每夜如饥似渴地苦读起来。最开始自学时，味如嚼蜡，不一会儿就睡意涌来，便学着古人用笔尖狠命刺自己的大腿，提醒自己持之以恒。夏夜乡村的蚊虫特多，便脚蹬上父亲的水套靴，穿上两层衬衣，焐得满头大汗。那时农村还没用上电，在一盏昏黄的敞口柴油灯下，每夜坚持到鸡鸣头更，第二天起床，觉得鼻孔有异，用手指抠一下，黑乎乎的，被柴油的烟熏得黢黑，但仍乐此不疲。

至今仍清晰地记得，一次在饭桌上，扒着饭，竟扑在桌上睡着了，被急于催我下地干活的母亲叫醒，唠叨了一大通，睡眼蒙眬中只听清楚了一句，母亲说我满桌的书摆得像供果。我听了伤心了很久，因为母亲说我书堆在桌上像供果，是句骂人的话，供果是摆给死人用的，她的儿子因为家贫上不起学而刻苦自学，没能得到她的鼓励和表扬，还被咒骂。那段时间，想死的心都有。好在不久，投给《春风文艺》的一首小诗，寄来了采用通知，又点燃了我心中的求学信念。

随着在报刊上发表的习作越来越多，我和一些比我年长的文学爱好者慕名相识，由此不再寂寞。他们中有的是教师，有的是机关工作人员。我们在一起相见倾心，共同探讨文学上的话题。母亲也不再对我要求苛刻，我有了许多外出走访活动的空间。不久，朋友举荐我到一家镇办集体企业当会计，我第一次有了个令父母乡邻刮目相看的职业，虽然每月只有九十多块钱，但20世纪90年代初，我这一年的工资加起来，比父母累死累活种十几亩地的收入还高。那时我还只有十六七岁的样子，因为自学苦读，我初次赢得了人们的尊重，时间是1990年，对于一个初步入社会的孩子，记忆尤其的深刻。

1991年，县企业管理局有个推荐上中南财大的指标，镇里主管企业的黄主任非常欣赏我的为人和才华，直接推荐了我，我在欣喜欲狂的同时，却又为五千多元的报名费暗暗发愁。父母带领一家人种了十多亩地，一年的毛收入不到一千元，五千元对于他们来说无疑是个天文数字。父亲手里全部的家当也只有卖稻谷的八百余元，这是全家人来年的春耕开支和其他日常费用，即便是让父亲拿出这点钱，父亲也会再三地犹豫。欲哭无泪的我，那时忽然产生一种冲动，想在父亲面前跪下，恳求他帮我想尽一切办法，最终还是忍住。父亲一生勤俭，凡事克己待人，他又哪会对自己的子女吝惜？那一夜，我流尽了所有的泪水，以至于母亲去世离别时，我都没有在人前流下眼泪。

多年后，我参加了成人高等教育考试，相继拿到了汉语言文学专业本科文凭和企业管理大专文凭，并考到了省司法厅颁发的法律服务工作者证书。有了两本自己的专著，十多次获得全国文学征文大赛奖，加入了省作家协会，并从农村来到城里，成为一家名企的董秘和董事长助理。

我没有炫耀什么的意思，我也没什么值得炫耀的，现在，我仍然只是一个普普通通的农民，但回顾自己一路所走来的路，我很问心无愧，无怨无悔。

流年似水，往昔不再，回首自己不堪回首的读书经过，我真心希望现在的孩子们能珍惜眼前难得的学习机遇。为了自己的将来，为了不辜负父母的一番心血，更为了中华民族的振兴而努力读书！

2012 年 4 月 25 日

选　　择

　　飞机从长沙黄花国际机场起飞，一路拔高上扬，越过崇山峻岭，穿梭于白云之上。透过舷窗俯瞰大地，原来宽阔的公路成了弯弯曲曲的丝带，"丝带"上的车流早已难睹其踪。一片片白云，宛若一朵朵绽放的洁白棉花，缓缓飘移，袅绕山间，蔚为壮观。

　　看着同伴们一个个脸上洋溢的兴奋，我的心情却并不快乐。对于这次集体的按惯例免费"考察"云南，我曾再三婉辞，终难推脱。是以始终带有"反抗不满"情绪，却又无可奈何。我们全体"考察"人数近八十人，乘坐两辆大巴兵分两路出发。原因是一周前，爱人听说朋友今年又赚了十多万，经不住诱惑，在未与我做任何商量的情况下，招呼也未打，拿了家中全部积蓄，决意外出投资经商。我发短信问她："在你心中，难道我连你的一个普通朋友都不如吗？在你心中，到底是家庭、儿子、老公重要，还是钱更重要？如果老天现在只给你两个选择：金钱与家庭，你会选择哪个？而你的行动却告诉了我，你选择了金钱。换成是你，能不寒心吗？"

　　爱人回信说，她是想多赚点钱。这些年，我们已落后于别人了。我回复她："你总是看见别人赚钱了就心动。人是不能和别人比的，一山更比一山高，比到哪时为好？幸福是一种感受，不是有钱了就幸福，没

177

钱就不幸福。如果住别墅开宝马，然而同床异梦，会幸福吗？虽然住茅棚吃榨菜，却夫妻相敬如宾，心心相印，同心同德，难道又不幸福？如果有一天我们身家百万或更多，而我们却因此离婚，家庭破裂，你说我们那时有钱好，还是没钱好？钱能买来快乐幸福吗？能买回失去的青春吗？能买回一家人的乐趣吗？能带回来世享受吗……古人说，'平安不嫌穷，无病不嫌瘦。知足常乐'。为什么你总要无事折腾呢？"

爱人的执意，令我悲哀。这使我想起了国外一所大学里，教授和学生们所做的一个游戏。教授请一位女生上台在黑板上依次写下自己心中最希望得到的十件东西，包括金钱、名誉、地位、房子、名车、爱人、健康、幸福。女生照做了，依次写下自己心中平时梦寐以求的名称。

教授说："从现在开始，上帝让我们做出一个选择，让我们划掉其中一个，只留下九个我们不舍的。请选择。"女生较为轻松地划掉了其中的"宝马车"，表情仍很怡然。

"再划掉一个。"教授面无表情。女生略为踌躇地划掉了其中的别墅。

"请再划掉一个。"教室里忽然变得安静下来。女生依依不舍地又划掉了一个。

"请再划掉一个。"教授表情严肃。教室里此时静得连一根针掉下来都能听见。女生又划掉了一个……最后只剩下金钱、地位、名誉、爱人。

"现在，上帝只允许我们留下最后一个，请选择。"女生的手哆嗦着，她缓缓地将金钱、地位、名誉等划掉，最后只留下爱人的名字。样子十分痛苦却又很坚定。

教授待她稍微平静后，问："为什么最后选择留下爱人的名字？"

女生面向台下从容而又坚定地说："这一刻我忽然明白，原来这一

178

生中我什么都是可以舍弃的，最后时刻，唯有心中的真情真爱最令我割舍不下……"

这个故事曾经一度令我震撼和深思。是啊，人的一生中总是会面临很多选择，当我们要做出选择时就意味着将要放弃，而放弃总是那么的令人不舍，放弃是痛苦的，这是抉择。如果放弃才能成就所得，最后留下的或许才是最大的所得。在名利面前，陶渊明选择了不为五斗米而折腰，归隐田园，享受"飞鸟相与还"的乐趣。孟子面对生与义，主张"舍生而取义"。而你呢？

这个物欲横流的世界有太多的诱惑，很多时候，我们常常面临艰难而又痛苦的选择和取舍，往往一着不慎留下终身悔恨，而一个正确的选择，却又受益终身。如果现在灾难即将来临，我的爱人她会选择什么？她是否会选择真情真爱呢？

飞机仍在一路拔高上升，而我的心却一路沉甸甸的。我知道我以后的路还将面临很多艰难的选择，是向左，还是向右？是选择真情，还是虚伪？是选择义，还是利？

我必须做出艰难而又正确的选择。

2012 年 11 月 30 日

踏雪寻梅

踏雪寻梅梅未开，伫立雪中默等待。

——题记

冬日的黄昏，一个人坐在窗前正怅怅发呆，昏昏欲睡。晚风中传来《一剪梅》那悠扬、清亮而又仿佛哀愁婉转的笛音，牵动我多情善感的神经。苍茫的暮色中，我恍惚看见一枝傲雪寒梅，正迎风绽放。

百花之中，我对梅算是情有独钟。我出生在农历的冬月二十五日正午，母亲说，我呱呱落地之时，窗外一枝红梅在午时的阳光下分外耀眼。或许，便是因为此，我这一生注定要与梅结下不解之缘。我的个性里始终彰显与贯穿着梅的孤傲和清寂。回忆自己一路坎坎坷坷的历程，自诩唯有梅，最能恰如其分表现我的人格精神和内涵。

我爱梅花，是因为欣赏梅花那种不惧风霜的气节，是她赛过百花的那一抹清丽。梅，是挺立严寒中的一种坚强意志，是与世无争的一片冰清玉洁，是霜菊伴月开的清雅、映雪而生的芬芳。梅也是我心灵中清纯秀美的象征和落寂心事的寄托。我爱梅花，还因其性可柔可刚，亦柔亦刚，一如我那刚柔相济、孤傲不屈的个性。我爱梅花，不是因为古今才子佳人的歌咏赞颂，亦不是因为那些流传千古的华章。我只是喜欢梅的清艳与令人不敢轻视亵渎的风雅，喜欢梅花素瓣掩香的高洁，喜欢梅花团玉娇羞的花瓣，喜欢梅花横斜清瘦的雅枝，更喜欢梅花在月色里、黄昏中那一剪的飘逸。那一束寒梅，从遥遥千年前的《诗经》中走来，穿过依依古道、唐诗宋词，落在了我生长的水乡江南平原，绽放在我的心底。

水乡的深冬，黄昏的雪深深切切，纷纷扬扬，飘飘洒洒，转瞬覆盖大地，一如孤独的我，此刻千丝万缕的情绪弥漫天际。在这个飘雪的黄昏，一个人愁闷难当，索性步入这漫天的雪花中，寻找心中的那束傲雪的寒梅去。

从儿时到成人，一直在孤独和忧郁中长大，中间似乎快乐过一阵子，但很短暂。现在，这种孤独似乎比以前更加强烈。茫茫人海，漫天飞舞的雪海，到哪儿去寻觅那能给我心灵慰藉的知己？到哪儿……

踏雪寻梅，或许就是自己宿命的约定，这约定，期待了三生。纵然穿越万水千山，历尽千辛万苦，若能与冥冥中的她邂逅，我将决不辞劳苦！踏雪悠悠而行，一任风雪吹打我的面庞，一任雪花浸透我的衣裳，我执着地迈向那漫漫无边的雪原，无怨无悔。在这个漫天飞雪的黄昏，我寻梅而来，怀揣落寞的心事，心存浓郁的相思，寻心中那座深深庭院里虚掩的重门，觅纷纷絮雪间清淡的幽香，寻找红尘滚滚里，那不曾被人污染的雪地。

"砌下落梅如雪乱，拂了一身还满。"平原的雪原并无梅，颓仁旷野，静看雪花飞影之间，恍若隔世遥云，浮游仙境。我知道我寻找的是心中那束知己的红梅。曾经是她雪中的浅笑，幻变成我不灭的梦境。梦醉流年，有她有我，沉醉其中不愿苏醒。在这个飘舞的漫天雪中，岁月依然，念她如故，折一截枯枝为笔，为她写下雪中回忆最美的诗篇。不管年年岁岁、暮暮朝朝，始终放不下对她的惦念。我明白，她在我心中扎下的根是如此之深。即便经历了风雪的洗礼，亦不能抹去那些温馨的过往。

北风呜呜，柔情绵绵，是谁在轻吟谁的心事？岁月无情，蓦然回首，只是早已换了人间。雪花还是泪水？渐渐绵延了我的思念和视线。

现在，还会有谁能站在路边的寒风飞雪中，只为等我？时时刻刻，直到我出现在她的路口。寒风凄雨中，还会有谁能拉紧我的手，带着焦急心痛的目光，先问我饭否？

"都道无人愁似我，今夜雪，有梅花，似我愁。"踏雪寻梅，雪花舞弄如絮的轻影。思绪如飘忽纷扬的飞雪，在漫漫无际的时空里回转。

想起林和靖一生隐居孤山，依山伴梅，修篱养鹤，淡泊名利，绝意仕途。梅妻鹤子，清莹冰骨，宛如神仙的风节堪让后世称叹。试问短暂的人生中，几人能如他轻薄名利？滚滚红尘里，又有哪位奇女子能与我携手黄昏观雪，看淡风物消长，悟透生命的本意？只有这纷纷飞扬的飘雪，或许能听懂我无奈的叹息。

漫步雪中，浮躁沉淀。雪色晶莹，思绪以雪花般轻盈的姿态穿越千古。遥想起当年的落寂英雄陆游，以自己独有的梅花情怀，以梅花别有的韵致而彰显自己千古流芳的高洁和深沉。

踏雪寻梅，我欲乘风归去，多想化作一剪轻逸的梅花，在这风雪中傲然地悄然绽放。带着今生的夙愿、隔世的梅香，与梦中的红颜知己化蝶比翼，在这漫天飞舞的雪花中翩翩起舞，畅游于雪地梅花之中。

凝眸天际，我从来没有这样向往过远方，多想化作这鸟儿的翅膀，在这苍茫的天空，以轻逸若仙的风骨守护人间那份至真的纯净，以执手相看的身影、与世无争的高雅孤洁，在这浩瀚清澈的冰雪中，与梦中的红颜知己做一次忘我沉醉的飞翔。

多想……

2011 年 11 月 19 日

我不后悔

"泰山崩于前而色不变；麋鹿兴于左而目不瞬。"我常常佩服古人的这种每临大事有静气、想干大事有决心的风度和气度。人们常说，成功人有成功人的道理。而我，是嬉笑怒骂露于形，阴暗丑恶切于齿。与生俱来，生性耿直，疾恶如仇。我常常为自己感到悲哀，这或许就是自己为什么只能是普通人的缘故，又或者是我至今不成功的缘故吧？

儿时，屡有"讨米"的乞丐往门边一站，不等父母和上面哥哥姐姐们开口，我总是第一个跑去米缸舀出米来相赠，由此遭到两个年长的姐姐的呵斥："我们这么大一家人年年超支，自己都没有吃的，你还给讨米佬？等会儿你不许吃饭！"吓得我眼泪汪汪。可江山易改，本性难移，至今每逢乞讨，我总是要停下脚步，慷慨解囊。由此常常招来些路人的冷哂，可我不改。

年少时，在镇政府上班，能力魄力才华长相俱佳，深得领导好评，对我青睐有加，三个月后即被公布为城建办组长、代主任。时年十九岁，可谓春风得意，锦绣前程。可主管我的一位主任和我哥工作上有隙，屡给小鞋子穿。此时，我若能忍辱一时，不久即可转正。不忍，一朝怒起痛斥，拍桌扬长而去。

成年后，第一次出门，跟着老乡到温州打工。老乡们都挑着破篓子拾荒，我两天后即应聘上一家鞋厂的仓库管理员，三个月后提拔成厂长，月薪是普通员工的几倍。老板三日一小宴，五日一大宴，器重非常。忽一日，一安徽穷苦农村来的员工上班时间与自己的女老乡说了几句话，正好被财大气粗的老板碰见，拳脚交加，工友皮破血流。不忍，愤而阻之，老板恼羞成怒，拂袖而去。我不惧，立马辞工，回家时囊空如洗，好不尴尬落魄。

再到深圳几年，几经转折，遇到了一生的红颜知己，在她的帮助下，混迹于高层人脉圈，工作很轻松，出门有车接送，就餐有老板抢着买单，赚钱也很容易，几个电话，喝喝咖啡就搞定。可我不想拖累还未曾出嫁的"小师父"，我觉得她应该可以找到比自己条件更好的人，会过得更幸福，毅然转身离去，从此不再踏入深圳一步。

回首往事，我均不后悔。

东坡先生说，"天下有大勇者，卒然临之而不惊，无故加之而不怒。此其所挟持者甚大，而其志甚远也"。

我想，卒然临之而不惊，这句我应该还算勉强。后面的无故加之而不怒，我就绝做不到了。我是个死要面子活受罪的人，既不能忍受韩信那样的胯下之辱，也不能受下勾践那种卧薪尝胆之苦。既不能忍心中非常之所怒，又不能藏心中非常之所冷，面皮不厚，是以"鬓毛不觉白毵毵，一事无成百不堪"。

但回首往事，我扪心自问，自觉一路走来坦坦荡荡，光明磊落，无愧苍天厚土，是以始终不悔。

2011 年 8 月 27 日

故乡情怀

古往今来，每一个游子，都有着刻骨铭心的思乡情结；每一个远方的离人，都有着朝思暮想的故土。不管我们离家有多远，不管我们在外多么飞黄腾达，心中唯有故乡最为温暖。正如老家那句俗语，"金窝银窝，比不上自家的草窝"。故乡，永远是我们心中的热土，是我们心中最难以割舍的牵挂。

这两年离开深圳，朋友们经常打来电话问我："什么时候回深圳？"

我竟无言以答。我爱深圳，那里有我的梦想，那里也有我梦魂牵绕、终生难忘的知己，但我还是对家乡的这块生我养我的土地恋恋不舍。我也说不清为了什么，我也真的不知道怎样才能向我的朋友们解释我这冥顽不化而又老土的观念，以及这难以割舍的故乡情怀。

"君从故乡来，应知故乡事。来日绮窗前，寒梅著花未？"

在外多年，每次听到有家乡口音的乡亲，我心中总是感到分外的亲切，王维的这首诗就会萦绕在脑际。美不美，家乡水。亲不亲，故乡人。他乡遇熟人，我每次都会放下手头的工作，与乡亲嘘寒问暖，促膝交谈，然后都会有几天高兴得合不拢嘴。

记得在深圳的日子里，每年的中秋，海滩上都会彻夜灯火通明，隆重喜庆场面蔚为壮观，胜过了内地的春节。而身在异乡的我，每次都郁郁寡欢，心中总会怀念起故乡的明月，总觉得故乡的明月，才是最大最圆的明月。真是应了古人那句"露从今夜白，月是故乡明"。

最终这种故乡的情怀，使我放弃了很多可以在城市生根发芽的机会。

生长在农村的我，像一只候鸟，在城市与农村之间冬去春回。就像一只放飞的风筝，不论我飞得多高多远，故乡这根细小的绳索，总是牢牢地将我拴着，让我梦魂牵绕，朝思暮想。不管我成功还是失败，唯有故乡对我总是不离不弃，不管我衣锦还乡还是铩羽而归，故乡对我始终是一往情深，一如父母对待自己养育的每一个儿女。

在外多年的时间里，我每天都关注着故乡的发展变化，哪怕只有只言片语的消息。在隔三岔五给家人的电话里，我总是不厌其烦问一些邻里乡亲的动态，譬如家里今年庄稼的长势和收成。家乡每一点微小的变化，都牵动着我敏感的神经。尽管我知道家乡现在依然是那么的贫穷、那么的落后。祖祖辈辈们过去靠刀耕火种、打鱼采莲过着日子，现在还是靠着板车水牛耕种着收获，日出而作，日落而息。可在我的心中，故乡的一举一动都是一首诗，故乡的一吟一唱都是一首歌，故乡的一草一木都是一幅画。

悠悠天宇旷，切切故乡情。有谁能体会到我对这块黄土地的深厚情感呢？我又需要谁来体会我对这块土地的深厚感情呢？

我对故乡的情怀，一如诗人艾青写的："为什么我的眼里常含泪水？因为我对这土地爱得深沉！"

2011 年 7 月 31 日

感恩的心

我是一个脑子难闲得住的人，农忙闲暇小憩，打开电脑，本想让音乐松缓一下紧绷的神经和疲乏的躯体，一首《感恩的心》，又像一枚石子，投进了我刚刚平静下来的心湖，激起无数思绪的涟漪。

作为一个农民，一个已近不惑之年的农民，一个性格开朗热爱生活、通过自我不懈的努力获得大学文凭的农民，一个至今仍然一事无成的农民，我从没有怨悔过，相反，我很豁达和知足。我常常在独处时，怀念我那已逝去的父母，感恩他们给予我生命，抚养我成长，教育我成人；我也常常感恩我们伟大的祖国，给予了我安定的生活和强农惠农的好政策……

其实，感恩的心并非只有我才有。感恩的心，是我们中华民族的一个源远流长、历史悠久的传统美德。"投之以桃，报之以李""滴水之恩，涌泉相报""人敬我一尺，我敬人一丈""来而不往非礼也"等。古往今来，五千年的中国文化中，演绎出关于感恩的文化故事与典故数不胜数。我的骨子里只不过流淌着中华民族五千年的传统文化血液而已。

在农村，老家的神龛上都恭敬地供有一个牌匾，写着"天地国亲师之位"。每年的春节，我们的父母都会按照祖祖辈辈流传下来的传统礼仪，毕恭毕敬地点燃三炷香，虔诚地作几个揖。有的还会淋浴更衣，三磕九拜，祈祷有词。

千百年来，中华民族的祖祖辈辈们都会在这相同的一天，虔诚地做着相同的一件事。

是的，千百年来，我们的祖祖辈辈们，包括我们以后的子子孙孙们，还会在每年的春节，做着这相同的一件事。因为，我们感恩上苍，它给予了我们阳光和雨露；我们感恩大地，它给予了我们安身立命的住所；我们感恩祖国，她给我们驱除外虏，帮我们战胜自然灾害和困难，让我们拥有一个安定的生活环境；我们感恩亲人，父母给予了我们生命、呵护和无私的奉献；我们也感恩我们的师长，他们给我们传道解惑，让我们拥有一技之长，来造福社会和回报亲人。

感恩的心，使社会变得更加和谐文明；感恩的心，使人与人之间变得更加团结和亲密；感恩的心，让我们心中充满阳光和爱意，变得更加积极努力和争取向上。

或许，我们都有过因一首歌、一句话、一件事，而激起我们心中尘封已久的感恩的心。

是的，千百年来，感恩的心，一直深深地植根于每个华夏儿女的骨子里，流淌在每个炎黄子孙的血脉中。只是，由于生活的颠簸与艰辛，让我们有时有所忽略而已。

愿感恩的心，像一把熊熊的火炬，燃烧在每个华夏儿女、炎黄子孙心中，永不熄灭。

文　惑

半夜醒来，又想起这本几年来萦绕在心头的《北漂手记》，这是来京之初，所发夙愿。

想来，如果把人生比成一部书，有的人一生是浓墨重彩、华章巨篇；有的人一生虽淡画白描，却也素雅洁净，为人称道；而更多的人一生是交了白卷，落得个"踏雪无痕"，可谓来无影去无踪。

我虽布衣，一介村夫，却也不想人生沦为一张白纸，不留痕迹，成为一个"踏雪无痕"的人生过客。

《北漂手记》命名数载，一直搁笔，未有进展。心有千千结，未能理清头绪。不知该从哪儿落笔，也始终没想好该以哪种题材来着墨。

思绪恍惚间，不知不觉，窗外的曙光又映入了眼帘，新的一天又开始了。回想起那些老去的时光，就像窗外这光秃秃的树杈，让人怀疑它曾经有过的枝繁叶茂、绿色葱茏。

元旦转瞬即到，新的一年又将开启征程。看着窗外光秃秃的枝丫，想起草木经过四季的轮回，还粗壮了根茎。而我这一年的四季光阴，只平添了白发与惆怅，空负了流年韶华。

这几年，自己在各种题材上都有过积极探索。浸淫文字十多年，照葫芦画瓢的伎俩还在，尽管难免画虎类猫，但自诩风骨犹存。现在，更多的是为选择题材而伤神。文学的形式是为内容服务的，选择什么样的题材，是为了把内容表现得更为淋漓尽致，让冷冰冰的文字在内容的链接下，变得有血有肉，成为一个鲜活的生命体。古往今来，凡是能流芳千古的经典之作，无不具有这个特征。

在形式上，目前我还做不到举重若轻，具有拈花飞叶、隔山打牛的功夫，这是我当前一直面临的重大困惑。

据说鹰鹫成长到四十岁时，身上的羽毛会变得越来越沉重，它再难翱翔于蓝天；它的爪喙已生长成弯钩，无法准确地捕捉住猎物。等待它的，要么是死亡，要么是重生。

重生需要很大的勇气与漫长的忍耐，它需要努力而又耐心地把自己的旧羽毛一根一根啄下来，等待新羽长成。它需要在岩石上一次又一次地磕掉自己的爪喙，静待新的重生。

这是一个漫长而又煎熬的过程，熬过了这段痛苦的过程，它又能翱翔蓝天，重获新生。

我知道，我正遭遇文字路上的瓶颈，心理上已有一道天堑等待着我去跨越。

跨越此关，前边便会是山高水长，大地辽阔。

2017 年 12 月 12 日

北 漂 记

今年是来北京的第五年。

还在市场给人当过搬卸工，卖过苦力。

了解我的人也不知道，五年前，我在家里担任村党支部书记时，也同样被认为是一匹黑马。我任支部书记刚两个月，湖北遭受了百年一遇的大旱，我带领村班子成员身先士卒，日夜奋战，坚守到 6 月时，旱魃远遁，我村也破天荒地获得了先进集体荣誉称号；又一年，我的名字被冠以作家书记荣登我县监利新闻整版。可同事们对我的评价却是一个不合群的人。我与他们在一起不打牌、不 K 歌、不一同下馆子，引来了同事们的嫉妒、羡慕、恨。

同事们的嫉妒和诽谤，并未成为压倒我的最后一根稻草。村里太穷，村集体既没自留地，也无集体资产。几年来，我为外出不归的村民垫钱结医保、社保账，欠下了一屁股债。按老家的话说，再干下去是"下雨披蓑衣，越披越沉"，最后不得不自毁前程，主动辞去这个吃力不讨好的活儿，跟着发小来北京新发地打零工。

记得第一次到新发地市场时，便被深深地震撼。车水马龙、商户云集是第一印象。偌大的市场，徒步一天也难睹全貌。在发小的帮助下，很快便在新发地市场找好了一个工钱日结的零活儿，给一个葡萄批发商当搬运工。第一天下来，手腕上是伤痕累累、血迹斑斑。

9月的北京，夜晚已有些凉。搬货时，一会儿还汗流浃背，一会儿闲下来又冷得不行，刚刚汗湿的衬衫粘在背脊上，在夜风的吹拂下，凉意直透肺腑。更伤脑筋的是困得不行，睁着眼都想打瞌睡，可又不敢睡，你拿了人家老板的钱，怎好意思偷工躲懒。

再苦再累，我都不气馁，让我丧气的是，干了八天后，老板在产地收不到货，歇活儿了，这让我很发愁。发小便又托人给我到新发地猪肉大厅找活儿，说是每天夜晚十点起来给人搬猪肉，问我愿不愿意干。我想着屠夫那腌臜油腻的样子，心里很是委屈，觉得干这种活儿有辱读书人的斯文，愧对了拿笔杆子的手，咬牙没答应。心想，这活人也不能被尿憋死。第二天，便独自骑着自行车到市场转，想找到招工招聘一类启事，还真碰到了。经过面试，当上了新发地果区卫生队的一个管理员。说是管理员，不过是划块分区，带领一帮老头老太太扫地而已。干了十多天，老板觉得委屈了我，推荐我到新发地市场刚成立的湖北厅"名特优农产品展销中心"来当管理员。

一个周末的早上，湖北厅门口忽然停下一辆黑色的奥迪车，一个面目和蔼、衣着朴素的长者步子从容地走进大厅门来，不像是买货的样子。一个商户悄悄地告诉我，说这就是新发地的董事长。我礼节性地问好后，董事长问我，现在招商情况怎么样啊？

我想都没想，就信口做了个简单汇报。董事长听了却很惊奇，认为我思路比较清晰。他问我以前干过什么，我说曾经坐过办公室。他接着又问一句，会写文章吗？我轻描淡写地说，对我来说应该是小儿科吧。董事长听了很生气，认为我不谦虚，在夸海口。他眉头一蹙，语气很重地说，那你给我写篇文章试试。说完再也没看我一眼，转了一圈就上车走了。

看着董事长怀疑我会写文章的样子，我心里很委屈，决心写篇文章给他瞅瞅，别让他小瞧了咱打工的人。但写什么、怎么写，是个问题，董事长并没有出题。想到他随口说的那句"给我写篇文章试试"，我决定把文章的中心和主题就扣准在这个"我"字上。

第二天呈给董事长看时，他拍案叫好，并一连说了三个好。然后，他诚恳地提出要我给他当秘书。我说，以后再说吧。毫不犹豫地就回绝了。那时，我压根儿就没想着再去坐班。

往后的每个周末，董事长都会轻车从简，一个人悄悄地来湖北厅一趟。有次见面聊了几句后，他又提出我给他当秘书，我还是一口回绝了。这回，我看得出董事长有些郁闷。或许，给他这样的大名人当秘书，是多少人梦寐以求的事，他未料到我竟然一再拒绝。他神情有些黯然，回过头去，喃喃自语，你不给我当秘书，就难以把你提拔起来呀。

在湖北厅干满了三个月，我的工资卡上仍然显示的是空白，没有一分钱的进账。这时，我已囊空如洗，弹尽粮绝，之前做搬运工的钱都已对付了肚子。北京的秋末比老家湖北冷，我还是单衣薄衫，可谓饥寒交迫。我很纳闷，为什么不发我工资呢？问主管经理，经理一摆手三摇头，叫我去问财务。问财务，说我是没有每天打三遍卡。我就连呼冤枉，说一直没有人叫我打三遍卡呀。财务说，这就爱莫能助了，叫我去找领导。我很无奈，决定收拾行李打道回府。时令已到了 11 月，大雁南归，我也有些思乡心切了。临行前夜，我给董事长发了一条短信，感谢他对我慧眼相识的同时，也将三月未发我工资的情况向他做了说明。

董事长听了很震惊，让我第二天九点去办公室找他。翌日一早，董事长见到我后，招来市场主管经理，强调一周之内给我解决工资的同时，临时宣布调我到市场宣传部。宣布后，他接着又强调一句，你现在就去报到。口气不容我有一丝回旋的余地。我想着如果不把工资等到手，回家路费都要找人借，有些丢人，便去宣传部报了到。

市场宣传部主要工作是与文字打交道，我的写作功底逐渐显露出来。除了担负日常的新闻报道以外，董事长一些重要的会议讲话稿也落到了我身上，我经常被招到董事长办公室临时受命，接手一些他认为"不解气"的稿子重写。有天周一的早上，我忽然接到通知，叫我去班子例会上见董事长。会议结束后，董事长当众宣布了我为他的新秘书。我后来想，董事长是不是觉得与其这样经常找我写稿，还不如直接把我调到身边得了。

下个月六号，就是我来北京整整五周年的日子。回首这五年，感慨万千，虽光阴似箭，欣慰的是，终没有虚度年华。这五年来，我在董事长身边学到了很多知识，开阔了眼界，在他的指导下，也取得了一点成绩。五年来，我代表新发地市场撰写的学术论文，连续两年获得北京市发改委颁发的征文二等奖。整理董事长在担任北京市人大代表等期间的"三农"学术论文，发表在国家级刊物上的有二十多篇。

今年恰逢中国改革开放四十周年，也是作为首都人民的"大菜篮子"新发地成立的三十周年。三十年来，新发地为保障首都供应、服务中国"三农"发挥了重要作用，而董事长作为新发地的创始人和"三农"专家，也两鬓霜雪，倾尽了他大半生心血后退居二线。站在这个时间节点上，回首我的五年北漂历程，不能不有些感慨，是为记。

2018 年 2 月 2 日

沈万三逸事

沈万三的故事，在江汉平原监利一带流传已久。我尚在懵懂中时，就听爷爷讲过。现在监利县一带依然能时不时地听到一些这样的口头语，譬如谁家父母训斥孩子不勤俭节约，会说"沈万三的家当给你都败光"。乡邻之间见面寒暄，彼此调侃，也会经常用沈万三儿子的逸事打比喻，说："我哪里比得上你郎呀，你郎可以'黄鹤楼上飞金'，我点个灯都嫌浪费。"

这句"黄鹤楼上飞金"大有来历。貌似恭维，实际上是揶揄。说的是沈万三儿子沈旺年少时挥金如土，在黄鹤楼上和一帮纨绔子弟纵酒取乐，比向江中掷金远近而罚酒，就此有了这个典故，意思等同于败家子一个。

在监利县老人们口中，这沈旺从小就是个天生的败家子。老人们说这沈旺出生时"吵百日"，日夜啼哭，吵得全家不得安宁。沈万三请了名医把脉问诊，接了阴阳先生排八字、做法事，均不见效果。一次午饭时，这小沈旺又是哇哇哭个不休，老万三正为生意上的事烦心，见儿哭啼不止，恨恨地将手中的饭碗摔地上，仰天长叹道："世人皆以为钱能通神，可我空有家财万贯，却不能医治好小儿顽疾！"说话声中，这小沈旺竟然停止了哭闹，还呵呵傻笑起来。原来刚才那声碎碗的叮咚声吸

196

引了小沈旺，让他转啼为笑。过了一会儿，这小沈旺又恢复啼哭。沈夫人尝试着拿起一只饭碗摔在石阶上，说来也怪，刚才还啼哭不止的小沈旺竟然又停止了哭声，呵呵乐起来。沈万三夫妇由此屡试不爽，每次在沈旺哭闹不休时便摔碗一只，以换取家中片刻的安宁。如此一天下来，摔碎的碗竟达百只之多。

这沈旺除了喜欢听碎碗之声外，还喜欢裂锦之声。有次沈夫人在小沈旺熟睡之际缝制衣裳，当沈夫人将一块织锦剪开一口用力撕开以图省事时，那织锦破裂声竟然让熟睡中的沈旺醒来呵呵傻笑不停。

老人们说，除碎碗、裂锦之声外，这败家子沈旺从小还喜欢听磨金之声。沈家在汉正街有当铺、钱庄、米店、茶楼多家，可谓日进斗金。每到夜晚盘存之时，沈万三总会把每日新收进来的金锭在石磨上打磨几下，以辨真伪。真金总会越磨越亮，而假金锭磨破表皮，里边则黯淡无光。这沈旺每次听到磨金之声，也会呵呵傻笑不停。这让沈万三夫妇很是垂头丧气，认定了这小子长大后一准是个败家子。

小时候，我听沈旺这些稀奇古怪的传闻逸事，总认为这是杜撰出来的劝善段子，查了一些地方志后，才知沈万三确有其人。沈万三，元末明初人，本名沈富，字仲荣，俗称万三。万三者，万户之中第三秀，所以又称万三秀，万三是人们称他为巨富的别号。

沈万三到底富到哪个程度？据记载，他是"资巨万万，田产遍于天下"的江南第一豪富，富得连明太祖朱元璋都嫉妒眼红，险些要了他命。据《周庄镇志》记载："《明史·马后传》：洪武时，苏州富民沈秀者助筑都城三分之一，请犒军，帝忍曰：匹夫犒天子之军，乱民也，宜诛之。后谏曰：不祥之民，天将诛之，陛下何诛焉！乃释秀，戍云南。"

说的是洪武六年，朱元璋攻打张士诚，张士诚得苏州城内富民资助，固守苏州达八月之久，让朱元璋久攻不下，兵马粮草耗损不小。苏州城内富民之首为沈万三，想来自是贡献不小。其实，沈万三也是无奈，给张士诚捐钱助粮，是为了家产免于兵燹的自保之举。张士诚为收买民心，没忘记叫人给沈万三刻碑撰记。城破之后，朱元璋对苏州城内富民甚至老百姓都恨之入骨，采取一系列报复措施。沈万三审时度势，看到了形势的严峻，转而向朱元璋示好以求平安。恰逢朱元璋要建南京都城，沈万三提出愿意"助筑都城三分之一"，得到朱元璋的允可。由于沈万三钱粮富足，他修筑的都城进度比朱元璋人马进度快，引来朱元璋心里老大的不高兴，觉得一国之尊竟然输给一介草民，很没面子，有了诛杀沈之心，但又找不到借口发作。消息传到沈万三耳中，于是，沈万三再次示好，提出愿意出资犒赏三军。不料此举更使朱元璋恼羞成怒，便找了个牵强的理由："匹夫犒天子之军，乱民也，宜诛之。"好在马皇后贤惠，劝道："不祥之民，天将诛之。陛下何诛焉。"沈万三才得以保命。

从沈万三资助张士诚固守苏州，到助筑南京都城三分之一，再到以匹夫之力犒赏三军，足见其财富之巨。

沈万三在监利县流传甚广的逸事中，除了在南京建造有廊庑一千六百五十四楹、酒楼四座外，还在汉口汉正街建造有三百六十五栋房子。不过这些房子不是用来做酒楼、当铺、客栈、茶亭的，是用来预备他乘鹤之后，使败家子沈旺不至流落街头的。

沈万三富可敌国，按说他儿子应该衣食无忧，享受不尽，但中国有句老话，叫"穷，穷不过三代；富，富不过三代"。人穷了，便会穷则思变，奋发图强；而一旦富了之后，人的本性又会"饱暖思淫欲"，失去进取心。沈万三一生驰骋商场，阅历万千，自是明白这些道理。风烛残年时，眼见儿子沈旺骄奢成性，预料到他今后必将流落街头饿死。可怜天下父母心，他叫来身边心腹管家沈忠，令他在汉正街赶建三百六十五间房。房子建造完毕后，沈万三又令沈忠遴选三百六十五人，并与他们一一立下房契，契约中却一律不写租金二字，只是载明产权属于沈家。

沈忠问其故，沈万三只是苦笑说，日后自明。

待到大限将至时，沈万三将沈忠叫来病榻前叮嘱："我走之后，犬儿沈旺如果流落街头，万望你看在老朽平日对你不薄的分儿上，赏他一口饭吃就好。"

沈忠感激涕零，跪在沈万三床前信誓旦旦："老东家尽管放心。您百年之后，他就是我们的少东家。老奴不敢保证少爷每天美味佳肴、锦衣玉食，但一定会令少爷衣食无忧，誓死听从少东家吩咐，伺候好少东家。"

沈万三听了连连摆手，"你如果这样对待他，老朽就死不瞑目了啊……"

沈忠惊问其故。沈万三说："知子莫若父。犬儿沈旺性格我太了解，你们认他为少东家，就是把他害了，那他今后只有饿死街头。你们不知我意，我今说与你清楚。我建三百六十五处房，对应的是一年三百六十五天。犬子届时若流落街头，我不求诸位天天招待他，只求你们每人每年供养他一天即可。但有一点，你要召集众租户万万记住，不能对犬子言明房权属我，此事一定要守口如瓶。切记！切记！"

沈忠心想，这有何难？满口答应，诺诺而退。

沈万三安排完后事，不久即与世长辞。这沈旺便也彻底地失去了约束，终日混迹于烟花柳巷、牌馆赌场，在汉口的产业逐渐被变卖、典当和抵押，最后身无分文。昔日那帮狐朋狗友也一个个弃他而去，最后，果然如沈万三生前所料，流落街头为乞。据老人们讲，沈旺讨饭时，手里还捧着家中剩下来的一只金饭碗，这个传言在江汉平原一直流传至今。在今天的江汉平原监利一带，邻里乡亲之间如果碰到一个以前日子好过而现在上门来找亲戚朋友们借钱求援的人，会奚落说："你郎真是捧着金饭碗来讨饭啊！"

其实，这沈家富可敌国的家产，也并非沈旺在"黄鹤楼上飞金"就能败光的。据《周庄镇志》记载，"洪武三十一年二月学文坐胡蓝党祸，连万三曾孙德全六人，并顾氏一门同日凌迟"。说的是洪武末年，沈万三的女婿顾学文因和一个女子偷情牵扯到蓝玉案中，牵连沈家几乎满门抄斩。这件事在清嘉庆《同里志》中有详尽记载。

同里镇有陈某者，生有一子，弱智，娶妻梁氏，乃知书善吟貌美女子也，颇有才名。学文倾其名，常雇船泊于梁氏居轩。久之，梁也羡其英俊，竟意许之。学文贿恶少诱梁夫外出赌饮，又托老妪捎饰赠予梁氏，于是有书信频往，弱子皆懵然不知也。陈某在外当差，少还乡，竟蒙鼓里。陈子有伯父，绰号缩头，隐约听闻风声，苦无佐证。未料梁氏疏于谨慎，将学文书函置在灯下。陈缩头买通梁氏童儿将书笺盗出，补缀成幅寄陈某。陈欲告官府，踌躇，恐反坏陈家声誉，恰逢蓝玉案发。蓝玉者，明开平王常遇春妻弟也，为明开疆辟土立有盖世之功，官拜大将军。蓝玉自恃功高，专横跋扈，广蓄庄奴，欺凌百姓。朱元璋多疑忌惮，于是按罪谋逆，借此清权。陈某为傻儿复仇，见案发牵连日广，趁机诬顾与蓝玉通谋，通奸私情遂变要案。顾及父母兄弟妻族兼沈万三后裔一门皆坐胡蓝党祸，梁氏亦被其父逼令自缢。此案累五年方息。

官府抓捕沈家一门老小时，这沈旺正好外面鬼混，侥幸得以逃脱。一路隐名埋姓，从江苏吴江乞讨到湖北，寄希望于昔日"黄鹤楼上飞金"的一帮纨绔子弟庇护。哪知人皆恐受牵连，一个个见他如见瘟神，犹恐避而不及。好在湖北人仗义，并未对他落井下石举报官府，这沈旺才得以流落汉口为乞，保全性命。

一日，沈旺讨饭到汉正街一家店铺，遭到店小二的轰撵，驱赶声惊动了店铺主人，店主人抬头一望，这不是沈少东家吗？店主人正是老管家沈忠。

　　这沈忠自老东家沈万三去世后，按照沈万三生前的吩咐，在汉口汉正街隐居下来，代为打理这三百六十五间房产，为少东家以防不测。对老主人当初的嘱托也没太在意，心想，沈家家产千千万，也不至于三五年光景就败光，老主人不过是"人生不满百，常怀千岁忧"罢了。此刻见到沈旺一副狼藉样，不禁惊讶万分，心想老东家果然料事如神，少东家竟然真的流落到了街头。连忙迈出门来喝退店小二，把沈旺请进门来让在神堂上首坐下，一边令小二赶紧备酒菜，一边探问究竟。

　　沈旺见到了老管家沈忠，一颗惊魂未定的心才算安定下来，两杯黄酒下肚，青白的脸上慢慢泛起了红光。他睁开一双茫然无神的眼睛，缓缓地道出了全家受姐夫顾学文牵涉蓝玉案被满门抄斩原委。

　　沈忠听完后，才知沈家已万劫不复。转念想起当初沈万三对自己的恩惠及嘱托，忙安慰沈旺："少东家尽管放心，有老奴在，保准不会让您饿了肚子……"这沈忠一激动，差点把话说漏，赶紧地又咽了回去，只是一个劲儿劝沈旺安心。

　　安顿好沈旺后，沈忠连夜召访其他租户，对他们一一道明沈旺今日处境，叮嘱他们恪守当日对沈万三的承诺。这些租户一个个信誓旦旦，表示决不食言，愿听沈忠安排。沈忠便排好起止日期，以抓阄的方式，排好大家一年三百六十五天轮流接待沈旺的顺序。

　　这沈旺不知是其父沈万三生前有此安排，每天在这些租户的宴请下，天天做新客，餐餐有酒肉，一天一个新地方。且每到一家，均被礼为上宾。起初心里诚惶诚恐，惴惴不安，回到老管家安排的住处后，对沈忠感激不尽，以为是沈忠的面子使然。待到第二年重复循环时，心中就起了疑惑，便问沈忠："叔父，这些人何以连年如此厚待于我？"

沈忠牢记沈万三生前叮嘱，便佯称说："这些人不过是受了老东家生前接济，现在感恩回馈于少爷罢了。少爷尽管安心享用就是。"

沈旺虽然心里有疑惑，也只得作罢。待到第三年再如此循环反复时，明白其中必有蹊跷，便耍起了少爷脾气，一屁股赖在沈忠堂前椅子上不肯走，说："凡事不过三。您今日把话不说清楚，我宁愿再去讨饭也不去吃人家的白食了。"

这沈忠很是无奈，踌躇两难，心想这纸既然包不住火了，我且把真相向他如实说明。如果这沈旺要收回房产，也是物归原主，理所当然。至于他能否保守得住这份家产，那就得看沈家的气数了。于是，便把沈万三生前的布置和交代一五一十地讲来。述毕，进房内床底下拖出一个精致的黑檀木匣，将代为收藏保管的三百六十五簿房契移交沈旺。沈旺见了大惊："这是先父托交叔父保管之物，我哪敢接手承受？"

沈忠说："老朽年岁已高，今幸得物归原主，平生心愿已了。望少主莫再推迟。"言毕，神情颓然，竟自回房歇息去了。留下个沈旺看着这一堆房契，思绪万千，宛如梦中，怔怔发呆许久。

第二天一早，沈旺抱着一匣房契来交还沈忠。敲门半天不应，推门，门没闩，老管家桌上赫然留书，早已收拾行李悄然还乡了。

众租户知道老管家离去之后，虽然还是一如既往地轮流供养沈旺，却没有了往日的热情。一个个心里打起了边边鼓，寻思这少东家必然是为房产和老管家反目，逼走了沈忠。待到沈旺来时，口里不说，心里却已是疙疙瘩瘩，脸上挤出来的笑容就格外勉强。这沈旺察言观色，看在眼中，快快地吃完饭便起身告辞。回到住处，心里一横，想着与其今后众人对我不冷不热，不如我将先父产权全部收回典当变卖，手里有了老本，或许可以重振家业。

这沈旺年轻气盛，主意拿定，当天一早就让仆人上门通告众租户限期搬离，要收回产权。哪知第二天汉阳府衙门捕快就找上门来，见到沈旺，展开官府缉拿通告画像一比照，说声"就是他！"不由分说，铁链框上沈旺头，戴上木枷锁具押上就走。一时引来街坊万头攒动，私底下窃议纷纷。

常言道，墙倒众人推。人走了下坡路，种种揣测、不实传闻便也接踵而来。

有人说沈万三生前为富不仁，合该落此下场。

有人说这个抓走的就是沈万三在"黄鹤楼上飞金"的那个败家子呀！

也有人叹息说，真是应了那句老话，"穷，穷不过三代；富，富不过三代"啊。

还有人说，这沈旺被官府逮捕，是因为租户的告密。沈旺令租户限期搬离，断了这些租户的生路……

民间种种传闻，难以尽述。沈家在汉口的最后家产、生意，也就此销声匿迹。留下来的逸事，都成了江汉平原一带人们茶余饭后的传说，几百年过去了，至今仍余音不绝。

狗的问题

走，三差一，跟我们去打牌！几个平日要好的哥们儿上门来将我军，要我去打牌。

我说不去。我正沉浸在路遥的长篇小说《平凡的世界》中不能自拔。

到底去不去？

一哥们儿推搡着我肩膀，讯问似的逼问我。

不去。我回答得非常干脆。

那，我们来和你谈谈"狗的问题"。一哥们儿拉腔拖调地促狭我。

我不由莞尔，放下书，思绪瞬间陷入村子里一桩往事的回忆……

"狗的问题"，是村子里由来已久的一个典故，起源于抗日战争时期村子里汉奸"弯三步"拿狗的问题威胁谭爹而酿成的一桩悲壮往事。

狗当然是没有问题的，有问题的也不是它的主人谭爹，是汉奸"弯三步"的卑鄙无耻，才有了狗的问题一说。

来！和你谈谈狗的问题——

这句话在村子里流传了几十年，现在已成为村子里引申过来促狭某人的套语。

204

县烈士名册上，谭爹名叫谭中华。村子里的老人们讲起谭爹的故事来，一直避讳其名而称谭爹。久而久之，村子里的后辈们都快忘记了谭爹的名字。

爹是尊称。村子里祖祖辈辈流传下来有个规矩，凡是有了儿孙或者上了年纪的男人，要跟着人家孙儿尊称爹，以示对人家的尊重。可谭爹与前者沾不上边，他一生没娶到过老婆，更无从谈膝下有一子半女。他只是属于上了年纪的男人，可年纪也不大。老人们回忆说，谭爹牺牲时还不到花甲之年。按说，谭爹还不到六十岁，既不够老，膝下也无儿无女，还没资格称爹，但村子里的老人们说起他来，觉得不尊称他为爹，好像有些对不住他似的。

老人们回忆说，谭爹年轻时，家就是个茅草窝棚，住在村前头很偏僻的枯树墩上，与一条白犬相依为命。他是个孤儿，出生不久母亲就去世了，父亲下落不明，靠乡亲们的百家饭养大成人。谭爹从省事起，没见过自己的父亲。乡亲们有的说他父亲到外逃荒，随波飘零，谁知道流浪到了哪里。有的说他父亲参加了革命，在前线打小鬼子。

到底哪种说法正确，谭爹无法证实，也没工夫去想。他每天吃了上顿无下顿，要为自己的柴米油盐操心。自打母亲去世，父亲离奇失踪，他就靠给邻里乡亲做零工度日。

谭爹而立之年时，还上无片瓦，下无立锥之地，穷得叮当响。旧时代的婚姻，讲究门当户对。谭爹的状况，除非有讨米的乞丐婆跟他搭伙成家，否则一般人家是不会把女儿推进他这个穷火坑眼的。

为了讨个老婆，立起门户来，谭爹什么都肯帮人干。拉石碾、背犁耕田、石臼舂米、搬榔头捶田埂……最苦最累最要力气的活儿，只要招呼一声，谭爹都会乐呵呵地像牛一样卖尽全力，赚取几个铜板一顿饭。时间长了，谭爹在乡亲们中便留下了蛮好的口碑。

"干活不蓄力，有事肯帮忙"——这是乡亲们对他的夸赞。老人们回忆说，谭爹很仗义疏财，不管哪家有困难，他能把口袋都割给你，还不讨账。却也应了那句老话，"义不生财"。

转眼，谭爹就过了不惑之年，还是一人吃饱，全家不饿，单身汉一个。村子里的老人们就感叹说，唉，这古话真是说绝了的啊。

叹息他攒不住钱。

谭爹从出娘肚子就没进过学堂门，他不会这样文绉绉的话，但也能明白这句话的意思。照样傻乎乎地帮人，不遗余力。

年近花甲时，谭爹终于有了个伴儿，不过不是女人，是一条流浪的白犬。谭爹收留它后，不管再到哪儿做活儿，这条白犬都寸步不离他左右。东家盛给谭爹的饭，谭爹怎么都要匀出一半给白犬，为此，谭爹没少忍饥挨饿。到了晚上，白犬一路撒欢似的跟在谭爹身后回小窝棚。夜里，谭爹辛苦了一天，倒在草铺上一会儿便鼾声大作，白犬便蹲在窝棚门口替他把守家门。蛇、鼠、虫类的，不敢逾越窝棚口寸步。

谭爹说，白犬几回救过他的命。

一次半夜时，谭爹被白犬狂烈的咆哮声惊醒，就着朦胧的月色一瞅，一条碗口粗细的花蟒在窝棚门口竖起一米多高的头，吐着黑乎乎的"舌箭"，正与白犬对峙。谭爹说，如果不是白犬阻住蟒蛇进窝棚的来路，后果真的不堪设想。天生胆大的谭爹说这话时，脸上惊悚未止，可见花蟒的粗壮与恐怖。

还有一回，是谭爹在洪湖踩藕遇上的险情。冬至腊月时，村子里许多家庭断了粮。俗话说得好："靠山吃山，靠水吃水。"村子垸外就是百里洪湖，打鱼采藕，是村民们冬天度过饥荒的主要手段。没有人请工时，谭爹就下洪湖踩藕充饥。那次运气不太好，到了太阳没入地平线时，谭爹才勉强挖了一捆藕。回来时，天色已经朦朦胧胧，大雾弥漫，难辨回时的路了。谭爹深一脚浅一脚地在泥泞中跋涉，白犬也像往常一样饿着肚子跟着他身后奋力攀爬。谭爹一边走，一边不停地回头招呼白犬避过藕坑。夜色越来越浓，天已经完全黑下来了。肩上扛着百十来斤重的藕，寒风刮在人脸上生疼，可谭爹破棉背心里却热气腾腾。忽然一不留神，他脚下一虚，一个趔趄歪倒在一个深水藕坑眼里，谭爹一连呛了几口泥水，脸上糊满稀泥。淤泥太厚了，谭爹想挣扎起身子来，肩上的藕和浸水的棉衣越来越重，压在背上翻不过身来，就在谭爹筋疲力尽开始神思恍惚时，白犬奋力地用嘴撕扯开了捆藕绳，咬着谭爹的湿棉衣往上拉。藕散开后，谭爹肩头一轻，终于在白犬的帮助下撑起了身子。

经此两劫，谭爹把白犬看得比自己的命还重。谭爹闲暇时，常对人讲起白犬怎样通人性，怎样对他有救命之恩。一来二去，乡亲们心里都有了底：白犬就是谭爹心中最亲的人，是谭爹的命根子。

村子里趿半截鞋的地痞流氓"弯三步"竟也见缝插针地调侃谭爹，说等谭爹哪天不注意，把他的白犬打死了熬汤喝。

"弯三步"姓汪，名字到底叫什么，老人们都说记不清了。只知他平日游手好闲，坑蒙拐骗，尽干些缺德事。村子里人见了他，就像避瘟神似的绕着走，见到他弯三步。汪和弯是谐音，他也就此落下了这个诨名。

谭爹听了额上的青筋就一凸一凸，跳得厉害。谭爹咬着牙，半晌，放出一句狠话：谁要是动了我白犬一根汗毛，老子和他拼命！

末了，又带央求似的自言自语道，只有不动他的白犬，么事都是好商量的。

大家刚才还一愣一愣的，听了谭爹后面这句话，便哈哈大笑。从此，村子里人就晓得了谭爹的致命软肋——"狗的问题"。

"弯三步"知晓了谭爹的弱点，走错路碰到谭爹，总要半调侃半威胁他：老鬼！借点钱吃饭。

谭爹说我没钱。眼睛斜睨着一边，也不正眼瞅他。

借不借？

"弯三步"抖动着斜跨的腿，一只手叉着腰，一只手掌摊开伸向谭爹。

不借！谭爹咬牙，回答得很干脆。

老鬼，不借是吧？那——我来和你谈谈狗的问题！

谭爹脸上立时便呈现出那种无奈而扭曲的痛苦，他解开麻绳系好的破棉衣，从贴肉的口袋里摸出几个铜板抛给"弯三步"，"弯三步"弓腰捡起来，迎着亮光吹吹尘土，哼着小曲嘚瑟地走了。

以后虽然还屡被敲诈，谭爹的那只白犬却一直是平安无事。"弯三步"大概也不是真的要白犬命，勒索钱财才是他真正的想法。

日子虽然过得贫穷，倒也平静。可是，好景不长，鬼子进了村子。

鬼子在村头的瓦屋庙四周布置起一圈铁丝网，在正对村口进出的要道叠垒起一个像坟冢似的暗堡，堡空里架设起一挺歪把子机枪，那黑森森的枪口，像魔鬼张开的死亡之嘴，随时会吞噬人的性命似的。

鬼子三天两头就要到村子里以各种借口"扫荡"一番，村民们圈养的鸡、鸭、猪等牲畜便遭了殃。鬼子们很缺德，他们抓到村民喂养的猪，先把猪在院子里往死里撵，待得猪跑不动时，再将猪的四条腿剁下来，其余扔在地上就不要了。

"弯三步"对乡亲们伸出拇指说，太君的太聪明了。猪拼命地跑时，所有的精华都聚集到了腿上，剁下来吃才有营养。

鬼子几个回合"扫荡"下来，村子里的鸡、鸭、猪、牛都不见了踪影。鬼子"扫荡"不到粮食，就把全村人集合起来，威逼大家交出粮食。"弯三步"不知什么时候当上了汉奸，这时歪戴着一顶黑破帽，依旧趿拉着那双半截鞋，神气活现地率先开始发话：乡亲们，太君说了，你们的粮食统统地要交给太君，太君就保佑你们平安无事，否则，太君要你们全部死啦死啦的！

"弯三步"学着小鬼子翻译官凶巴巴的样子，说完最后一句话时，还做了个抹脖子的手势。

村民们沉默以对，场上静得令人发慌。"弯三步"见讨了个没趣，把手贴在那个挂着指挥刀、叉着两腿、鼻子下留着一撮毛的鬼子头目耳边，叽叽咕咕说了些什么，那鬼子哟西哟西地点点头，挥挥戴着白手套的手，解散了村民。

第二天，谭爹在村子里干活时，被"弯三步"和两个端着膏药枪的鬼子请到了瓦屋庙。谭爹去的时候，没有带上平日寸步不离的白犬。他恐他的白犬太通灵性，如果对着荷枪实弹的鬼子兵汪汪遭鬼子毒手。他用绳子拴起了白犬，藏在窝棚后边的灌木丛里。

"一撮毛"端坐在土地庙神像前一把太师椅上，见到谭爹，劈头便硬生生的一句：你的，来谈谈狗的——问题！

谭爹狠狠地剜了"弯三步"一眼，知道这句话是"弯三步"出卖给鬼子的。

谭爹说我没钱。

谭爹以为"弯三步"又想仗着鬼子来敲诈他钱财，尽管脸色紧张得有些煞白，语气仍很镇定。

"一撮毛"铮的一声，拔出那把亮晃晃的东洋刀，刀尖指到谭爹脸上。你的，不老实的干活，死啦死啦的！

说完，两首握紧刀柄，就朝谭爹头上作势来劈。

"弯三步"托住"一撮毛"的手臂，将"一撮毛"拉到一旁，又把手靠在他耳边嘀咕起歪点子来。"一撮毛"收起刀，连连点头。"一撮毛"走到谭爹面前，手点在谭爹鼻子上，你的，明天交出村民藏粮的干活，今天，太君的要咪西咪西……说完，和"弯三步"一起得意地大笑起来。

谭爹好像预感到了什么不对，出得庙门，便迅速朝自己窝棚方向奔走。一会儿，村子里就听到了谭爹撕心裂肺的号哭。

谭爹的白犬不见了，拴狗地上留下了一摊血迹。谭爹知道是"弯三步"和"一撮毛"害死了他的白犬，他咬牙切齿地在窝棚等"弯三步"和鬼子找上门来。

可鬼子一连两天都没有来。

村子里有人说夜夜听见谭爹磨刀霍霍和伤心痛哭的声音，担心谭爹会出什么事。

第三天，谭爹找到瓦屋庙的鬼子驻点。离哨口还有十多步远时，鬼子哨兵哗啦一声，拉开枪栓，端起枪喝令谭爹站住，问谭爹什么的干活。

谭爹说，我知道粮食的干活。

鬼子一个哨兵进去一会儿，"弯三步"和"一撮毛"便摇摇晃晃走了出来。"一撮毛"走到谭爹面前，伸出大拇指：你的，狗的问题的……又摆摆手，改口说，你的，良民的，大大的！来，我的——和你谈谈藏粮的问题。

老子来和你谈谈鬼的问题！说时迟，那时快，谭爹怒吼一声，藏在袖子里的阉猪刀狠狠地插进"一撮毛"胸口……

谭爹和"一撮毛"都倒在了血泊中。谭爹背上被鬼子的子弹和刺刀穿透布衫，血肉模糊。"弯三步"吓得魂不附体瘫倒在地，也被鬼子开枪打死了……

解放后，谭爹的骨骸被政府移葬到烈士陵园里，谭爹的名字也被编入了抗日英雄史册。

村子里的人们至今仍喜欢养狗。他们说"狗有义，人不知"。说到狗，又总会讲起谭爹当年怒杀鬼子头目的故事。

我们每次听到谭爹怒杀鬼子头目"一撮毛"这一节，都觉得特别解恨，觉得这真是一个百听不厌的经典故事。只是，每一次听完，心里便又是一阵的沉重和难受。同时，心中也对鬼子又多沉淀了一份仇恨。

……到底去不去？一哥们儿不耐烦地再次推搡我。

不去！我也不耐烦了，回答得斩钉截铁。

那——我们和你老婆谈谈狗的问题去。

我站起身，挥起拳头，佯装咬牙切齿：

我来和你们谈谈鬼的问题——

那俩哥们儿一愣，忽然明白过来，哈哈大笑着落荒而逃……

2013 年 7 月 1 日

农谚里的村庄

"嗨，您好，我是这个村的支部书记，欢迎您来我们村庄采访并做客。"

"我是南方某报的社会瞭望栏目记者，想调查了解你们村庄目前农民的生产生活现状，你能跟我详细介绍一下吗？"

"好的，我们村庄很荣幸能得到贵报的青睐与惠顾，我谨代表全体村民对您的来访表示热烈的欢迎和衷心的感谢！我们村庄目前的状况，概括起来，只需六个字…"

"什么？六个字能概括？请问哪六个字？"

"农谚里的村庄。"

"怎么解释？"

"目前，村庄里的乡亲们文化程度都不高，四五十年代出生的老人多半是文盲半文盲；六七十年代出生的中青年大都只有小学初中文化；八〇后和九〇后文化程度高一些，读过大学的都已经进城扎根了，读过高中的在城里务工，春去冬回，往返于城乡。村庄里现在留守下来的，按现在流行话总结的，只剩下'六一''三八''九九'。六一是指儿童，三八是指妇女，九九是指老人。

"应该说都是些文化程度不高的人。但中华民族勤劳勇敢的人民，

212

千百年来，从劳动中总结出来的农谚，包罗万象，依然可以让这些文化程度不高的人有章可循，遇事不乱，处事不惊。

"譬如说现在开春了，'一年之计在于春，一日之计在于晨'。人们会早早地筹备好种子、农肥、地膜，扳着指头数着日历，心里默默地念叨着'清明前泡种，谷雨后下秧''小满前后，种瓜种豆''芒种不种，再种落空'。不同的节气，都有不同的农谚做指导，乡亲们会有条不紊地耕地播种，绝不会耽误了农事。"

"乡亲们怎么知道种好庄稼该搞好哪些方面呢？"

"'肥田长稻，瘦田长草'，去除杂草是必须的；'秧好一半谷，妻好一半福'，育好秧苗最关键；'万物土里生，全靠两手勤''只要功夫深，土里出黄金'，千言万语说得再好听，勤劳才是最重要的。正如宋代诗人范成大描写的《田家》生活图景：'昼出耘田夜织麻，村庄儿女各当家。童孙未解供耕织，也傍桑阴学种瓜。'村庄里的男女老少，千百年来，日出而作，日落而息，都非常的勤劳。"

"是的，中华民族的乡亲们，从古到今都很勤劳。我想问：现在，相对于城里，农村里的交通、通信等设施仍然要落后许多，那么，这群少有文化知识的'六一''三八''九九'，在生产生活中，该如何防御自然灾害和增产增收呢？"

"'早晨发霞，等水烧茶；晚上发霞，干死蛤蟆。''云往南，一大场；云往东，一阵风；云往北，一阵黑；云往西，穿蓑衣。''立夏不下，犁耙高挂……'您别担心，都有农谚提醒，早预防着呢。"

"庄稼田地里没问题了，那要是家庭里有问题该怎么办？"

"您别急，老人们会提醒你说：'吃不穷穿不穷，划算不清一世穷。'一个家庭的经济情况的好坏，首先要会合理地安排。其次要'常把有日思无日，不把无时当有时'‘勤俭生富贵，人懒受饥寒’，学会精打细算、勤俭持家。"

"那邻里之间闹了纠纷怎么办？"

"老百姓最淳朴，一般不会主动闹事的，有句农谚说得好：‘在家不打人，出门无人打。’即便是受了委屈，也会抱着‘忍得一时之气，免得百日之忧’忍了算了。"

"那孩子不听话怎么办？"

"‘吃的不少，打的不饶’，该爱护时要爱护，当惩罚时要惩罚，须知‘刁儿不孝，刁狗上灶’和‘桑大从小入，长大入不直’的道理。"

"那我们不说细致的，说说笼统的，比如该怎样正确地为人处世？或者说怎样正确对待名和利呢？"

"村庄里流传下来有关这方面的农谚太多了。先说该怎样为人处世吧，‘穷不折志，富不颠狂’‘上半夜想自己，下半夜想他人’‘在家不会迎宾客，出门方知少主人’……再说怎样正确对待名利吧，‘酒后不语真君子，账上分明大丈夫’‘君子爱财，取之以道’‘人无廉耻，百事可为’‘三十年河东，三十年河西，称么子英雄好汉，眼睛一闭，还说么子你的我的？’……呵呵！太多了。"

"哦，原来村庄里，虽然村民们的文化程度都不高，但还都有千百年流传下来的农谚指导着人们的生活。那农谚里，是怎样教村民们对待抱冤受屈的呢？"

"也有很多，如‘凡事不要撑地看，东方不亮有西方’，劝人想开一点啦；‘牛踩我一脚，我还踩牛一脚？’像阿Q一样，自我安慰啦；‘好事做了好事在，恶人自有恶人磨’，寄希望老天会给报应啦。大致有此三种。

"您是社会瞭望栏目的记者，如果说一滴水能照见世界，那么，农谚里的村庄便是社会浩瀚海洋中的一滴水、广袤森林中的一片叶，览一叶而知秋，窥一斑而知全豹，您说呢？"

戒 烟 记

读完梁实秋写的《戒烟记》时，文不由莞尔。心想：与他作为隔时代的"文友"和"烟友"，论文章与名气，俺和他当然是小巫见大巫，不敢相提并论，而相比戒烟的经历，俺可比他丰富得多了。

追溯自己的烟龄，文掐指算来，该有二十年了，说出来自己都有些触目惊心。只是，文也还并未到一口黑牙满嘴臭气、开口说话连飞过身的蚊子都能熏死的程度，这得益于他多年来一直断断续续戒烟。

文并非是与生俱来就学会了抽烟的。儿时为央求爷爷讲故事，爷爷种烟叶，他早晚都殷勤地帮忙浇水、拔草，或钻到八仙桌底下捡烟蒂给爷爷剥烟丝。看爷爷每讲完一段故事后把烟丝填进铜烟杆里猛叭几口，再吐成一个个烟圈袅袅扩散。有时见他托着小脑袋沉浸在故事里傻傻发呆，爷爷会吹一口烟气他脸上，让他回过神来。童年里爷爷这些嗜烟的事儿，都丝毫未曾感染稚嫩的文，让他有长大了也学爷爷抽烟的这种想法。

第一次被拉下水学抽烟，是迫于哥们儿情分，为"哥们儿义气"而陪抽烟。千军万马挤独木桥，是形容中国高考最形象贴切的比喻。高考过后，几家欢喜几家愁。同住在一个镇子的一帮哥们儿高考落榜了，整天聚在一起以酒浇愁，抽烟泄闷。他们中大多是街道居民或干部家庭的子女，家庭条件比较好，但考不上大学一样意味着无法就业，成为无业游民。这帮同学一面发泄牢骚，一面又表现着自己的优越感，抽烟、喝酒、与女生约会等。文是农村人，上不了大学大不了回家帮父母啃地去。相对而言，文的心态比他们要轻松得多。每天晚上，这帮哥们儿挤在哪个同学屋里，抽烟喝酒，高谈阔论，整得满房子乌烟瘴气。

他们逼文喝酒，文说我举杯就醉。

他们就递烟过来。文心里犹豫了下，伸手接了。他心里清楚，在一个圈子里，如果你处处都表现得与众不同，就不是融洽的事了，关系到你还能不能在这个圈子里继续混。

一哥们儿告诉他怎样把烟吸进肺里再通过鼻孔喷出来。文第一次把烟从鼻子里喷出来的时候，头皮一阵发麻，脑袋一阵发晕，眼泪都被呛出来了。后来就慢慢适应了，从此染上了恶习。但他还是一直暗暗提醒自己，一定要把它戒了。他看过吸烟有害的资料，说每抽一支烟，人会短 0.14 秒寿命，全球每年死于与吸烟有关的各种疾病的达三百万人。

文从不畏死。六岁时，母亲给他缝制了一件咖啡色呢绒新裤，叮嘱他爱惜点儿。年幼懂事的他连连点头，怎奈童心难泯，一会儿与小伙伴玩耍追逐中，被一根枯藤枝挂破了一个洞。整个下午，文心里后怕得要命，他都不敢回家，听凭姐姐在屋门口大声地呼唤他而不敢答应。他怕见母亲，怕母亲严厉的责罚。每次犯错，母亲轻则拧耳朵罚跪，重则不许吃饭或挨棍子。但每次被罚打过后，文没恨过自己的母亲，他知道母亲是个勤劳贤惠的女人，操持这个家不容易。他们家兄弟姐妹六人，他母亲白天到生产队挣工分，晚上点一盏煤油灯为他们缝衣纳鞋，常常到深夜。太阳快没入地平线时，文徘徊在自家池塘码头边，看着那清幽幽的池水，他做好了投河的准备。这时，父亲来挑水，问他在这干啥，为啥还不回去。把六岁的文从鬼门关路上堵了回来。到家后，他异常冷静地对母亲说：妈，裤子我不小心挂烂了。他母亲这次竟然破例地没有责罚他。

其实，和同学们在一起瞎混，文有时候也想抽烟，无奈囊中羞涩，兜里经常没钱。再者，俗话说得好，烟酒不分家。今天你接了别人敬来的烟，明天又接受了别人递来的烟，后天总得回敬人家一支吧。烟差了人家嫌你穷，烟好了没钱买，最好的办法就是不抽烟，这是文下决心戒烟的主要原因。与同学相处的时间里，文一直努力克制着自己，没买过一包烟。过了两年，同学们陆续都走上了子承父业的岗位，或转途他业，他们就再也没时间在一起聊天消遣了，文也就松了口气，烟也戒了。

再开戒，是喜欢上了围棋。村子里有个穿开裆裤一起长大的哥们儿从北京经商回来，在家里摆弄起黑白子。文好奇，也很羡慕。羡慕人家聪明，玩起了高雅，而他还在玩车马炮。就向他请教，那哥们儿就给文讲起"金角银边草包肚"、双眼活等规则来。文自幼悟性极高，很快就入了门，早晚便与他的这个围棋启蒙师傅一起昏天黑地、废寝忘食地死磕。有些时候，人也真会犯青蛙一样的错误，坐在井里不知道外边的天大。下了一段时间，文的棋艺就超过了他的启蒙师傅，于是狂妄地宣称，即便聂卫平来了，也敢和他平手对弈。听说中学教书的同学围棋下得好，于是大言不惭地上门去挑战，结果整盘棋被同学剿杀得还剩下一角。文羞愤难当，回家郁闷不已。不甘心，买了一摞围棋书来死钻，有了心得后，又去找同学挑战。这下同学感到赢得吃力了，每落一子都很慎重，而且，烟一支接一支狠命地抽。文坐在对面被烟熏得睁不开眼，一不小心又输棋了。文口里不服气，怪他抽烟熏的。同学就把烟点上火递给他，说有本事你也来熏我呀。文一听又来劲了，斜睨他一眼说，抽就抽呗，凭什么你能熏俺，俺不能熏你？

吃饭时，同学说，士别三日刮目相看啊。你从哪儿忽然间学会了茅山法，棋力增长那么快。文就坏笑，说俺面壁三日，忽然悟出一条以毒攻毒的心得，就是对付你这种"坏银"不能回避。譬如你攻杀俺，俺非得和你亮剑。就像抽烟，你熏俺，俺也得熏你。

同学被逗得呵呵直乐。手谈的时间多了，一来二去，文的烟又吸上瘾了。

文的兄长在政府机关里做事，有次回家过年，和他坐一条木板凳吃饭，闻到他身上一股烟味，扭身露出厌恶的表情，让文的自尊心很受打击。在一旁的表哥见文尴尬难堪，忙打圆场说：小弟，哥哥我以前穷的时候也抽烟，一天两包还不够。你看我现在日子好过了，还抽烟不？我把烟戒了。

表哥说的倒是实话，以前他表哥在家时，都是烟不离手。这几年去湖南常德做卤菜生意发达了，是村里第一个买了摩托车开回来的有钱人，真的没看见他再抽过烟。文问他怎会有如此恒心戒烟，表哥说：你不晓得，这不抽烟的人老远就能闻到抽烟人身上一股臭味，特别是令女士反感。抽烟，好比吃垃圾！表哥最后一句说得斩钉截铁。

表哥最后一句话，令文目瞪口呆，也好似醍醐灌顶，让他猛醒。这比喻太恰当了！想到自己以前不抽烟时，抽烟的人和他近距离说话，他双手捂住口鼻才能挡住那股令人恶心的臭味。抽烟好比吃垃圾！文心里默默地念诵着这句口号，再一次戒了烟。

没想到的是，在文的戒烟史上，让他痛下苦心戒烟的是兄长和表哥，而最后彻底摧毁他戒烟决心的，还是兄长和表哥。

香港回归那年，他兄长从机关里出来投资企业，一年时间亏光了所有积蓄，还欠了一屁股债。与兄长坐到一起叹息时，他不时地摸出烟来闷抽。手足弟兄，血浓于水，文能体会哥哥此时的心情，自是不敢拿当年讨厌抽烟的话来挤对兄长。

几年后，他戒烟的偶像——表哥，又重新开始了抽烟。这对文戒烟的信心实在是个莫大的打击。文愤愤地责问表哥何以又抽。

表哥皱着一脸苦相，低着头再吸了一口烟，才慢吞吞地说：兄弟，这人一旦日子不好过，要吹的无吹的，要打的没打的，你说，不抽两根烟来麻醉下自己，日子还咋过？

文听了半天无语，心里忽然想到，敢情这抽烟与戒烟，与人的生活环境有关，就像吃东西一样，所谓"饥不择食，寒不择衣"。肚子饿了的人吃油腻荤腥是不考虑什么保健养生的，能填饱肚子最紧要。吃饱穿暖，食而有余后，才会追求绿色、环保、有机、保健等更高品质的食品。

表哥前几年头发梳得油抹水光，穿着黑呢子大衣，领口倒竖，颇有20世纪80年代电视剧《上海滩》中周润发英俊潇洒的大亨派头，这几年走下坡路，手里的积蓄所剩无几，俩孩子又不听话，人一下子苍老了十岁，文还能说什么呢。趁表哥黯然发呆的时候，文快速买来两包烟，一包塞进表哥口袋，一包撕开封口，递给表哥一支，自己叼一支抽上。

他对表哥说，抽呗，解闷！

表哥望着他，露出会心而又感激的笑容。

而表哥不知道，文一边抽着烟，一边在心里诅咒着烟，祈祷着他们的好日子早日到来，最后一次彻底地戒掉烟。

2014 年 6 月 7 日

让 座

公交车太小，是那种中小型式，只有十二三个座位。我们三人上车时，车上包括司机和售票员，还只有七八人，等到坐下来后，车上只剩下最后一排三人合座的空位，也被接着上来的几位乘客占领。我落后了一步，环顾车厢，有一种拥挤的感觉。售票员忙着售票，她的专座靠车门，这会儿空着，我不再迟疑，坐下来再说。顾客至上，她不好说什么，只好默默地坐到靠司机座位的车前头。我眯上眼假寐，心里偷偷得意。

昨晚接到镇里通知，会计、村长、书记今天早上八点准时到镇四楼会议室开会。我起床后的第一时间便是拨打小山和谭爹的电话，叫他们到我家来集合，再一同出发。小山和谭爹来后，我们三人步行到集镇坐公交。我们去年对村民承诺并约法三章，不许公费乱用车，哪怕到镇里开会，也要乘坐公交。一直以来，我自己以身示范，谭爹和小山也只能照样执行。我摸出手机瞄了一眼，七点二十分。镇上离这里还有十多里，需要二十分钟左右，我不想搞得时间太紧迫，便催促司机出发。司机启动引擎，拧响喇叭，客车缓缓驶出车站。

"停车——"刚拐过街头，车后传来女人急促的呼喊声音。司机刹住车，我替售票员拉开车门，上来两个人。最先上来的是个约莫五十岁的农妇，她体态臃肿，风尘仆仆，好似在自责自己耽误了大家的行程，被阳光晒得熏黄的脸上挂着歉意的微笑。跟在她身后的大约是她丈夫，黝黑消瘦的脸上眉头紧锁，一头已经失去光泽的短发东倒西歪，像他的人一样没有精神。他大约是病了，吃力地拉着我面前座位的横杠踏进车厢。我判断他们应该是两口子。前面的农妇回过身来搀扶住他的手腕，一面轻声叮嘱小心。

"售票员！哪有位子坐？"她的丈夫人不咋精神，声音倒挺粗地吼售票员。我回头看见车上的人脸上都藏着诡异的笑。那种笑不是一种善意的笑，我解读出有对他横蛮不讲理的讥笑——先来后到，你自个儿来迟了，运气不好，哪能怪别人不给你座位呢？有对售票员的冷笑——嘿嘿，看你怎样解决这个难题？

售票员一脸不悦地站起身，让他们坐到自己前台的机头盖位置来。

"我是病人，坐这位子不行！"农妇丈夫声色俱厉，不依不饶。现在是个"老鼠扛刀，满街找猫"的和谐年代，服务行业最怕这种蛮不讲理的人胡搅蛮缠。售票员无奈地抬起头来，环顾全车厢，希望有空位安顿下这个棘手的乘客。车厢座位客满，满车人都没有让座的意思。占了售票员的座位，我心里有些歉意，也对这个所谓的病人动了些恻隐之心，想起身让座给他，但转念又厌恶他对售票员粗暴的态度，心里犹豫不下。

"我是病人，经不起折腾，你想办法给我个座位撒？"他虎着脸站在售票员面前，不肯委曲求全地坐前面机箱盖上。

"你来挤在这里，将就坐算了啦。"他妻子向他招手央求，屁股同时向一边挪了挪，露出身边空位，脸上半是焦急半是无奈。

"不行！"他斩钉截铁，"我出了钱的，为什么别个出钱有座位我没有？"

"哎！你这个人还蛮不讲理呢。不是我不把座位给你，你自己看撒。凡事都有个先来后到，你来迟了，别个又和你非亲非邻，凭么子要把位子让给你？你说你是病人，那也要别人献爱心同情你才能给你让座呢。"售票员终于再也忍不住，和他理论起来。

"别吵了，我的位置给你坐吧。"我站起身来，走到后面手扶车厢顶拉杆。

一场口角之争就此打住。

"嘿，看我们的文书记还是个活雷锋呢！"谭爹揶揄我。我瞪了他一眼，示意他别说了，免得我难堪。谭爹撇了撇嘴，忍住了口。

"为么事要给这样的人让座？"下车后谭爹质问我，"像这种人，他就是死，老子都不同情他！还给他让座？"谭爹说得气鼓鼓的。

"蛮讨厌。你说你病了，嚷嚷起来比鬼都精神！"小山接过来满脸不屑地说。

"我只是想起古人说的一句俗语，'人是三节草，晓得哪节好？'如果有一天轮到我，或者是小山，或者是谭爹您，病了或者碰上么子困难，也会需要别人的帮助的。虽然人人不会像他这样嚣张，但如果始终没有人肯站出来，向我们伸出援助之手，我们心里作何感想？"

见他们若有所悟地沉默下来，我又淡淡地补充一句："我不想看到这世界到处人情冷漠。虽然这不是我一个人的能力所能改变的，但我想尽自己仅有的力量。"

2012 年 8 月 29 日

哭笑不得

拂晓时分，一阵大雨把我从睡梦中惊醒。雨下得很大，打在地上啪啪地响，还夹杂着呜呜的风声。睁开眼睛，窗外尚蒙眬。睡意仍浓，不知什么时候又睡着了。再次醒来时，是被手机铃声吵醒的。

包村干部吴主任打来电话，说镇文化站来检查农家书屋设施情况，要我在家等着，我口里诺诺，心里却很厌烦这些事到临头的突击性检查。我起床穿好衣服，洗漱完毕，正寻找村委会办公室门钥匙，门外"小坏"忽然汪汪吠个不停。我想不会这么快吧？刚打完电话几分钟，就到了吗？

我讶异着走出门，原来是村原老支部书记匡爹。我忙喝住"小坏"，说"匡爹来了"，算是给他打了招呼。

他一边对我点头，叫了声"文书记"，一边麻利地从电动车上溜下来。拨稳车的支架后，他迅速将前面篓子里一个黑色条状的物品藏进腋下，恐路人看见似的，还回头环顾了下四周。

我请他进房里坐，他进屋走到房门口，刚抬起一只脚，忽然又迟疑地停下来，问我："进不进来得？"

我说："您是村里的老领导，又是我侄儿的匡爹，从公从私，还讲么子客气呢？"

他的三女儿嫁给我一个堂兄，论辈分，是我嫂子，按照农村的习俗，我就跟着侄儿喊他一声匡爹，以示尊敬。他宽下心来，不再忐忑，走进房来，我打个邀请的手势，示意请他坐沙发上。他刚坐下，忽然又像滚水烫了屁股似的站起来，又问我："这位子坐不坐得？"

他屈着腰，欲坐未坐地指着沙发问我。

我忽然明白过来，他这不是忐忑不安，是尊重人的礼数。现在世风日下，这老祖宗传下来的规矩都快失传了。我忙客气请他坐下，他将怀里藏着的黑色尼龙袋包裹的东西放在自己屁股后面，我扫了一眼，看清楚了是条香烟。心想着，看来他今天必有所求，只是不知我能办到否。

我当选这个两千多人的大村党支部书记时，曾公开承诺三不：不贪污公家一分钱，不占公家一分钱便宜，不收村民一分钱礼品。并且将承诺书复印一百多份，张贴到全村各主要进出口，接受村民们的监督。两年多来，我严格要求自己言必信，行必果，受到了全村父老乡亲的信任和拥护。

"匡爹来是有事吧？您就直说。您不是外人。"

我帮他直奔主题，并暗示他和我有侄儿的这层关系，以表明对他的友好。其实，我和他从公从私，都说不上有多少亲情，相反，他和我的家族有宿怨。他是村里 20 世纪 60 年代的支部书记，今年七十多岁了，比我大了三十多岁；至于说是我侄儿的外祖父，也很牵强，侄儿和我已经是出五服的关系了。

"文革"时期，他担任村支部书记，曾经是呼风唤雨的人，不像我现在担任这个村支部书记，上看脸色下受气。

"文书记，我来就是心里不愤！"他坐下后，开门见山，边说边左手一拍沙发。

我一惊，什么人得罪他了？还是和谁闹了纠纷？幸好沙发柔软，不

225

怕他说得气愤，折了手腕。

"怎么呢?"我仍然不动声色地淡淡问。处理这种纠纷型问题，一定不能被是非者的观点所左右，我的经验告诉我。

"就是上次当您郎说的那个低保的事。"他边说边从口袋里掏出两个红色封面的小本子来。我接过来看，一个是老旧的红色塑料面本，上面用烫金的字体印着"光荣退职证书"，下面落款是福田镇委镇政府，翻开内页，贴有他的相片，盖着福田镇组织委员会公章。另一个小本较新，我瞥了一眼，是个党员证，我去年发给他的。

"您说的是想低保增加一个人的事吧?"我想起今年化解一次村级矛盾时，他提出这个话，我曾答应过他，后来事多给忘了。

"文书记，你晓得，我和谭爹过去有点矛盾，他动不动就在群众当中扬言，要把我的低保取消……"

"谭爹不懂政策的。"我接过他的话。谭爹是我村的村长，和我是村两委的搭档。谭爹为人很正直，与他又是同一个墩台的邻居，对他可谓知根知底。这老匡在 20 世纪 60 年代担任村支部书记时，奉上欺下，谭爹生性耿直，好为人打抱不平，成了老匡的死对头，两人积怨颇深。我恐他对谭爹的不满发表过多，今天的话题就难以收场了，一会儿我还要应付镇里来的吴主任他们。

"我多次在公开的场合中解释过，您郎的低保是作为村老支部书记享受的待遇，与贫困无关。"

按照有关政策，农村支部书记及村主职干部正常离退职，本级人民政府应给予一定的财政补贴，算是安慰费。我镇财政穷，就采取变通之计，让他们享受农村低保待遇，每月几十块钱。老匡早已落实了"低保"，他嫌享受的人少了。按照国家低保政策，符合条件享受低保的，可以一人附带嫡系亲属两人享受低保。老匡只附带了他老伴一人。

"你找民政办问过没有？"这是我无能为力的事，我也只好踢皮球。

"我找过易书记，易书记答应过。我找民政办，他们说我带孙娃子不行。"

"带孙娃子肯定不行呀。孙娃子有爸爸妈妈是监护人。你只能带女儿或儿子，可是，你的儿女们都成家了，生活得也很好，又没什么病历证。"我把话说得尽量婉转，不想得罪他，就装作爱莫能助地望着他。

"文书记，你看，我什么事都是非常支持村里工作的！"他把非常二字强调得特别重。"我就是不愤这口气！"

他边说边把屁股后那条香烟拿出来递给我。姜是老的辣。我心里不得不佩服他是个久经江湖的老油条。估计他来之前，把所有的预案都在心里推演好了，此路不通，便马上转换话题，又亮出下一招。

我措手不及地从沙发上蹦起来，双手连摇。"匡书记，您千万别这么做！我能帮到您，我会尽力，别说是您，就是任何人我都一样。烟我是绝不会收的，您即使强行放到这里，我也会给您送到家去的！"

我说得斩钉截铁。我是真正地佩服这位老支书了，避实击虚，迂回缠绕。《孙子兵法》被他演绎得淋漓尽致，我是甘拜下风。

"文书记，您要是这么说，就是嫌弃我的烟不好了！"他一脸正色地站起身来，从口袋里摸索出三百元钱来，"我再给您买好一点的去！"

他转身拔脚就走。

我拉住他，哭笑不得……

2012 年 9 月 2 日

第三辑　身边的感动

一生中，总有许多事、许多人

在我们记忆中难以抹去

他们像一颗颗种子，扎根于我们心中

发芽开花

在我们遭遇人生的严寒时

感到温暖和力量

段　伯

与段伯分别时，街上已华灯初放，人车如流。

在审计局门口与他依依不舍地挥别，目送他高大的身影渐渐消失在拐角处，直至再难寻觅，我才恍然回首。回程路上，一路默默无语，有一种莫名的感动，在心中一直不停地涌动。

柔婉、凄迷的《送别》，此刻激荡在我的心底，撞击着灵魂深处最薄弱的情感，溅起心中一朵朵浪花。每一个涟漪，都是对段伯挥之不去的感动之情。

与段伯相识不长的日子里，不论是在博客里留言相互交流，还是上次游览护国寺相聚时的一幕幕场景，以及段伯对我委婉的批评，都深深铭刻在我心中。

段伯去年退休后，选任我县离湖诗社副会长，网易博客号"离湖渔樵"，真名段先锦。"段伯"是我在心中思之再三而凸显其亲切的称呼。为此，曾颇为尴尬地几易其口。一呼"段爹"，觉得不妥，段伯刚年满六十，还精神饱满，身体健壮，思维敏捷；二呼"段老"，发现有了尊敬的意思，却又好像拉开了距离；三呼"段老师"，好像有了一点亲近的意思，可还是有疏远距离的嫌疑。最后叫他"段伯"，是综合此三意而定之，不知段伯能鉴谅我的苦心未？

初见段伯时，是源于孤客兄善意的再三荐引，并相邀上车湾诗会。孤客兄在电话里不厌其烦地力举段伯真诚关爱之心以及对我们这些落魄文学爱好者殷殷呵护之情，使我心漾神动，应邀而滥竽其中。

其实，我是真的多年不再涂鸦了。

今年重新提起笔，是在我县文学前辈张俊纶老师的鼓励下，想给逝去的父母写一点点纪念的文字，好让父母一生为人处世的经验不至随着时间而流逝，并由此在网易建立博客，至而识孤客兄。

上车湾行毕，回到家中，我有些迫不及待地点开段伯的博客。那苍劲有力的书法、文采飞扬的诗词，像高山流水诠释着他丰富的人生；又如一株出淤泥而不染的荷花，在晨风中迎风绽放。使我的心灵受到强烈的震撼。

> 我的诗与书/是一串串酸葡萄/不要说吃/就连你看了/反胃是必然的/我的诗与书/一字一句/都是真情的表白/是真心的企盼/是至诚的祈求/我的诗与书/一字一句/都没有水分和杂质/是星火一点/会燃起冲天的火焰！

《护堤草》序：翻开 1998 抗洪抢险光荣册……在那没有昼夜的日子里，监利几十万农民坚守在大堤上，他们才是大堤的守护神，真正的抗洪英雄、功臣、模范！

> 护堤草/出生卑微/没有进过花圃园/没有进过洋楼画舫/她没有牡丹的娇贵，没有兰草的芬芳/可她却把根扎在堤上/顶烈日，烤骄阳/餐风露宿，蛇咬虫叮/随时迎接这暴雨闪电……

这一刻，我读来良久无语，夜深难眠。

诗言志。段伯的诗，饱含了作为人民公仆的他对普通老百姓拳拳赤子之心、殷殷呵护之情，以及他对少数弄虚作假者的愤懑，对腐败者的谴责和鞭策。

寥寥诗行，反映出段伯一生为人的刚正不阿和疾恶如仇的高贵品格。

推开窗子，月光如水，夜色朦胧。蟋唱虫吟声清晰地传入耳中，宛若天籁之音而动听。

我点燃一支烟，思绪随着烟圈在空气中袅袅弥散，心潮久久地难以平静。

许多年的磨砺与坎坷的生活，我已心若止水，锐意尽失，精神长期处于萎靡不振状态。早已习惯得过且过，"今朝有酒今朝醉，明日愁来明日愁"。对身边的丑恶现象，早已熟视无睹、麻木不仁，早已忘记了一个读书人的良知与责任。

步出门外，乡村的夜晚，一片静寂。一弯冷月在云缝中若隐若现，远方传来的几声狗吠，给夜晚更增添了几许幽寂空旷感。

多年来，我与曾经结盟的文友已渐行渐远。一如现在的我，隐入这茫茫的夜色中，大家早已忘记了我的存在。

段伯的诗，如同他的一双曾拿过枪的手，有力地拨开了我思想中的荒芜。夜色中回眸，我恍惚看见长亭外，段伯魁伟的身躯仍站在防洪大堤上，频频地向我招手。

晚风如歌，撩起我额前的长发。一股男儿的慷慨激情，从我的胸中忽然涌起。我使劲地弹掉手中还未烧尽的烟蒂，红色的烟火划破了朦胧的夜色。

这一刻，我猛然地明白了自己以后行进的方向。

2011 年 7 月 17 日

小胖与小坏

小胖与小坏，是我家喂养的两只宠物犬的名字。

它们是母子俩，小胖是妈咪，小坏是崽崽。

每天劳作之余，我总要逗它们玩会儿。逗小胖和小坏玩的时间里，是我一天最开心的时刻。

其实，我家已有三十多年没再养狗了。不是家里有人讨厌狗或是有被狗咬伤的经历而不养，而是曾经有过的养狗记忆里，狗给我家带来了遗憾和感伤。

时间由此要追溯到 20 世纪 70 年代，那时我还只有五六岁的样子，我家曾养过一条黄犬小环。

小环十分的乖巧和通灵性。有一次，家里养的那头牛犊似的猪挣断了圈绳，撒丫子跑得欢。母亲恐它踩坏了邻家的菜地，惹来口舌之争，一边追赶，一边口里唤着"啰啰啰……"希望唤住它归圈，可肥猪哪肯回头！这时小环听出母亲焦急的声音了，立时一个纵跃，便如离弦之箭似的向肥猪赶去。它很快就追上肥猪，咬着它耳朵上的圈绳，与猪拔河似的僵持着，让母亲赢得时间赶上来牵回了它。

小环还能狩猎。一天清早，母亲去菜园子摘菜，小环除了像每天清早一样围着母亲摇头摆尾表示亲热外，还咬着母亲的裤脚往前面牵引。

母亲见它全身湿漉漉的，恐弄湿了自己衣裤，就吆喝着赶它走。可母亲刚撵开它没走两步，它又再次回头咬着母亲的裤脚，往旁边豆地方向牵扯。母亲顺着它要牵扯的方向定神一瞅，一只硕大而还残喘着的野兔正躺在草丛里动弹不得呢。

可惜小环最后却遭人毒手，令父母多少年后都耿耿于怀，念念难忘。

小环是死于太忠义和太管家了。

那时，邻居家和我们家都养了很多鸡鸭。两边雄鸡为了争地盘、抢食物，常常斗得羽毛凋零。母亲见了，常将两只雄鸡驱赶开来。可小环似乎误解了母亲的心意，再待到邻家的鸡跑过界时，不用谁招呼，嗖地一下冲上去，将邻家的鸡赶得丢魂落魄。邻家的鸡自此再不敢越"边界"一步，可却被谁怀恨在心，一个月黑风高之夜，小环从此销声匿迹了。不几天，邻居家挂起了一张黄色的狗皮，张晒在太阳底下。

我们全家人心知肚明，却敢怒不敢言。黄狗皮上没写字，你能说就是你的？天下难道就你家有黄狗？

旧犬喜我归，低徊入衣裾。

邻舍喜我归，酤酒携胡芦。

杜甫笔下的旧犬和邻舍是多么的有情有义，而我家的邻舍却是多么的薄情寡义。第二年，江汉平原遭洪水，父母黯然地搬回了现在的柳关。

或许，小环的死，也是促使父母下决心搬回柳关的主要原因之一吧？——我家有了小胖后，我似乎明白了父母当年下决心搬离的原因。

235

最初见到小胖时，是一天傍晚，我和妻子劳作完回家时，见一只憔悴的白色狗儿蹲坐在门口，眼里流露出几分饥饿、几分惶恐的神色。我一瞧周围，寥无一人，明白这肯定是只被抛弃的流浪狗儿了。正想开口，妻子先动了恻隐之心，她抢先对我说："我们把它收留下来吧？"

　　妻子不知道我家曾经有过的养狗故事，更不知道我对狗曾经有过深厚的感情。她怕我反对，便试探性地征求我意见，我二话不说就答应下来。

　　小胖没几天就和我们混得很熟了，可是它嘴巴很刁，素食不吃，每餐要有荤腥才肯张嘴，待遇超过了我们家的生活标准，家里平白增加了许多开支。我怕妻子嫌弃它，就想了个理由开导妻子说："古来俗话说得好，'猪来穷，狗来富，猫儿来了开当铺'。小胖的到来，使我们家改善了生活，这充分说明小胖是只吉祥狗。"

　　妻子见我引经据典，说得上纲上线，本来对小胖有些怨言的她，从此也不再说什么了。

　　小胖天生的胆小。一次儿子捉来一只大龙虾，放在门前的水泥地上，逗它玩。小胖见了这个张牙舞爪会爬动的家伙，汪汪叫个不停，却又不敢上前。儿子把龙虾捏起，猛地一下抛到小胖身上，小胖吓得转身就跑，躲到房间床底下半天不敢出来。妻子每次给它洗澡，盆子里两寸深的水，它也总是惊恐地跳出来。

　　可是天生胆小怕水的小胖，一次勇敢的表现，却赢得了我们全家人对它的尊敬。那是个夏天，妻子在门前溪沟里洗衣服，湍急的流水冲走了一件衣裳，妻子下到齐腰深的水中打捞。坡上的小胖看见了，口中汪汪叫个不停，用爪子急躁地刨身下的土。妻子见了，便故意逗它，口里佯装喊："救命啦，小胖——"

236

小胖听见妻子的喊声，毫不犹豫地猛冲下河来，游到妻子身边，却又没办法，只好又游到岸对面，再反身游回来，如此反复几趟，直到妻子上岸。

　　今年三月，小胖生下两个崽崽，毛茸茸的十分可爱。小胖每天守着自己的狗崽寸步不离，食物都是我们送到它面前，每次给它送吃的时，都看见它在给两个崽崽舔着身子。小狗崽在小胖精心的照料下，几天一个样，长得很快。狗崽未满月时，求讨的人络绎不绝，妻子却一个都不肯舍。我一位好朋友又来讨，妻子不吭声，我怕好友难堪，只好激她，说："那还准备养三条狗不成？"

　　妻子最后只好依依不舍地让朋友抱走了一个。剩下来的这个狗崽，妻子说什么也不肯给人了，给它起名"小坏"。有时还像叫唤小孩似的拉长声音喊："坏坏——"

　　我听了心里直发毛，哭笑不得。

　　小坏一天天地长大，再也不用小胖喂奶了。可是它却天生比小胖强势。我们吃饭时，每次丢到小胖面前的鸡骨鱼刺，它总是全部抢到口中，而小胖每次都默默地忍耐着。

　　我看了心里就为小胖愤愤地不平。心想这下倒好，辛辛苦苦地把你养大，翅膀硬了，转身就忘恩负义了。真是个狗东西呀！

　　有一次，我上街买菜，特地买回四个卤鸡爪。回家后，为防止小坏又抢小胖的食，我先把小坏唤到厨房门外边，扔给它两个，然后把小胖关到门里面，再扔下其余的两个。我一面洗手，一面心中暗暗得意：哼！看你今天怎么抢小胖的吃？

　　不多时，小坏的就狼吞虎咽吃完了，它用舌头舔着嘴边的余味，一副意犹未尽的样子，对我摇头摆尾。我琢磨着这时小胖早该吃完了，拉开厨房门，这一刻，我猛地震住了：小胖将两个我扔给它的鸡爪，用嘴衔到了门边，正痴痴地坐在门口，傻等着我开门后，留给它的小坏吃呢。

我忽然想到老人们常叹息的"人畜一般"这句话，心中不由感叹，真是"可怜天下父母心"啊！

2011 年 7 月 20 日

网络忘年交

我一直以为，我只是一个农民，不会有太多的朋友，即便有朋友，也应是"物以类聚，人以群分"，皆如我类的农夫樵子。

只是我身上总没有一些农夫的样子。譬如乡邻们闲暇时喜欢象棋，我偏喜欢围棋。农闲时，乡亲们喜欢打牌，我偏喜欢读书，涂鸦些文字。如此便不伦不类，如"四不像"。

家乡与我年龄相仿的伙伴，都把我作"怪物"看，我也乐得个逍遥清静。这么多年来，我除了几个教书的挚友、下围棋的棋友，已经再没有什么"友"了。今年待在家，只是想给逝去的母亲写一点纪念的文字。开始一直是写给自己看，后来拿给我县《荆江文学》的主编看后，他告诉我在网易开博客，其时，已是 6 月 2 日。由此开始慢慢地写博，渐渐地步入写作的道路。

在网上与内蒙古作家依凝相识，承蒙依凝的抬举，我们成了博友，我也顺理成章地成了她举办的《沙柳文学》圈子管理员，得以认识更多的文学朋友，我也有了向这些才华横溢的文友们学习的机会。

依凝教会我怎样评点圈内日志后，去参加她的作协会了，我慢慢地徜徉在百家之长中。这网络上的日志纷繁复杂，真是林子大了，什么鸟都有，少有我喜欢的文章。很多时候，我阅点也是直打瞌睡。忽然一天，看到一位老先生的博文，我一下精神陡涨，读后忍不住给他留言："您的忧国忧民之心见闻衷心钦佩！作为文人，必须肩负起自己应有的责任。就像鲁迅先生当年一样，先学医，是为诊治国人健康；再学文，是为拯救国人灵魂。见闻愿意像您一样，为国家，为民生，尽一份自己的微薄之力！"

不久，老先生就以诗的形式，回复我：

> 感谢先生的支持！
> 其实我没有多么高尚，
> 也承担不起更多的责任，
> 只是害怕将来我的子孙后代，
> 看不起他们的先人，
> 只好尽自己的能力，
> 发出一点点微弱的声音……

读后，我心中良久地感动。随着我写的母亲系列在各个圈子收到朋友们的好评，我开始有点飘飘然，忽然萌生了加入中国作协的想法，于是，点击了中国作协的网址，提交了申请。第二天，刚好是这位老先生给我回复："朋友您好！中国作家协会根据您的申请，慎重地考察了您的博客，考察结果为：您有很好的文笔和创作热情，但目前尚未达到作协入会要求。请不要灰心，请继续努力，中国作家协会将继续关注您的博客。祝好！"并留下达到入会标准的参照条件，让我对照。

我才知道老先生原来也是作协的人，心中更加充满了敬慕之情。由此更加关注这位老先生的博文。一来二去，我们成了博友。老先生经常会来登访我的博客，他那独有的图像总是每天留在我的博友访问前面，我知道这是老先生一直在默默关注着我的成长，我因此更加地努力了。

一天又去浏览先生的文章，置顶的一篇《谢谢您，我的朋友!》引起我的好奇：

> 一位根本不相识的朋友，几乎天天以我的名义登录我的网易博客……昨晚，朋友告诉我说，没有办法就只好关了您的博客了，否则造成对朋友的危害怎么向朋友交代？我想也没有更好的办法了，我的损失倒在其次，要是以我的名义伤害了朋友，那我的罪过可就大了去了！这是我最最不愿看到的！昨晚，辗转反侧无法入眠，想了一晚……

我读了后，心中好生感动。应该说，每个博友的每篇博文，都是作者用心血、时间、感情浇注而成，何况老先生以过花甲之年写成的文章，又是出自大家手笔，该是多么的弥足珍贵。可先生竟为了不伤害朋友感情而不惜关了博客，为人之诚，其情之真，可见一斑。为了不让老先生真的关闭了博客，损失了珍贵的文章，我就安慰他。

先生回复说："呵呵，那是我原来的老博客上发生的怪事……"

我怕老先生难过，又安慰道："呵呵，老先生好！很多事情心知肚明，却只能望洋兴叹啊。但是社会的进步、人类文明的发展，从来多是靠先知先觉来推动的，历代如此，历朝如是。"

这下又激起了老先生的精神："言之有理。感谢来访！欢迎常来指导！"

看到先生说要我常来指导，我心中诚惶诚恐，恐自己言辞不当，人微言轻，惹得先生不快，我忙回复道："老师客气了！您要是说指导，晚辈再也不敢说话了。只是和您性情相投，才敢在您这胡言乱语而已。

还请您多原谅。我一介草民，胸无点墨，空有爱国忧民心而已。指导二字，您折杀我了。"

谁知老先生正色道："用心交流，才是朋友的真谛，非常欣赏您的坦诚和睿智，愿结忘年交！"

见我半天不搭话，老先生马上又留言道："一字能赏亦为师，八斗惜舍也无能！"

我再也待不住了，立马回复说："谢谢您的高抬！愿长在您身边，时常聆听您的教诲与鼓励。虽然我不知您姓甚名谁，但我已从您的文章中读出了那一份从容大气和忧国忧民的拳拳赤子之心。为文为人，我都要时刻向您学习。"

"教诲不敢当，鼓励是一定的！只要不怕我骂你就行！姓啥名谁不重要，爱啥恨谁要分明。"

我说："能经常得到您的'骂'，是我的福气，求之不得！呵呵，双手献茶。那就是说您答应收我这个学生哦？"

"谢谢！不是收学生，而是交朋友。对了，我前几年写了一篇《朋友》，不知从老博客搬过来没有，一会儿我找找。"

我又回复说："您说得对，姓名本是一个人的代号，就像树叫树一样，人的名字和这个有什么区别呢？一个没有灵魂的人有名字又有谁知道他呢？就像臧克家写的诗一样'有的人活着，他已经死了；有的人死了，他还活着'。"

一会儿先生又回复道："您这样认真，我很高兴！那篇《朋友》找到了，那是我的交友观点，您不妨看看，以便了解我。"

我按照先生复制的地址，找到了那篇文章《朋友》，连夜读完。先生把"朋友"二字诠释得很透彻，我心中豁然开朗，便引用先生的原文给先生留言："朋友，就是要相互鼓励，相互规劝。要做就做善友、诤友、兄朋弟友。我懂了您的意思，愿与您做一个善友、诤友、兄朋弟友，呵呵。"

第二天，先生留给我一双握手的图标。

有一天，已深夜十二点了，我又在浏览老先生日志，读完后，留言向他问了好。一会儿老先生就回言过来。我忙回复说："谢谢您为推动社会文明进步所做的努力，向您致敬！"

此时，时针已经指向了凌晨一点，老先生回复说："今天只说两个字——感谢！"

也不记得是哪天了，我在阅览了老先生博文后，很担心老人身体是否吃得消，便留言提醒他："您每天都发表大量的博文，篇篇都那么高水准、高质量，一定要注意身体啊。千万不要累坏了身子啊。"

先生一会儿有消息过来说："呵呵，老骨头没什么大用了，粘粘贴贴为大家方便一些罢了，劳您牵挂，谢谢！"

我读了后，心中充满无法用言语表达的感动，忙回复他："您千万别这么说，忙归忙，您也要注意劳逸结合，保重身体，作为朋友，时时提醒您，是一个好友应尽的责任。见闻还和您有约，争取在您的鼓励下，参加作协呢！"

"谢谢！感动！我会注意的……"

在和这位老先生短短几个月来的交流中，我们已经成了真正的忘年交，每一次读完老先生的博文，我心中便多一份感动，灵魂便会受到一次庄严的洗礼。

2011 年 8 月 12 日

初见张俊纶老师

　　清晨的窗外，隐隐约约传来淅沥的雨点声音，将我从睡意中唤醒，未及穿鞋，便赤脚从床上跳下来，疾步走到窗边。窗外细雨纷纷，我的心情一下子豁然开朗起来。连日的抗旱，身心很是紧张和劳累，多么希望这场及时雨，能缓解当前六十年一遇的罕见旱情。一边穿衣，一边凝望这飘飘洒洒纷纷扬扬的雨丝，聆听细雨与久旱枯涸的大地轻轻细细甜甜蜜蜜的耳语，心中绷紧的弦，也随着这绵绵密密迷迷蒙蒙的雨丝开始舒缓起来。潺潺细雨像一湾清澈的溪水涓涓地流注我几近干枯的情思，灌溉着我如同荒滩的心田，激活着我已经麻木的思维。

　　"好雨知时节，当春乃发生。"本已呆滞的文思，这一刻又开始激情荡漾。由雨想到雨诗，由诗想到了自己写的母亲纪念文集，决定趁空和表伯（柳并耕先生）一起，应邀拜会《荆江文学》编辑部主任姜昌军老师。

　　一路上心中颇为惴惴，心想，姜老师应该有五十多岁年纪了吧？看他文章老成，笔力深厚，电话里谈吐热情周到，应属我文学上的前辈了。对于文坛，我早已久疏战场，前些日子寄给他的临阵磨枪之作，不知他会做出如何的评价。"文章千古事，得失寸心知"，偶尔兴手作来的涂鸦之作，我心里非常清楚，是实难登大雅之堂的，等会儿姜老师如直接把稿子退给我，那自己只有找个地洞钻进去了。

见了面不觉心情一松，原来姜老师年纪大不了我几岁，一脸平和亲切的笑容。在他的热情招呼中坐下来，彼此几句简短的嘘寒问暖，我心中的不安片刻烟消云散。看他如此的亲切随和，我宛若碰到了久违的故人，我们彼此很快就有一种相逢恨晚的感觉。姜主任问了我年纪，他比我年长两岁，让我直接把他喊昌哥，我看着他那双真诚的眼睛，呵呵一笑，立马改口叫昌哥，他露出宛若孩子般的灿烂笑容。

午餐，昌哥致电话给人大领导张主任，挂完电话，昌哥告诉我张主任一会儿就来，让我有受宠若惊之感。我并非因自己只是一个村支书而张主任是县领导自卑，许多年的坎坷与磨砺，我早已心如止水，视名利若浮云。只是早闻张俊纶老师为人正直，为政清廉，才华横溢，在我县文坛名气也有如泰山北斗，只恨一直无缘拜见。能有幸与他共进午餐，我从没奢望过。然张老师儒雅的气质、大家的风度、和蔼的言笑、亲切的关怀，很快打消了我的顾虑和紧张感。同餐的还有《荆江文学》编辑部的李长峰和文友田声传、刊物摄影家徐祖林等，我们在一起很快就融入文学上的话题，大家相逢恨晚，畅所欲言，格外开心。

生命中，美好的时光总是感觉过得分外的快。古云"与君一席话，胜读十年书"，多么希望能和这样的长辈、智者、学者和专家多坐一会儿，哪怕多一刻也好啊！可惜不能。只能和张老师在不到两个钟头的时间里，不舍地挥别。回来的路上，心中良久不能平静。

> 玉壶存冰心，朱笔写师魂。谆谆如父语，殷殷似友亲。轻盈数行字，浓抹一生人。寄望后来者，成功报师尊。

古人的这首诗始终萦回在脑子里。想起张老师临别时的殷殷寄语，心中陡增万丈的豪情。人一生中，有许多这样的如师如亲又如友、常被我们称为生命中的贵人或者说是伯乐的人，在与自己短暂的相逢中，与我们结下终生难忘的情谊，给予我们成长的帮助、关怀和温暖，指点迷津。只是不会每个人都能遇得到。我为自己而庆幸。

敬重张老师，除了他的文学、历史知识的渊博外，更敬重的，是他的为人。张老师还在路上时，我征求昌哥的意见，点什么菜以表达我对大家的敬意，昌哥告诉我，张老师一生都竭力倡导生态环保，反对捕杀野生动物。和他熟悉的人都知道与他一起吃饭的一个禁忌：餐桌上绝对不能有野生动物菜肴，否则，一定会引起他当场的严厉批评，造成尴尬气氛的。我听了一愣，一股敬意从心中涌来。后来读他出版的《吾乡吾土》《苦楝堂》两本散文集，书中很多篇章中，他对鸟儿等野生动物的殷殷呵护之情，对农村穷苦乡亲的同情之心都跃然纸上，让我久久感动不已，至今难以忘怀。

敬重张老师，除了他以身垂范、身体力行地致力于环保外，是他还鞠躬尽瘁地对外推广"监利"这个品牌和扩大监利的知名度，为发展监利的经济、凝聚监利的人气而竭尽全力，四处奔劳。

敬重张老师，还因为他给监利文学爱好者提供了一个精神的家园和笔友交流的平台。在红尘滚滚、趋利若鹜的今天，在经费极度紧张的状况下，他与昌哥一起默默地奉献着，苦苦坚守着《荆江文学》这份纯文学刊物，让监利的文友们有了一个心灵停泊的港湾。

唯愿好人一生平安！

2011 年 6 月 2 日

重　　逢

"少壮能几时，鬓发各已苍。"

这是杜甫写的二十年后故人重逢的感受。假若五十年后再重逢，诗人的感受又会如何呢？可惜我没有诗圣的才华，写不出杜甫这样千古流芳的诗作。而且，我一直以为，人生的旅途中，分别了或许就不会再有相逢的路口，一如落花流水，逝去了便不会重来。即便偶尔的相逢，早已是流年沧桑，物是人非，徒然给自己增添许多的惆怅和感慨，所以我也从不期盼故人之间的久别重逢。

我在田间劳作，好友李徽打来电话，说有位老人来我村寻访故人，让我帮忙打听一下，一会儿他引见来会我。想不到见面后，我接待的竟是与我阔别了二十多年的顾忠国，着实令我惊喜万分。而顾大哥告诉我，说他是陪年迈的父亲顾伯伯，来我村寻访一位阔别了五十年的故人，我的心里更是百般感慨和激动。

五月的江南水乡平原，早已是花红柳绿，草长莺飞。明媚的阳光里，黄的花，绿的草，显得格外的生机盎然。鸟儿在浓密的树枝里啾啾地鸣唱不停，声音清脆悦耳。乡村的五月，正是春色满园关不住、无边光景一时新的时节。

寻问故人的顾伯，却丝毫没有赏春踏景的心情。在寻访的途中，他的心情很急迫，向我娓娓讲述着 20 世纪 60 年代初他在我村工作时的点点滴滴往事，尤其念叨着他蹲点时一户普通农家曾对他的好。

我问顾伯，到底有多大的恩情，值得您不顾自己已八十三岁的高龄，辗转百里来寻访呢？

顾伯露出一脸孩子似的纯真笑容告诉我，那时的干部是如何与群众同吃、同住、同劳动，群众是如何地理解支持干部的工作。他那时作为一个地方公社的党委书记，派驻我村社教工作组，任主要负责人，住在一户叫匡翠武的农户家里。有一天内荆河涨大水，匡翠武与妻子偷闲网了很多的鱼，第二天上工时，忽然又想起什么，返回来送了一条半斤左右重的鱼给顾伯做菜肴，让顾伯伯这么多年来，一直念念不能忘怀。

我忍不住扑哧笑出声来，说，您这也叫好啊？

顾老正色说，我们的纪律，是要求不拿群众一针一线。我食了他一条鱼，心里牵挂了他一辈子。

我们听了，都良久地默默无语。

匡翠武老人是我们从田间寻访到的，听说顾伯父专程来看望他时，扔下手中的镬锄，连腿上的泥巴都没顾得上清洗，未来得及到屋里落座，他们就在这乡间的小路上，互迎着，执手相看泪眼……

这一刻，我似乎真正懂得了重逢二字的含义。好友李徽最先反应过来，立即拿出相机拍下两位老人感人的一幕。顾大哥此时更是难掩内心的激动，拿出早已准备好的摄像机，再次给我们集体合影留念。

相逢如歌，人世间的万千感人的情景，此时，似乎全被两位老人无声而又真实地演绎着。他们是既陌生而又熟悉的，透过岁月的印记，仿佛又回到了多年前。双手紧握，发自心灵底处的真挚，无声地传递着阔别了五十年的友谊和深情。路人停步，与我们一起为之动容！

当落花成冢，烟锁往事，还有几人能记得人生千万里的行程中，曾有人给予我们的一瓢一粟？"滴水之恩，涌泉报之"，是中华民族上下几千年来的传统美德，而真正能做到的又有几人？我感觉到顾伯分明就是传承中华文明美德的火炬手！

人间的真情，总是令人感慨唏嘘。八十多年了，岁月风雨磨砺，并没有淡化顾伯一颗纯真赤诚之心。我看到他此刻激动的心情，像清晨的浓雾般蔓延开来，牵扯着喉咙在颤抖。他在路上给我说的很多感激匡翠武一家人的话，现在仿佛被冻结在齿缝里，只剩下四手紧握、十指相扣和四目相对的老泪纵横。虽然双手锁不住如水的时光，但此时此刻，这感人的一握，会随着好友李徽与顾大哥镁光灯的闪动，永远定格珍藏在我们人生的记忆里，永远沉淀下来成为我们记忆深处无法言说的感动。

"你难得来一次，就让我问你个饥寒了再走……"

又到了该说再见的时候，顾大哥下午还有重要的事去办。匡翠武老人堵在小车的前面，不让车开走。

我看见匡翠武老人眼睛湿润，声音凝咽地拉着顾伯的手不肯放，他的妻子匆匆忙忙从家里端来二十多个鸡蛋，顾伯伯的手摇得像拨浪鼓，说什么也不肯要。我见僵持不下，怕伤了匡家二老的心，就劝顾伯，礼轻情意重，您就收下吧。未等顾伯伯同意，就接过来放在车上。

一条鱼延伸了您二老整整五十年的纯真友谊，现在再加一筲箕鸡蛋！我心里偷乐。

正午的阳光，透过春天厚重的云朵，穿过路边茂密的枝叶，斑驳地洒在我们身上。不知是阳光照射的作用，还是心灵有所顿悟，我感觉视线亮堂了许多，身心变得轻松起来。

我忽然想起一句话：不忘初心。不忘初心，便是不忘最初的本真，不忘内心深处那颗纤尘不染的纯心，不忘流淌在血脉深处里的至诚。或许正是因为顾伯始终不改那颗对百姓的纯心与至诚，他今天已远超古稀

249

之龄，才会如此的健康长寿吧？看来老人们常说的那句好人必有好报，还真是不假。返回的途中，我躺在后面座椅上，一路肃然地注视着前排这位可亲可敬的长辈，心里翻滚着阵阵温暖的感动。

2012 年 5 月 9 日

一半是橘子，一半是温情

如果长路可以奉献给远方，玫瑰可以奉献给爱情，

而我，该拿什么奉献给你们，我的恩人？

——题记

从儿时到现在，我一直怕欠人家人情。小时候在父母身边，偶尔听他们黯然地感慨"钱债好还情难还"时，我就暗暗下定决心，长大以后一定不欠人家人情。长大以后，屡逢亲戚朋友有丁点儿好处在我身上，我必投之以桃，报之以李。后来又读到《礼记·曲礼上》上说："往而不来，非礼也；来而不往，亦非礼也。"中华民族是礼仪之邦，古代先贤几千年前尚且如此，就更加坚定了我不欠人家人情的决心。在我博客上，我曾这样标榜自己："问心无愧，是我一生致力追求的最高目标。"这一辈子不能不欠任何人的人情，我想这问心无愧四字，或许，我能够做得稍好一些。

回想自己这一路坎坎坷坷走过来的历程，心中惭愧不已！虽不曾欠人人情无数，可屈指数来，还是欠下些人情令我不能释怀。最先欠下的人情并令我屡屡想起郁郁于怀的，当是舅奶奶的那半瓶橘子罐头。

我上初中时，家中贫穷。父母亲虽然一生勤俭，起早贪黑，拼死拼

251

活地在地里劳作，也难挣到供我们兄弟几个的学费。父亲为此常常失眠，刚到四十岁，头上的白发在阳光下已亮得耀眼。每当收工劳累之后，父亲回家总爱发脾气。我们小几个一看他脸色不好，骇得大气都不敢出。在这种窘迫的气氛和环境中，我主动给母亲说，我想出去寻点事做，挣点学费来减轻家里的负担。父亲听了很高兴，说："男儿十五抵父职，女儿十五攒家财。你是应该替父母做些事情了。"于是没几天，就给我联系上了活儿，到表叔的酿酒槽坊去打下手。打下手，其实就是干苦力活儿。那时，我十五六岁的样子，每天要在槽坊用大桶挑一百多担水供酿酒用。表叔一家人看我干活老实勤快，很是喜欢。舅奶奶那时已经有七十多岁的高龄了，拄着根藤木拐杖，常常会走到槽坊的大门口来看我挑水。她把双手扶在拐杖上，一再嘱咐我歇会儿，歇会儿。我那时比较腼腆，不爱多说话，就不好意思地对她笑笑，说我不累。舅奶奶就叹口气说，唉！这孩子……又磕磕绊绊地走了。

我明白舅奶奶叹气的意思，她是在怜惜我不该这么小的年纪就来干这种苦活。她不知道，其实我很知足也很快乐。我终于也能挣到钱了，并且，自从来槽坊打工后，父亲再也没有无缘无故地骂过我，而之前，三天两头被父亲训斥喝骂是家常便饭。

舅奶奶住在隔壁的另外一间屋子。一天中午，我挑完水正擦把汗时，舅奶奶忽然叫我，我回过头来，见她正用手连连招我，示意我到她那边去。我想舅奶奶一定是有啥重物搬不动求助我，想起她平日对我那么关怀，心头一热，便捷步而往。舅奶奶见我来了，回转身向屋里走去，我循着她的背影跟进房间，舅奶奶手里已拿着一瓶橘子罐头，塞到我手上，压低声音着急地说，快点吃吧，不要等他们看见。我知道她指的是她另外几个孙儿，而且，她更担心的是被表婶看见，斥责她不心疼自己的嫡亲孙子而亲外人。我连连摆手，怎么也不肯接，转身欲离去。

舅奶奶顿时急得小脚直跺地，脸上呈现出焦急而又痛苦的表情。她是旧时代的女人，裹着小脚，平时走路都不稳，靠拐杖扶持着。我恐她伤了脚，只好接过罐头，拧开盖子，三下两下，狼吞虎咽吃完，恐耽误的时间长了而连累她，来不及道谢，就急匆匆地跑了。

20世纪80年代，农村实行联产承包责任制不久，农民刚从饥荒走向温饱，生活还是很贫穷。那时，村民们都窝在家中，靠地里刨点粮食糊口，家里养几只鸡鸭，圈里喂头猪，来挣点钱维持日常的开支。商店橱窗上的橘子罐头，是我平时可望而不可即的奢侈品。虽然一瓶罐头只要两元五角，可我一天汗透背衫的工钱只有两元，是下不了狠心去买的。舅奶奶的橘子罐头，应该是哪位亲戚来看望她送来的孝敬品。

橘子罐头很甜，那种甜滋滋、爽凉凉、滑入喉咙沁入肺腑的甜爽感觉，至今回忆起来，仍觉得是自己苦涩的人生中一件少有的美好回忆。以后的日子里，我也经常去买橘子罐头吃，却再也品尝不出当初舅奶奶塞给我的半瓶橘子罐头的滋味了。直到现在我还是有些纳闷：到底是后来的橘子在种植时受到了化肥农药影响变了味，是生产加工技术像武功秘籍一样失去了真传，还是我运气不好买到变了质的橘子罐头？

或许都不是，是舅奶奶递给我的半瓶橘子罐头里，一半是橘子，一半是温情，才令少年的我刻骨铭心、终生难忘。回到槽坊后，我一边默默地低头干活，一边暗暗地发誓，我以后有钱了，一定以十倍的好礼回赠舅奶奶。

几年过去了，我从一所学校转到了另一所学校，可我还是一个穷得连早餐也吃不上的学生，繁重的学业也迫使我把当初对舅奶奶的誓言淡忘下来。再后来，听父亲在饭桌上谈起表叔兄弟之间闹分歧，酿酒作坊已关门停业。听说舅奶奶又回到乡下老屋居住，我再也没看见她老人家了。又过了几年，我想起舅奶奶来，向母亲打听她现在的状况和安康，母亲幽幽地说，早去世了。我一个人偷偷关上房门，再也忍不住失声痛哭。

我痛恨自己无能，恨自己食言，不能兑现心中的承诺啊！

2013 年 11 月 3 日

滕　　姐

　　已经到了深秋，北京的蚊子还是很多。从滕姐的卫生队宿舍搬过来后，一直没有睡过安稳觉，每晚都被蚊子在耳边嗡来嗡去，滋扰得半睡半醒、迷迷糊糊，早晨起来一照镜子，眼袋浮肿得老大。

　　北京的蚊子和老家的蚊子不同，躯体呈灰褐色，粗壮嗜血，耐寒能力极强。我都穿了厚厚的羊毛衫，手露出来已感到清冷了，蚊子大白天的还会从办公桌底的阴暗面钻出来把手背叮一下，毒性很大，被叮的部位立时红肿发痒，用手反复搓揉多次，红印也不见消退。不像家里的蚊子，叮一口啥事也没有，到了秋天就消失得无影无踪。可怜我脸上已是皮包骨，它还是狠心下得了口。夜里更是像战斗机似的在头顶上嗡嗡盘旋着，不知从哪个方位俯冲下来，猛地叮一口。把我疼得从浅睡中惊醒，气恼地从被褥里伸出手，照着叮的部位狠狠一巴掌拍过去，但听见巴掌在脸上啪地一响，手掌感觉却是空空的，它又早全身而退了，等于逗我自己甩了自己一耳光，让我恨得牙痒痒的，却又对它丝毫没有办法。实在没辙，咱惹不起躲得起，把头蒙进被子，让你去啃被子干着急好了。可一会儿，又有几只蚊子钻进了被子，这回没有直接在脸上扎针，却在被子里嗡嗡哼个不停，呻吟声比头在被子外边时更吵人。实在不堪其烦，提起被角猛抖几下，放它出去的同时把头又伸到外面来。可

255

蚊子丝毫没有感恩之心，照样叮我没商量。夜越来越深，人也越来越困，干脆心一横，让它吃个饱好了。第二天起来刮胡子时，站到镜子前大吃一惊，满脸血迹模糊。什么时候打死的蚊子，自己都不知道。忽然明白，可能是蚊子吃得太饱，飞不动了，它的细脚拨弄得毛孔痒痒的，被我本能伸出手打死了吧。心想，按理被子上也有血迹了，掀开被套一看，果然，被口上多处血迹斑斑。心里懊恼得不行，不是心疼鲜血被蚊子吸去了多少，而是心疼我的被子，被子是滕姐新买送给我的，我珍惜得不得了。

被滕姐推荐到新发地市场来工作，心里压力很大，唯恐自己做得不好，就像自己的老祖宗项羽一样，"无颜见江东父老"了。

来北京时，心中已恓惶万分。当了两年支部书记，把家里一点积蓄败了个精光不说，还欠下一屁股债。去打工吧，年纪大了，一茬一茬冒出来的小年轻，自己哪比得过？整天在电脑上以棋浇愁，人很快消瘦下去。挚友再武看我愁得不行，每天晚上都会以散步为借口到家里来，邀我出去走走。说，实在不行我去给校长说，你来教书吧。他满脸诚意地征询我。我摇摇头，代课教师那点微薄的薪水，对于眼前债台高筑的我，已经是远水救不了近火。其实，自己何尝又不想过一种清静的日子，每天教学之余，与再武谈诗对弈，过一种闲云野鹤的悠闲日子，只是，生活已经把我逼得没有了退路。我必须迈出家门，寻找一种既能生存又能发展的事。乡友桃园在北京经商多年，他的孩子佛尘在市场给人打工，听说一天可以赚一百五十元，自己就想当然地推算，那么一个月就是近五千元，减除房租水电生活费，还能剩个三千元，三五一十五，五个月下来，就有一万五，可以解解燃眉之急了。于是反复地央求桃园，让他孩子给我在北京找点活儿干，最后来到了北京打工。

这段时间，内心一直在犹豫纠结，到底落不落笔写一篇感恩的日志，把到北京来滕姐对我亲人般的关怀和帮助，以笔为相机从岁月的片段中拍摄出来，留存到我的《身边的感动》系列集中去。滕姐的恩情像一块石头，压在心头时刻令我不能释怀。古人说，滴水之恩，涌泉相报。可是我现在身无分文，孑身孤影，连请她吃一餐饭都是个问题，心中实在郁闷不已。唯一能做的事，就是以文字把滕姐的恩情记录下来，镶嵌进自己人生的里程碑中，提醒自己时刻不忘感恩。但是，提笔该怎么写，我真的没想好。"千里送鹅毛，礼轻情意重。"一床被子绝不能用金钱去衡量它的价值，如果这样想，我的人格将不值一文。把一床被子的恩情，怎样提高到一个认识的高度上来，是一件颇费苦心的事，如果还没有想好就去落笔，未免失之草率。在这样矛盾纠结的心情中，时光匆匆如流水，转眼一年的光阴流逝过去了，而博客上竟未染一墨痕迹。

想起自己出身贫寒，现在被生存所迫，孤身一人来到北京，身无分文，举目无亲，在商贾富亨如云的新发地市场，凭自己区区一小管理员的卑微身份，不知何年何月才能还得滕姐人情？屡屡思来，不由双眉紧锁，恨不能做捶胸顿足之状，缓解心中痛苦。

2013 年 12 月 7 日

一枝一叶总关情

——张玉玺董事长随行琐记

像往常一样，张董又准备悄悄地到市场巡察调研。跨出门前，他回头问我现在几点。我说九点半。我们必须在十点半赶回来，我瞄了一眼腕表回答后，猛然想起后边的事，又补充一句。

昨晚接到两个重要的约见电话，我已给他做了汇报。我也明白他问我的意思，一是说现在还有点时间，正好到下边走走，了解情况；二是示意我别忘了到时提醒他。跟在他身边数月来，我们已能彼此心照不宣，相互默契。

我常常深深地为他的工作精神所折服，这不是一个年过花甲的老人所应该表现出来的忘我状态，完全是一个年轻人干工作拼命三郎的架势。我跟着他常常感到身心疲惫，却又被他的精神所感动，而不得不勉力地振奋起精神。在千头万绪、纷繁复杂的事务中，他的身心没有过片刻的空闲，这不，他又惦记起新开通不久后的强农门交通秩序，还有强农门边上那块新空出来巴掌大的小块闲置地。

强农门边上，有一个铁弧圆拱门，不久前，这里车水马龙，往来如织。为改善这里的交通状况，市场历时一年，在旁边新建了一个宽阔的进出大门，气势巍峨的门楣上，行书体的"强农门"三字遒劲奔放，象征着这个市场的蓬勃生机和活力。原来进出的通道被打上了围墙，相对于不远处熙攘的市场，这块地方便变得落寂下来。

我总觉得这地空着有点浪费……他挠了下头上日渐花白稀疏的头发，环顾四周，喃喃自语，又好像想征求谁的意见。身边只有看守场地的一位老伯，怀着对他的敬意，又好像自责自己文化程度低，帮不上他忙，带着些许的歉意默默对他微笑。

这是一块很不规则的狭角地，墙后边就是马路，前边是商租房。显得并不宽敞的院子内，一辆废旧的汽车占据了一角。

这是谁的车，为什么不迁走？他问。

派出所处理的车，就一直在这闲置着，很多年了。保管员老伯有些无奈地回答。

他蹙紧了眉，显然意识到了这是个棘手的事，便不再看那车，一转身，却又看到了一台电子磅秤。谁的？他问老伯。

一个商户占道经营，又屡不听劝，只好……暂时放这里了。老伯知道他向来尊商，回答得有些理亏。

处罚不是目的，是手段，关键靠说服教育啊，打电话还给人家吧。他温和地说。

走出门时，正好碰到来搬回自己磅秤的中年商妇，他亲切而又诙谐地问：咋啦，犯了啥错误？说着，弓腰就要搭手帮那妇女搬那台不到二十斤重的电子磅秤搁置上车。商妇脸就唰地红了，一个劲地儿说"谢谢！不用、不用……"

出得院外，他让我给基建办计主任打电话，我刚打完电话，他又嘱咐一句：把小顾也叫来。他说的小顾是市场的常务副总。盛夏的上午，阳光透过院旁浓密的树荫，斑驳地洒在他脸上，能清晰地看见他额头已泌出一层晶莹的汗珠。他用手背拂拭了一下额头汗水，顺手取下老花

259

镜,从上衣兜里夹出绒布擦拭。我清楚他这个动作,一般是在等人心里急迫时,他才擦拭自己的老花镜片,换了在工作的时间,哪怕是上面蒙了老厚一层灰,他也是顾不得的。我于是又摸出手机,催促计主任和顾总。

把这里重新改造下,租给陈德青做库房。把树要保护好啊,树也是生命,有灵气的,毁坏一棵树,相当杀一个人。他一边用手丈量树围,端详树的长势,一边叮嘱计主任。

他提到的陈德青,是市场的一个商户。前段时间,应成都浦江县人民政府专函邀请,他赴浦江考察农业时,听当地政府介绍,北京新发地市场的陈德青为当地农民销售柚子做出了不少贡献,于是,他记住了新发地市场六千多商户中的这个名字,关心地问他还有啥困难,当得知陈德青一直租不到库房时,这也成为他今天拨冗来市场的另一个目的。

他抬起头,目光扫到门楼一角,忽然生气起来,对计主任怒斥道:你看看,这炮楼的边角悬着几块砖头多危险,如果被风一刮,砸到下边的人怎么办?这说明你平时工作根本就没用心过!顿了顿,他的神情和语气变得缓和起来。马上找人给我拿了它啊。临走时,他又再三叮嘱。

从原路返回,闻讯而来的保安、交通、卫生等部门的负责人都已远远地恭立在周围,静候。整个气场和大家的神情,让人感觉到一个大家庭才有的那种亲敬、亲和氛围。不远处的调解中心门前,排了两张桌子,穿戴齐整的工作人员在向路过的商户讲解着什么。待到近前,才看出是北京农商银行在向商户宣传怎样识别假币,并赠送假币识别仪。银行女经理看来和张董是老熟人,老远就打起招呼。

你们来,咋不给我说呀,我给你们找个好地方。张董乐呵呵地搭讪。

银行女经理回答得很诚恳:张董,您是大忙人,这点小事我们不敢麻烦您。

他便停下脚步来，站在刺眼的阳光底下，认真地读起银行印刷的关于怎样识别假币的小册子来。他的驻足，很快引起来往商客的关注，几分钟时间，小桌前便聚拢了十多个人，银行工作人员忙不迭地给大家发资料，做讲解。银行经理感激地说：张董，您看您多有影响力啊，您一来就为我们带来了人气。

他就不置可否地笑笑，从口袋里掏出刚才谁递给他的小瓶水喝了一口，忽然想起水来，忙要身边的顾总去安排给银行的工作人员送些矿泉水，并在对方的客套声中离开了人群，继续往前边巡视。

在刚刚招标不久的"司机之家"门前，他跨进还一片凌乱的旅社门里，环顾里边的装修情况，叮嘱顾总早点把旅社租出去。闻讯赶来的交通部经理张连明请他去湖北厅路段看看，能否让司机将配货等待的空车暂时停放在湖北厅后边的辅路边。他欣然同意前往，我的手机电话铃声却响了起来，是办公室里打来的。

来访客人已经到了，我小声地汇报他。

哦，那我们看完湖北厅这段就走吧。他温和地回应我，转身钻进小车里。我们赶紧跟随他，又匆匆地朝湖北厅路段出发……

二十六年来，他就是这样数十年如一日地埋头苦干着，默默奉献着，为新发地的发展殚精竭虑，呕心沥血。

2014 年 8 月 2 日

离湖翁来访记

一

我曾自诩东篱，明眼人一看便知，我这是效仿陶渊明的"归去来兮"，欲归隐田园之意。也是，许多年的磨难，我早已窥破功名，心如止水，现在如果还有深山古寺，我连落发为僧的心思都有。在这种醉眼蒙眬的状态中，如果有一个人，能在自己生命的旅途中，反复与自己擦肩并迸出火花的，我认为这一定是与自己有缘的人。

离湖翁便是其中之一。离湖翁是他的网名。这个名字最初能镶嵌进我记忆时，是我发布于边江论坛上的一首习作——七绝《荆岳长江大桥》，原文是："千年天堑锁乡关，多少离人涕泪潸。卧水长龙今跃起，湖南湖北尽开颜。"

版主离湖翁阅后在下留言："我给你改动一字，湖改为江，意境要开阔一些。"

我欣然回复，"感谢老师雅正"。我的回复不仅仅是出自礼仪，更多是源自肺腑的敬意。唐末诗人郑谷以文会友，有个叫齐己的和尚仰慕郑谷才名，前去拜会。郑谷读到齐己的《早梅》这首诗时，不由得深思起来。郑谷吟道："前村深雪里，昨夜数枝开……"郑谷对齐己说："梅花数枝，就不算早了。不如把'数'字改为'一'字贴切些。"齐己听了，惊喜地叫道："改得太好了！"便恭恭敬敬地向郑谷拜了一拜。这是中华民族文化礼仪里，"一字之师"的来源。读圣贤书，立君子品。先人的智慧与血汗，交织熔铸成中华民族五千年的文化，代代相承，才展现成泱泱国风。我对离湖翁老师焉能不敬？

对一个有印象的人或事，关注稍微多一些，是人的本能。我开始留意并拜读起离湖翁老师新发表的文章来。他的传记小说笔触细腻，场景描写让人如临其境，人物刻画惟妙惟肖，展现出非同一般的文字功力，令我倾羡不已。最初，我顾名思义地以为，他是我县离湖诗社的社长段先锦先生，因为段伯一直对我青睐有加，寄语殷殷。读到小说后面的章节内容时，我又感觉这分明是另外一人。段伯的从政简历我已听说过，他没有乡镇党委书记的经历。我心中一时迷惑了，但也不好求证他人，恐落下攀权附贵的嫌疑。死要面子活受罪，是我与生俱来冥顽不化的劣根。

晚上，思君大哥打来电话，说离湖翁想明天前来我寒舍拜访。我诚惶诚恐！思君大哥是边江论坛的创始人兼掌门人，也是圈子中有口皆碑的谦谦君子，再加上神交已久而尚未谋面的离湖翁老师，想我区区一介山野村夫，何德何能！焉敢动用拜访二字？唯颤颤然嗫嚅不已。思君大哥告诉我，离湖翁本名谢均福，现系我县某局副县级主职。这次来，主要是以文友身份相会，与其他并无半点瓜葛。大家在一起"开轩面场圃，把酒话桑麻"，不也是人生一件快事吗？我才放下心中一块忐忑不安的石头。

二

早晨的天气，阴晴不定。出门时还见晴空万里，接到思君大哥的电话赶回来，已是雨意迷离，天空一片灰暗蒙蒙。门前泊着一辆黑色的丰田轿车，几个人坐在家门前。我只认得其中的思君大哥，忙歉意地打招呼，思君大哥一一介绍给我。能与心仪已久的良师益友谋面，是件欣喜的事情，我握住先生的手，激动不已。先生在我与其他宾客握手致好的空暇，打开小车尾厢，将一沓书籍礼品递给我，并一一予以简要说明。我忙双手接过，连连表示谢意。我知道先生屈尊寒舍，是错爱我的那些难登大雅之堂的涂鸦之作，便不嫌自惭地将几本有自己习作入选的书，回赠给先生做纪念，计有《当代作家诗人作品选》《当代文学作品选》《当代网络诗歌精选》三本，且让先生阅后贻笑大方。

与先生共话我县当前文坛事，皆扼腕叹息不已。我县文坛的多家单位，都各自为政，画地为圈，彼此鸡犬声相闻，老死不相往来。文学艺术本无疆界，却被人为地编织上了重重无形的藩篱，隔断了文学爱好者相互交流的舞台。

我带你们参观一下我村"白骨亭"吧。看着先生陷入深深的无奈与困惑，我提议。先生欣然应允。

我村无名"白骨亭"墓地，是解放战争前，红三军阵亡和伤亡的战士集体的墓地，位于我村八组内经河边。多年来，一直未得到丝毫的保护，大片烈士的遗骸暴露于荒野，惨不忍睹。村民们自发地用土砖垒砌了一个简易的空心六角亭，将现诸眼底的烈士遗骸搜集盛放于亭内，这块无名荒地，也就有了远近闻名的"白骨亭"名称。

公路残破不堪，道路正在重修。我们一行六人只好弃车，踏上两米多宽的村级水泥路，缓步前行。深秋的天气已经很寒冷了，路两旁的樟树仍然枝叶茂盛，丝毫没有衰瑟的迹象，可两旁的农家却是十室九空，铁锁挂门，显得一派冷寂。大雁南翔了，而外出的人们为什么不踏上回家的路程？城里的朋友问。因为生存。我笑答。离湖翁、思君大哥与我相视一笑，不再作声。短暂的沉默中，我忽然想起白居易的《琵琶行》中一句：别有幽愁暗恨生，此时无声胜有声。不由心中莞尔。

20 世纪 80 年代以前，我村农户均沿内经河堤陈列散布。新农村建设后，农户陆续搬迁到公路两旁居住。内经河堤上，目前除极少数老人留守在废弃的瓦房，基本上已成一块无人涉足的角落。"白骨亭"坐落在偏僻的内经河一隅。内经河是一条古老的自然冲击河流，从属于古夏水的一支。据《左传》记载：昭公十三年（前529 年），"（楚）王沿夏水出江津于江陵县东南，又东过华容县南，又东径监利县南，又东至江夏云杜县入于沔"。由此推算，我村后面的内经河已有近两千年的历史了。在儿时的记忆中，内经河漩涡湍急，滚滚直入洪湖，再入长江。屡有货轮游弋，汽笛之声数里可闻。80 年代初，每年会在我村村头举行一次龙舟竞赛，两岸观者如云，人潮如涌，蔚为壮观。

往事不再。这条九曲十八折的古老河流，一头扎进了历史，再也不复当年的飒爽雄姿。与先生伫立河畔，思绪一同陷入往事的回忆中，久久不能自拔。两岸枯藤古树，盘根交错；杂树野枝，层峦叠嶂，见证着河流的源远流长。一汪如镜碧水，像一个风烛残年的老人，躺在静静的一角，无奈等待着命运的宰割。

穿小径，拨荒藤，瞻仰先烈遗冢，是我们弃车徒步的目的。一座低矮残旧、用土灰砌成的简易砖亭呈现在我们面前。我给大家介绍，这就是盛放无名烈士遗骸的"白骨亭"，它的斜对面就是原红三军六医院遗址。当年从前线源源不断送下来的伤病员，安排到红六医院救治，由于缺医少药，许多红军战士得不到及时的治疗，遗体就全部草草埋葬在这片荒废的河滩。

思君大哥取出相机，拍下被风雨侵蚀一触即倒的残亭。有朋友移开亭孔，亭内聚满森森白骨。目睹，令人全身汗毛倒竖，同行的谢嫂惊恐得背转身去，不忍再睹。离湖翁老师让朋友依旧将亭孔合上。我们心情均无比难过。

步下陡坡，先生负手凝眉轻叹。

三

洪湖瞿家湾镇，与我村一衣带水，数里之隔，是湖北省内著名的洪湖湿地风景观光点，也是红色革命旅游线路之一。瞿家湾是一块红色的土地，当年革命的火种，曾遍及这里的每一寸土地。贺龙、周逸群、段德昌等老一辈革命先烈曾在这里浴血战斗过。昔日的湘鄂西革命根据地首府，坐落于这条饱经沧桑的老街上，老街现在早已列入了国家文物重点保护单位。革命旧遗址有三十九处之多，是国务院批准的全国优秀爱国主义教育基地和湖北省国防教育基地。来到我村，不去毗邻的瞿家湾游览一番，当属憾事。

我们驱车几分钟就到了老街。拱形的街道门楼两边，悬挂着国务院和省政府颁发的牌匾，由于时间的久远和未得到及时的修护，风雨已模糊牌匾上的字迹，但尚可辨认。

青石板铺就的街道旁，飞檐翘角、雕梁画栋、造型别致的民房古色古香，虽然都是以后仿古重修，依然沿袭了江南明清民居古朴典雅的风格。临街窗格装饰艺术考究，是我国传统文化的深层次积淀，蕴含了丰富的传统儒家道德伦理思想，以及人们对美好生活的向往。造型严谨，结构清晰，内涵丰富，集富贵之象、儒雅之风于一体，令人叹为观止。

古街两旁铺子所卖商品，都是来自本地民间传统手工艺品和具有浓郁水乡特色的食品。洪湖莲子、阳干刁鱼、手编篾篓、花篮等。谢嫂看着一款玲珑精致的小花篮，爱不释手，我忙问编织的老农多少钱。"四十元。"老农依然低头专心把弄手中活计。物美价廉！我心中一阵惊喜，忙掏钱包，立时心中一窘，忘带钱包了！离湖翁老师已步出门外，回头见我欲掏口袋，对谢嫂正色叮嘱道："你不要让见闻出钱哪！"谢嫂冰雪聪明，莞尔一笑，随即跨出篾匠铺。算是解了我的尴尬之围。

有朋自远方来，不亦乐乎？可是囊中羞涩，让心情变了味。本想参观游览完毕后，尽地主之谊，请大家尝尝洪湖的水乡特色菜肴，现在只能改弦易辙了。我就忽悠先生说，现在雨下得比先前好似大了些，我们不如从洪排大堤上走，参观完大溪文化遗址，再到柳关街吃饭吧。

到了柳关，就是我的地方了，人熟，我就可以赊账。朋友们欣然认可，可他们哪知我的苦衷呀。

2012 年 12 月 13 日

我年少时的笔友们

——兼致我们三十年不悔的年华

那时候，我们都有梦，心中有诗和远方。我们也是这个小镇上人们眼中的"怪物子"、口中嗤之以鼻的另类。我们笑傲江湖，不与群为伍；我们忤逆父母，离经叛道，不肯安心事农。我们还不约而同地给自己安了个雅名，自封齐天大圣。

夏蹊姓柳，自号"东篱五柳"。他以人为镜，喜欢陶渊明的归隐田园、寄情山水。"采菊东篱下，悠然见南山。"那该是多么诗情画意的惬意人生！立志效仿陶潜的他，宁可碗米无存，也要保持"不为五斗米折腰"的气节。

王为璋号"玉芙蓉"。玉喻君子，再缀芙蓉，显然是以物为镜，警醒自己修身养性，"出淤泥而不染，濯清涟而不妖"。

会神在镇政府工作，姓柳，给自己取笔名"柳林"。福田寺镇机关大院，背倚四湖河，漫长的河岸两边，密密麻麻地生长着柳树。柳树喜湿，遇水即长，成为保护河岸堤坝、抵御洪涝灾害的护堤卫士。会神青年从政，便给自己取笔名"柳林"，誓要做一个呵护、守卫老百姓生命财产安全的卫士，做人民的好公仆。

我则几易其名。初名剑文，取文武双全之意。后又颠倒过来，谓文剑，以文为主。随着年岁增长，现在又更名拾雅阁主人。

王启立笔名"耶夫"。"是耶非耶"？我至今都未明白他的感叹。但他写得一手工整的小楷，曾手抄一本自己的诗文赠我。他有一首发表于《诗神》刊物的《万安寺》，曾经得到当时国内著名诗人的好评。他的诗歌才华横溢，激情澎湃，文采飞扬。三十年过去了，我从一个风华正茂的青年，已到华发初生的年纪，犹能背诵他《万安寺》结尾离骚式的两句叹息：

> 万安寺啊万安寺，
>
> 你何曾以万安？
>
> 残骸上斑驳的锈迹，是你无法摩挲的凄婉……

还有阴阳两隔的张竹林老师；早已音讯无通，后来弃文从武、弃武从商的黄西波。

那时，夏蹊的稿已经经常被湖北人民广播电台选播，散文、小说也常发表于《长江文艺》等著名文学期刊；为璋的通讯新闻稿常常见诸《荆州日报》；会神的诗歌也时不时地出现在报纸的副刊；启立的诗不用说，一个名不见经传的文学爱好者，在诗坛创造了轰动一时的奇迹；竹林老师与黄西波比较心高气傲，虽然很少向刊物投稿，但和他俩聊天时，他们从弗洛伊德、莎士比亚到孔子、孟子等，古今中外、天文地理、人物、学说、经典史例，均能旁征博引，信手拈来。

我那时十九岁了，才混了一本监利县离湖诗社会员证。我是这帮兄长们面前的小弟，他们都是我攀登文坛高峰路上的标杆，是带我开启文字之旅的启蒙老师和我人生路上的良师益友。他们当中，我年龄最小，他们都出生于 20 世纪 60 年代，只有我出生于 70 年代。可他们从未因为我在文学路上的牙牙学语而将我拒之门外。相反，给了我兄长一样的呵护、亲人一样的温暖、严师一般的鼓励和关怀，令我至今难忘。

那时，我还是单身狗一个，这帮兄长均已成家。我身无约束，便常常去他们家拜师访友。去时也没个礼节，都是两手空空上门，在人家里，有时还一连吃住几天，脸皮厚得不知进退。现在想起来，还是这帮文友一个个真心待我，又或者是他们本非常人，早已看破俗世，心纯如水，毫无世俗的功利。

印象中，在夏蹀、黄西波、柳会神家里叨扰是比较多的，好几回吃住就是几天。记得每次去夏蹀家，他总是第一时间拿出他的新作，给我一睹为快。他箱子里的书，大多成了我眼馋得手的猎物，每次去他家，我都会抱书而归。而每次夏蹀应我恳求，借书给我之际，我看得出他对自己爱书的不舍之情。可恨我在借书之后，却很少主动归还。家里现在还保存有扉页上他署名的书籍，屡屡看到，惭愧不安！

我爱书，爱到了有点像孔乙己的地步。借了他的书，却又抱着侥幸心理，盼着他早已把我借书未还的事忘记。只是，因果有报啊，这种被借书不还的现象，在我身上也屡屡发生。

儿时，我省吃俭用，节省下来的钱都用来买书，可至今家里书一本无存，都给文友来访借走了，也从未有人主动归还于我。有一次，瞿家湾的一文友看中我一本刚买来的新书，死活要借，我是死活不肯。文友振振有词地说："书，非借不能读也！"

我只好欲哭无泪，眼睁睁地看着他把书拿走。心里也明白，吾书此去，羊落虎口矣！

在黄西波家里一住几天，心里还算踏实。至今觉得不亏欠于他。每次吃了他家饭，便要帮他干点农活儿。但我一直认为，黄西波在我们这帮人中是最聪明，天资悟性最高的。他学什么，很快便能有模有样。我结识他的第二年，他正琢磨着转型，准备弃文经商。20 世纪 90 年代初，文学已逐渐边缘化，许多昔日的作家诗人纷纷下海，文学已不再是令人仰慕的圣堂，变得功利起来。黄西波开始钻研起古玩鉴赏，却苦于没有资本倒腾，只好把手里唯一收藏的一座佛像变卖，然后跑到武当山，拜道长学起了太极拳。他学了两年，居然获得了全省太极拳比赛的冠军。然后，以省冠军的名气，在广东湛江医学院教起了大学生的太极拳。可惜，到底是年轻，他说，和一个医学院的女学生有了感情，可是考虑到自己像无根的浮萍，只好选择落荒而逃。他对我说这番经历时，已是从湛江回来的第二年了。再后来，便彻底地失去了联系，至今音信全无。

想起他发表在《荆州报》上的一首小诗，名《寄语小船》，"静静默默的小船哟，为什么搁浅在了沙滩，停止了扬帆起航？新的机遇已经开始，浪花正从远处涌来……"唯愿他把握时代的机遇，从此扬帆万里。

想起为璋兄及嫂子，至今心中满是歉意。为璋那时在村里当会计，有次冬天去他家时，为璋正在帮嫂子厨房灶里添柴火，见我来了，忙不迭地把一块刚烧烤好的糍粑递给我。我再三推迟，还是抵不过他的盛情。对为璋兄嫂的歉意，是承蒙嫂子对我的器重和信任，欲将姨妹介绍于我，可我那时正惶惶于一事无成，心中惴惴而婉言推却，辜负了贤兄嫂一番信任。

年少未成家时，叨扰会神也是叨扰得蛮厚。1991 年，我不满足于老待在一个镇办企业当会计，心情郁闷地来到在管理区任副主任的会神处，一住就是一个多星期。会神忙的时候就把他所有的文学书籍、作品全部拿出来我读，不忙的时候就陪我说说话。我没带换洗衣服，他就找出自己的衣裤给我换洗，每天早晚带我到食堂就餐，并把自己在婚姻感

271

情上的事说给我听。那时，和他一起在管理区的还有我一个表兄，表兄见了我，也只是打了个招呼而已。几十年来，会神和我在一起，总是这样默契，默契得情同手足。

只是，岁月是把刀，它刀刀催人老。一转眼，三十年光阴如水逝去了，我们都已人到中年。回想起儿时的这帮笔友，尽管时光沧桑了容颜，可喜的是，至今依然一个个初心未改。

之前，会神相继出版了《流泪的诗人》《带血的玫瑰》两部诗集，前年迈入了湖北省作家协会；夏蹊这些年致力于小说、散文创作，在各种刊物上发表了上百万字的作品，成就也非同一般。他在《幸福监利》公众号发表一篇短文，引来点击率过万，可见人气和影响力。为璋是个多面手，散文、新诗、小说、通讯，样样精通，早已被各种文学群公认为知名作家。王启立、黄西波虽然不知下落，但以他们的聪明，想来境况也应是不错。

生活总是大浪淘沙，该留下的总会留下。"子在川上曰：逝者如斯夫，不舍昼夜。"人生如白驹过隙，三十年也只是弹指一挥间。可幸的是，回首这三十年的过往光阴，我们都用自己手中的笔墨留住了岁月，抒写了自己人生的青春不悔。老友几个，都各有所成，没有虚度年华，荒废光阴。

2018 年 7 月 11 日

隔壁陈总

搬到三楼办公后，我和隔壁陈总就成了邻居。陈总刚五十出头，却早已是鬓角白发，华霜盖顶，他属于典型的"为革命"工作操劳过度型，但待人总是一脸的亲切，令你好像见到了多年的朋友。

刚开始，我和他也并不熟，互不多话。偶尔走路碰面了，我礼节性地叫声"陈总"，他就亲切地点点头，或者回句"出去啊"，我应声"哎"。大部分时间里，我俩是关门各忙各的，互不打扰。按说，他是公司的资深元老，我是个初来乍到的外地打工仔，应该多找他套套近乎。但与生俱来，我却是一个不善于套近乎的人，人前一套、人后一套的奉迎，我怎么都学不会，也不屑于学，这也是我"不成功"的原因。江山易改，本性难移。可恨我还毫无悔改之心。

陈总是土生土长的老北京人，名雅成，而实雅成。名如其人，有君子之范。他在办公室里养了许多花草，郁郁葱葱，姹紫嫣红的，把办公室装点得绿意盎然。

对于爱养花种草的人，我总是心怀敬仰。一个热爱生活的人，才会懂得装点自己的生活；一个不为世俗名利分心的人，才会心有静气。因此，我对爱花种草之人，总是充满敬意。

我认为花草这类植物也是很有灵性的。你对它伺候得不好，它蔫头耷脑的，不多久就枯萎了。三楼有间闲置的办公室搞装修，一盆"发财树"因长期乏人照管，枝干已经彻底地干枯，叶子也只剩下蔫不拉唧的三五片，无精打采地耷拉在枝头。我顺手牵羊把它捡了回来，修剪完枯黄的枝叶后，每天早晨起来都给它"喂"点水，一个星期后，枝头顶尖开始冒出了新绿，原先泛黄的叶子也显得精神起来。这样不到一月，这棵濒临死亡的"发财树"又重焕生机，变得枝繁叶茂起来。起初，我以为这只是植物自然的结果，结果发现不是。春节回家过年，我把它托付给楼里清洁工照管，还特地反复叮咛不要让树缺了水。可待我春节返回单位后，发现我的"发财树"已面目全非，它又变成以前那种蔫头耷脑的模样了，碧绿碧绿的叶子开始一片一片地往下掉。我想了很多办法，给它注营养水、重新添加营养土，都未能恢复以前的样子。无奈之下，我去请教隔壁的陈总，问秘诀何在。陈总办公室养的花草十年不败，葱葱郁郁，把这个房间装点得生机盎然。陈总一听就呵呵乐了，他以为这是年轻人在找借口抬举和奉承他，其实这是我的心里话。陈总说，你得对它好啊，每天要观察它的长势，干了还是湿了。你要是长期不搭理它，它也就不搭理你了。

陈总随口说这番话时，轻松随和，幽默风趣，却又透露出许多的人生哲理。我们在一起便有了默契和愉快的交流，一来二去，便成了好邻居。

其实在平时相处中，我还尊称他一声师父。在宏业中心工作的三年时间里，是陈总教会了我打乒乓球。

单位办公大楼三楼有个健身房，不大的场地，除了有两台跑步机外，还搁有两台乒乓球台。陈总每次下班后都会约楼下的卫生院的院长鏖战一场。他俩的球技旗鼓相当，陈总惯用横拍，院长善用竖拔，两人经常战得难分轩轾，而我在旁边看得也是眼花缭乱，津津有味，有时还忍不住为他们打出一个精彩的球喝彩叫好。观战的时间长了，陈总就邀我加入，我说我不会。陈总就鼓励说，没事，就当作锻炼锻炼身体，出出汗就行了。我于是鼓起勇气，拿起球拍和他对练。刚开始，陈总发过来的和平球我也接不住，慢慢地就适应了他的横拍。等到过两个星期后再和他打球，陈总装作很惊讶的样子说，你不会每天晚上都没睡觉在练球吧？我说没有呀。后来才明白，他这是在找借口，好故意让着我才这么说的。

在市场宣传部工作时，单位分给我一间房子，我嫌环境差，不肯屈就，便托陈总给我在新发地三个小区找干净一点的公寓房租住，找了好几天，因房源紧张而作罢。陈总说，你不就单身一人嘛，干脆就到办公室搁张床得了，一月还省几千元钱。我想想也是，但担心其他领导有意见。陈总说，没事，我给你做主。搬房子的那天，他又几次三番来到我房间帮我归置东西，其实是唯恐有人干涉我，而他好站出来说话。

做了邻居后，虽然近在咫尺，我们彼此也很少去串对方的门，但在手机微信上却常有交流。我有时会收到他发来的一个文章链接，都是关于经济形势的分析。他是一位很正能量的老共产党员。有时，我春节回家了，也能收到陈总的祝福短信，让我心里感到瞬间的温暖，欣慰自己能有幸结识这样一位人生路上的良师益友。

每到了年底，陈总就特别的忙，很多次，当我夜深爬格子累了困了的时候，出来透透气，竟然发现隔壁陈总的房间还灯火通明。我惊讶地推开他门，他还正望着电脑上的数据聚精会神。我便又是心疼又是打趣地说：老总，您这是乐不思蜀啊，嫂子一会儿要找上门来了！

他这才揉揉疲倦的眼睛，说没办法，这活儿都累积到年底了，不赶出来不行。我由衷敬佩地说，您真是单位的好劳动模范啊。年底了，我要向董事长汇报，给您胸前佩戴两朵大红花！人家胸前戴一朵，您胸前要佩戴两朵。

陈总听了就呵呵地乐。他用手在自己胸前比画，这儿一朵，这儿一朵。然后我们俩便一起开怀地大笑。

其实，他在单位的业务能力和所做出的贡献，是不用我来表述的，大家早已有目共睹，董事长也多次给予了肯定。有一次年终总结会议上，张玉玺董事长动情地说，我退休了，有很多人可以接替我的位置，但是陈雅成同志退休了，却没有人可以接替他。

董事长这番话，是对他能力的最大肯定。

2017 年 12 月 24 日

图书在版编目（CIP）数据

夜来风雨声／项见闻著. — 北京：中国文史出版
社，2020.2

（跨度新美文书系）

ISBN 978 - 7 - 5205 - 1630 - 3

Ⅰ．①夜… Ⅱ．①项… Ⅲ．①散文集 – 中国 – 当代
Ⅳ．①I267

中国版本图书馆 CIP 数据核字（2019）第 261505 号

责任编辑：薛未未

出版发行：**中国文史出版社**
社　　址：北京市海淀区西八里庄 69 号院　　邮编：100142
电　　话：010 - 81136606　81136602　81136603（发行部）
传　　真：010 - 81136655
印　　装：廊坊市海涛印刷有限公司
经　　销：全国新华书店
开　　本：720 × 1020　1/16
印　　张：18.25　　　字数：235 千字
版　　次：2020 年 2 月第 1 版
印　　次：2020 年 2 月第 1 次印刷
定　　价：63.00 元